KB248457

몽월 新무협 판타지 소설
FANTASTIC ORIENTAL HEROES

대법왕 5

몽월 新무협 판타지 소설

초판 1쇄 찍은 날 § 2008년 10월 17일
초판 1쇄 펴낸 날 § 2008년 10월 27일

지은이 § 몽월
펴낸이 § 서경석

편집장 § 문혜영
편집 § 이재권 · 서지현

펴낸곳 § 도서출판 청어람
등록번호 § 제1081-1-89호
등록일자 § 1999. 5. 31
어람번호 § 제2-1600호

주소 § 경기도 부천시 원미구 심곡동 163-2 서경B/D 3F (우) 420-010
전화 § 032-656-4452 팩스 § 032-656-4453
http://www.chungeoram.com
E-mail § eoram99@chollian.net

ⓒ 몽월, 2008

ISBN 978-89-251-1513-9 04810
ISBN 978-89-251-1420-0 (세트)

FANTASTIC ORIENTAL HEROES
몽월
新무협 판타지 소설
대법왕
大法王
5
교토삼굴(狡兎三窟)
청람

第一章
색의 길[道]

대법왕
大法王

동천몽은 조용히 일목을 끌어안고 있었다. 동천몽의 품에 안겨 있던 일목이 입을 열어 말했다.

"태어나 그렇게 힘든 싸움은 처음이었사옵니다."

동천몽이 떠나고 일목은 혈부림 무사들을 악착같이 막았다. 막다른 골목에 몰린 쥐가 고양이에게 덤비듯 자신이 무너지면 동천몽이 죽는다고 생각하자 어디서 그런 힘과 투쟁력이 생겼는지 스스로도 놀라움을 금치 못했다.

그러나 상대는 무력 일백 명이나 되는 혈부림 고수들이었다. 오십여 초가 지나면서 일목은 허우적대기 시작했다. 온몸이 난도질되었고 피로 목욕을 했다.

급기야 일목은 혈파신공을 끌어올렸다. 혈파신공은 배교의 최후 절공으로 그동안 틈나는 대로 부지런히 수련하여 오성에서 조금 더 올라 있었다.

혈파신공이 십이성에 오르면 전신이 토막나지 않는 한 죽지 않는다.

하지만 완성되지 않은 혈파신공을 무리하게 사용하면 기혈이 역류하여 주화입마를 부르거나 아니면 내공이 산폐(散廢)된다. 달리 선택할 방법이 없었으므로 일목은 혈파신공을 과감히 사용했다. 그 대가로 적은 죽였지만 자신은 무인에게 생명과 같은 내공을 잃었을 뿐 아니라 전신경락이 폐쇄되고 말았다.

일목이 웃음을 지었다.

"이렇게 살아계시니 소승이 희생한 보람이 있습니다."

"왜 궁으로 찾아오지 않았느냐?"

"소승이 망가진 것은 아무렇지도 않사옵니다. 하지만 소승은 소승대로 망가져 놓고 대법왕님의 목숨도 구하지 못했다면 제가 어찌 하늘을 보고 살겠습니까?"

"너무 두려워 궁으로 돌아갈 생각을 못했다는 얘기구나."

"대법왕님을 제대로 모시지 못한 죄인이 어찌 살아 돌아간단 말입니까? 스스로 목숨을 끊을까 했지만 막상 죽으려니 겁도 나고 잘 안되더군요. 그래서 이곳에서 순박한 백성들을 위협하며 먹고살고 있사옵니다."

일목이 멋쩍은 듯 씨익 웃었다.

동천몽이 일목의 하나뿐인 눈을 가만히 쳐다보았다. 남들은

가장 무섭고 소름 끼치는 눈이라고 하지만 동천몽의 눈에는
세상에서 가장 맑고 순수한 눈이었다.

"가자!"

"가자뇨? 어디로 간단 말입니까?"

"일목아."

"명을 듣습니다."

"너에게 한 가지 약속하겠다. 넌 날 위해 너의 모든 걸 버렸
다. 넌 포달랍궁의 제자이기 이전에 배교의 유일한 후예이기
도 하다. 내가 부덕하여 배교의 핏줄을 이렇게 끊고 싶지는 않
구나."

동천몽의 눈빛이 타올랐다.

"널 기어코 예전의 일목으로 되돌려놓겠다."

일목의 눈이 커졌다.

"어… 어떻게, 내공이 상실되었고 전신경락이 막혔는
데……?"

"세상에 안 되는 일은 없다. 단지 힘이 들 뿐이지. 무슨 수를
써서라도 너를 완전히 회복시켜 주마. 이건 대법왕으로서 너
에게 하는 약속이니라."

부르르!

일목이 감동으로 몸을 떨었다.

"대… 대법왕님."

일목이 주먹만 한 눈물이 흘러내렸다.

"씨벌! 옛날에 우는 사내새끼들을 보면 빙신 육갑한다고 했

는데 왜 이렇게 눈물이 나오지요."

"채비를 하거라. 여길 떠나자."

"채비할 것도 없사옵니다. 이대로 그냥 가면 되옵니다."

처억!

동천몽이 일목 앞으로 등을 돌리고 쭈그려 앉았다.

일목이 놀라며 물었다.

"지금 무슨……!"

"나 말 많은 사람 딱 질색이니라. 가당치 않니 업히지 못하겠다고 하는 따위의 말을 지껄이면 가만 두지 않겠다."

일목이 동천몽의 넓은 등을 내려다보았다.

눈빛이 여러 번 흔들렸고 수시로 얼굴색이 변했다.

"소승의 몸에서 냄새가 많이 날 것이옵니다."

"내겐 향기다, 생명의."

일목이 동천몽의 등에 업혔다.

"꽉 잡아라."

동천몽이 그대로 땅을 박찼다. 일목을 업은 동천몽의 몸이 무섭게 날아가기 시작했다.

동천몽은 곧바로 월주로 향했다. 월주는 기림호를 끼고 있는 도시로 수산업이 발달해 있었다. 특히 기림호에서만 서식하는 황울금어는 귀한 생선이다. 한 마리만 잡으면 한 가족이 일 년을 먹고살 수 있는 만큼 고가에 거래된다. 그런 이유로 인근 반아와 안다 등지에서까지 고기를 잡으러 오는 어부들이 수두룩했다.

동천몽은 일단 사람들에게 물어 월주에서 가장 큰 의원을 찾아갔다. 동천몽이 찾아간 곳은 월주의원이라는 삼층으로 된 목조 전각이었다. 유명세를 반증이라도 하듯 많은 환자들이 대기실에서 기다리고 있었다.

순서를 기다렸다가 일목의 상태를 보려면 최소한 한 시진 이상 걸릴 것 같았다. 동천몽은 곧바로 월주의원의 원감인 공 의원의 방으로 들어갔다.

드르륵!

예고도 없이 문을 열고 들어서자 제자들로 보이는 두 사람이 앞을 가로막았다. 하지만 동천몽이 오른손으로 두 사람의 가슴을 세차게 밀자 그들은 뒷걸음을 치다 넘어졌다.

두 제자가 가벼운 손짓에 쓰러지자 환자를 눕혀놓고 맥을 살피던 공 의원의 눈이 커졌다.

동천몽이 누워 있는 환자를 향해 말했다.

"내가 급해서 그러니 양해를 바라오."

"지랄한……."

와당탕!

동천몽이 누워 있는 환자를 거칠게 잡아당겼다.

"이런 상놈의 새끼가!"

환자는 덩치가 좋았다. 곧바로 일어나 동천몽의 뺨을 향해 주먹을 뻗었다. 동천몽이 가볍게 고개를 숙여 피하자 뒤에 있던 천장을 받치는 기둥을 정통으로 때렸다.

“꺼억!”

팔목이 부러진 듯 오른손을 힘없이 늘어뜨리고 펄쩍 뛰었다.

동천몽이 일목을 눕혔다.

“으허허!”

하나뿐인 일목의 눈을 보고 공 의원뿐만 아니라 제자들까지 경악했다.

“눈은 하나지만 심성은 착하오. 어서 살펴보시오.”

“예예!”

공 의원은 노련했다. 동천몽의 기분을 거슬렀다가는 좋지 않을 것이라는 것을 간파하고 일목의 맥을 짚었다.

“어떻소?”

맥을 짚던 공 의원이 고개를 갸우뚱거리더니 하나뿐인 일목의 눈을 까뒤집었다. 가뜩이나 크고 무서운 눈이 까뒤집히자 더욱 소름이 끼쳤다. 공 의원의 손이 떨렸다.

일목의 눈을 한참 살피던 공 의원이 굳은 표정으로 말했다.

“상태가 좋지 않군요.”

“고칠 수 있는지 없는지만 말하시오.”

“좋소이다. 솔직히 말할 테니 화내지 마시오. 난 못 고치겠소.”

어느 정도 예상했던 대답이어서 동천몽은 크게 실망하지 않았다.

“고칠 수 있는 사람이 있소?”

“글쎄요. 전신경락이 폐쇄된 이런 환자라면 거의 없을 것이
오. 하지만 거길 가면 혹시 모르겠소. 황궁의 어의라면 의신이
라 할 수 있기 때문에 가능성이 있소.”

동천몽의 눈이 빛을 뿌렸다.

‘황궁이의!’

말이 채 끝나기도 전에 일목을 둘러업은 동천몽의 모습이
사라졌기 때문이었다. 무림인들을 수십 차례 치료했지만 눈을
뜨고 있는데도 사라진 것을 보기는 오늘이 처음이었다.

‘무시무시한 고수였구나.’

“드러워서!”

사내가 부러진 팔목을 쥐며 고통스런 얼굴을 했다.

“봅시다.”

공 의원이 사내의 오른 팔목을 만지더니 표정이 굳었다.

“부러졌소. 제대로 뼈를 맞추고 치료를 하려면 며칠 입원해
야겠소.”

고뿔 때문에 왔다가 큰돈이 들어가게 생기자 사내의 눈이
더욱 험악해졌다.

“아이 미치겠네. 씨발놈.”

사내가 인상을 쓰며 동천몽이 사라진 창문을 노려보았다.

*　　　*　　　*

어둠은 항상 범죄를 낳는다. 특히 빛이라고는 전혀 없는 어

둠이란 양상군자들에게는 더할 나위 없는 호기인데 어둠이 모든 것을 감춰 버리기 때문이었다.

어둠을 이용해 사람들이 움직이고 있었다. 너무 캄캄하여 자세히 셀 수는 없었지만 족히 수십 명은 됨직했다. 그들은 아무런 소리도 내지 않았고 복면으로 얼굴까지 가렸다. 마치 야생동물같이 바람처럼 천상각 담장을 넘어갔는데 어찌나 행동이 은밀한지 망루의 무사들도 알아차리지 못했다.

경비무사들이 지척에 있어도 들키지 않으면 검을 휘두르지 않았다. 그것은 이들이 누군가를 납치하기 위해 침입했다는 뜻이다. 만약 천상각을 공격하기 위해서라면 보이는 족족 베었을 것이다.

오십여 명의 복면인의 움직임이 멈추었다. 그들이 바라보고 있는 어둠 저편으로 녹풍원이 버티고 있다.

숨소리도 들리지 않았고 오직 야수처럼 빛나는 눈빛만이 살아 꿈틀거렸다.

스윽!

선두에 있던 복면인의 오른손이 올라갔다.

그러자 사내들이 움직였다. 물이 걸레에 흡수되듯 일제히 녹풍원 안으로 사라졌다.

쿠쿠쿵!

그들이 모두 녹풍원 안으로 사라졌을 때 갑자기 지축을 울리는 굉음이 들려왔다. 놀랍게도 녹풍원의 모든 입구와 기관이 작동하면서 닫혀 버린 것이었다.

문이 닫힌 데 이어 녹풍원 주위로 불이 켜졌다.

파팟!

화르륵!

석등이 켜지고 미리 준비한 듯 화톳불이 일어났다. 불이 켜지면서 수많은 사람들이 몰려들었다. 그 선두에 상관량이 있었고 그 뒤로 위모백과 이번에 새로 무림맹 장로의 가문이 되었던 모용세가의 모용산이 보였다.

"훗훗!"

"핫핫핫!"

"호호호!"

상관량을 비롯해 세 사람이 웃었고 뒤를 따라 수하들이 미친 듯 깔깔거렸다.

"과연 총관님이십니다. 완벽하게 걸려들었습니다."

"왜 우리 무림맹이 불사불멸의 단체인 줄 이제야 알겠어요. 총관님이 계시는 한 누구도 우리의 상대가 될 수 없겠어요."

"과찬이시오, 모용 낭자."

상관량은 어떤 식으로든 동천비가 천상각을 공격하리라 여겼다. 그래서 동오룡을 위협하여 녹풍각의 모든 기관과 함정을 알아내었다. 녹풍각은 아무나 들어갈 수 있는 곳이 아니었다. 천하제일부호가 사는 곳인 만큼 겉으로는 평범해 보였지만 무수히 많은 기관과 함정들이 설치되었고 유사시에는 기관을 작동하여 외부로부터 신변을 보호받았다.

중요한 것은 과연 어느 시기를 선택하여 동천비가 공격하느냐였다. 하지만 상관량의 고민은 오래가지 않았다. 대저 전쟁이란 야간에 주로 일어나고 달빛이 없는 날을 선택한다.

달빛이 없는 날이라면 그믐이었다. 그런데 구름까지 끼어 별빛까지 막아줬으므로 오늘이야말로 가능성이 완벽했다.

기관이 작동이 되어 모든 출구를 차단했으므로 안에 갇힌 사람들은 절대 빠져 나올 수 없었다. 피곤하게 싸울 것도 없었다. 내버려 두면 굶어죽는 것이다.

"완벽해요. 수많은 전쟁을 해봤지만 이토록 완벽한 승리는 처음 봤어요. 총관님, 이런 날 그냥 넘길 수 없지 않겠어요?"

"당연한 말씀이오. 개묵이 있느냐?"

가개묵이 바람처럼 앞으로 나타났다.

"준비한 음식과 술을 아이들에게 주고 즐기거라. 고생들 하였다."

"존명!"

가개묵이 사라졌고 잠시 후 어둡던 천상각의 넓은 장원은 대낮처럼 환해졌다. 그리고 무림맹 무사들이 삼삼오오 화톳불 주위에 앉아 술과 음식을 들기 시작했다.

미리 술과 음식을 준비했다는 것은 오늘 밤의 작전이 통하고 확실한 승리를 할 것이라는 것을 자신했다는 의미였다.

한편 동천비의 처소였던 화생각 앞마당에서 모든 것을 지켜보고 있던 동오룡은 망연자실했다. 함정이라는 것을 알려주고 싶었지만 옴짝달싹할 수 없었으므로 방법이 없었다.

동천비는 장자이다.

열 손가락 깨물어 아프지 않은 손 없다지만 이건 틀린 말이다. 조금 덜 아픈 손가락이 있다. 그중 누가 뭐래도 장자의 죽음은 가장 불행이고 슬픔일 수밖에 없다.

그동안 어떻게 해서라도 동천비를 살려보기 위해 무림맹을 수차례 방문했고 상관량에게 그런 치욕을 당하면서도 인내했던 것은 오로지 동천비를 살리기 위해서였는데 이렇게 모든 것이 허무하게 끝날 줄이야…….

뼈가 시리고 심장이 쪼개지는 것 같았다.

보고에 의하면 동천화는 실종되었고 동천혁은 행방이 묘연했다. 그런데 오늘 동천비마저 눈앞에서 죽는다.

울컥!

참을 수 없는 분노가 치솟았다. 그것은 상관량에 대한 것이 아니라 다른 이유에서였다.

이글거리는 동오룡의 눈앞으로 동천몽이 떠올랐다. 형이 죽고 동생들이 하나둘 사라져 가며 집안이 완전히 짓밟히는데 그는 아직 때가 아니라면서 방관하고 있었다. 무슨 생각이 있어서 그러는지 알 수는 없지만 이건 절대 아니다.

아무리 좋은 생각을 갖고 있을지라도 집안이 풍비박산 나는 건 막아야 한다. 모두 뺏기고 죽고 난 뒤에 아무리 좋은 생각을 갖고 있더라도 무슨 소용이 있단 말인가.

불현듯 동천비의 말이 떠올랐다.

"아버지도 그놈에게 속고 있습니다. 아니, 두 모자에게 속고 있는 것입니다. 그놈이 겉으로만 자식인 척하지만 모든 것은 위장이고 위선입니다. 두고 보십시오. 언젠가 기회가 되면 지 어미와 우리 집안을 거덜내고 말 것입니다."

'정말로!'
사람 맘은 모른다. 열 길 물속은 알아도 한 길 사람 속은 모른다고 하지 않는가. 능씨도 이미 찾아 안전하게 모시고 있다는 연락이 온 지 벌써 보름이 넘었다. 그 이후로는 일제 아무런 소식이 없었고 심부름 온 자에게 능씨의 거처가 어디 있느냐고 물었지만 거절당했다.
생각할수록 의심이 든다.
'혹, 이 모든 배후에 두 모자가!'
가슴이 두근거리고 피가 끓어오르기 시작했다.
좋은 묘책이고 쓸 만은 생각이라면 반드시 형제를 죽게 내버려 두지 않고 집안을 망하지 않게 하여야 한다.
그런데 형이 죽고 완전히 모든 천상각의 운영권과 재산이 무림맹에 넘어갔다면 결국은 천상각을 몰락시키려는 복수라고밖에 볼 수 없었다.
'그… 그놈이!'
믿었던 사람에게 뒤통수를 맞는 것보다 더 아프고 고통스러운 것은 없다. 비록 어려서 기대를 한때 했다가 어긋나기 시작하면서 실망을 했지만 마음 한구석에 동천몽을 향한 기대는 완전히 지워지지 않았다. 다행스럽게도 포달랍궁의 대법왕이란 엄청난 신분이 되어 돌아왔을 때 그럼 그렇지 하며 자신의 예견을 자찬했다. 한데 돌아가는 꼴이 틀리다.

왜 그토록 형제들이 동천몽과 능씨를 미워했는지 이해가 가기 시작했다.

"핫핫핫!"

"껄껄껄!"

무림맹 무사들의 웃음소리가 밤하늘에 울려 퍼졌다.

그때 발자국 소리가 들렸다. 화생각 앞마당에 나와 있던 동오룡의 고개가 돌아갔다. 어둠으로 인해 정확한 모습이 드러나지 않았지만 한눈에 상관량과 모용산이라는 것을 알아보았다.

"밤공기가 찬데 나와 계시오이까? 안으로 들어가십시다."

상관량의 손에 술병 하나가 들려 있었다.

상관량이 앞서 들어갔고 동오룡의 등을 쏘아보았다.

"아버님, 뭐 하세요. 들어가요."

모용산이 생글거리며 웃었다.

획!

동오룡의 눈이 시뻘겋게 달아올랐다. 모용산이 자신을 보고 웃고 있었다.

불과 얼마 전까지 동천비와 정혼한 사이였다. 물론 모용세가의 후광으로 무림맹의 갈취를 조금이라도 막아볼 계산으로 맺어진 정략적인 것이었다. 그래서 아낌없이 주었다. 모용세가로 넘어간 돈만 해도 계산이 되지 않을 만큼 거액이었고 모용산 또한 며느리라 생각하고 진심을 다해 대해주었다.

그런데 하루아침에 등을 돌린 것이다. 그녀가 등을 돌림으로 인해 동천비의 무림맹 공격은 처절한 실패로 끝났고 이제는 상관량과 손을 잡고 엊그제까지 자신의 미래 남편이었던 동천비를 죽음으로 몰아넣고서도 부족해 뻔뻔하게 아버님이라고 부르고 있다.

"헛헛! 다른 건 몰라도 사람 하나 보는 눈은 있다고 자부했거늘."

"왜요? 섭섭한가요? 인생 다 그런 것 아니던가요? 아버님도 이익이 되는 일이라면 어제의 친구도 보란 듯이 헌신짝처럼 버리셨잖아요."

"닥쳐라. 누가 네년의 아버지란 말이냐?"

"호호호! 화를 내시다니 너무하셔요. 틀린 말한 것도 아닌데, 아무튼 들어가요. 총관님께서 하실 말씀이 있답니다."

모용산이 엉덩이를 유난히 흔들며 들어간다.

동오룡의 눈에서 파란 불빛이 뿜어져 나왔다. 힘이 있다면 당장 머리통을 부수고 싶은 충동이 타올랐다.

화를 누르기 위해 몇 번이고 침을 삼켰다. 어느 정도 마음이 진정되자 동오룡은 안으로 들어갔다.

방 안으로 들어서자 상관량이 아랫목을 차지하고 앉아 술병을 들어 마시고 있었다.

"뭘 그렇게 서 있으시오. 앉으시오."

입구에 싸늘한 얼굴로 서 있는 동오룡을 보며 미소 짓는다.

동오룡이 맞은편에 앉았다.

상관량이 술병을 내밀었다.

"술 한 잔하는 게 좋지 않을 듯싶소."

정말로 술 한 잔하고 싶었다. 동오룡은 거절하지 않고 상관량으로부터 건네받은 술병을 거꾸로 쏟았다.

콸콸콸!

미친 듯이 마시는 동오룡을 보며 상관량의 입가에 야릇한 미소가 떠오른다.

"아무래도 술을 더 시켜야겠소. 모용 낭자께서 수고 좀 해주시오."

"물론이에요, 총관님."

모용산이 일어나 밖으로 나갔다.

쾅!

술병을 세차게 놓았다.

"헛헛! 목이 많이 타신 모양이구려?"

동오룡의 입가로 술방울이 흘러 떨어졌다.

"할 얘기라는 게 뭐요? 어디 들어봅시다."

술이 들어가서인가. 훨씬 마음이 편하고 느긋해졌다. 밖으로 나갔던 모용산이 양손에 술을 들고 들어섰다.

"마음껏 드세요, 아버님."

모용산이 동오룡 앞에다 술병을 놓았다.

"오냐. 마음껏 마시마."

동오룡은 병마개를 따 입속에 털어 넣었다.

"천천히 마시구려. 술에 체하면 약도 없다잖소이까?"

꺼억!

동오룡이 술병을 떼며 트림을 했다.

"가주, 말 돌리지 않고 말하리다."

"듣겠소."

"장사를 하는 분들은 항상 최후의 생로를 마련해 놓는다고 들었소이다. 내 말뜻을 알아들으셨소이까?"

동오룡의 안색이 굳어졌다. 아무리 무덤덤해지려고 했지만 되지 않았다. 자신 말고는 누구도 모르는 사실을 상관량은 짚어내고 있었다.

"가주, 우리 같이 삽시다."

"……."

"공존공영 말이오."

동오룡이 상관량을 빤히 쳐다보았다. 상관량의 눈이 무척 투명했다. 눈이 투명한 사람은 속마음을 알 수가 없다. 희대의 효웅들의 눈이 맑고 깊다.

"무림맹에서 그동안 가져간 돈이 얼마인지 알고는 있소?"

술을 마신 탓일까. 그동안 하고 싶어도 차마 꺼내지 못했던 말을 뱉었다.

상관량이 웃었다.

"물론이지요. 왜 모르겠소?"

"지금까지 대대로 많은 돈을 무림맹에 기부했지만 내 대에 서처럼 쓸어가다시피 한 적은 없었소."

어차피 막가는 마당이라고 생각했다. 그래서 그동안 못다 한 말을 모조리 토하기로 작정한 듯 동오룡은 거침이 없었다.

"지금까지 가져간 돈만 해도 무림맹 같은 단체 십여 곳은 더 세울 수 있을 것이오. 그런데도 아직도 무림맹에 자금이 부족하다는 것은 그 많은 돈이 개인의 주머니로 들어갔다고 봐야 하지 않겠소?"

상관량을 비롯한 무림맹 간부 일부가 중간에서 챙겨 먹는다는 도덕적 해이를 신랄하게 비난하는 말이었다. 하지만 상관량은 표정 하나 변하지 않고 미소 띤 그대로였다.

"맹주를 비롯해 당신과 일부 간부들 재산이 기하급수적으로 늘어났다는 것을 알고 있소. 첩을 들이고 산장을 구입하고 북경에 수많은 전각과 토지를 매입한 것도 무림맹을 위하는 길이오?"

동오룡의 눈에서 불꽃이 튀었다.

"내가 속았음을 인정하오. 아니, 당신들에게 이용당했음을 부인 않겠소. 또한 당신들 탓을 하지 않겠소. 모든 건 이 동모가 부덕하고 무능력한 탓이니까."

"그렇지 않아요, 아버님. 아버님은 누구보다도 훌륭하고 뛰어난 장사꾼이셨어요."

"계집, 한번만 더 끼어들면 주둥이를 찢어놓겠다."

"호호호! 무서워라. 아버님께서 그런 말씀도 할 줄 아시네."

모용산이 가소롭다는 듯 고개를 젖히고 웃었다.

차가운 눈으로 모용산을 쏘아보던 동오룡이 다시 상관량을
보며 말했다.

"맞소. 당신 말처럼 이 집안 어딘가에는 어쩌면 세상에 알려
진 내 재산보다 더 많은 황금이 저장되어 있소. 하지만 유감스
럽게도 난 내 입으로 말하고 싶지 않소."

상관량의 웃음이 짙어졌다.

"죽어도 좋다는 말씀이오?"

"어차피 한 번은 죽는 것 아니더이까?"

"헛헛! 각주께서 단단히 독이 오르셨구려. 하지만 각주, 이
것 한 가지는 아서야 하오. 누구든지 그런 식으로 말은 하오.
그러나 물리적 고통을 가하면 모든 것을 토설하지요."

"고문을 가하겠다? 맘대로 하시오. 고문을 못 견뎌 입을 연
다면 하는 수 없지요. 그러나 맨 정신에는 절대 말해줄 수 없
소이다."

"아버님, 너무 어리석은 생각이에요. 돈은 있다가도 없고 없
다가도 있는 것 아니던가요?"

"주둥이 닥치지 못하겠느냐? 화냥년만도 못한 천한 계집."

모용산의 표정이 순간적으로 굳어졌다. 그러나 이내 깔깔거
리며 교소를 터뜨렸다.

"아버님 기분 이해해요. 얼마든지 욕하세요. 전 아무렇지도
않으니까요."

동오룡이 나직이 신음을 터뜨렸다.

자신도 지금까지 수많은 사람을 속여왔지만 모용산 또한 철

저히 자신을 속였다. 어지간한 사람 같으면 이쯤에선 검을 뽑던지 화를 내던지 해야 했다. 하지만 그녀는 여전히 미소를 잃지 않았다.

'사갈보다 더 독한 계집이었다니!'

후회가 밀려들었지만 이미 늦었다.

"오늘 밤 생각할 시간을 주겠소. 내일 아침에는 지금과 같은 답답한 말은 하지 않았으면 하오, 각주."

상관량이 앞에 놓인 술병을 들어 두어 모금 마실 때였다.

"아악!"

"크악! 막아랏!"

밖으로부터 비명이 들려왔다. 처음 한두 번은 듬성듬성 들려오더니 소나기처럼 비명은 걷잡을 수 없이 들려왔다.

꽈당!

문이 박살나고 피투성이가 된 가개묵이 뛰어들어 왔다.

"왜 그러느냐? 무슨 일이더냐?"

"저… 적이옵니다."

"적이라니?"

"오히려 우리가 당했사옵니다. 동천비와 묵와북천의 무사들이 술에 취해 있는 우리 무사들을 도륙하고 있사옵니다."

벌떡!

상관량이 자리에서 일어났다. 도무지 이해할 수 없는 보고였다. 분명히 녹풍원의 기관을 이용해 동천비 일행을 가두었다. 그런데 동천비가 기습을 해오다니 얼른 이해가 가지 않아

이마를 찌푸릴 때 위모백이 뛰어들어 왔다. 그 또한 전신이 피로 물들어 있었다.

"피… 피하십시오. 워낙 수적으로도 불리하고 우리 쪽 무사들이 취해 있어 상대가 되지 않사옵니다."

"크악!"

"무조건 막… 컥!"

비명은 더욱 가까이서 들려왔다. 무림맹 무사들이 화생각 앞에까지 밀려오고 있다는 뜻이었다.

우당탕!

출입문이 박살나는 소리가 들렸다.

적은 예상보다 빠르게 밀고 들어온다. 상관량과 모용산이 밖으로 나갔다.

슈아악!

두 명의 흑인인이 그대로 검을 뿌리며 달려들었다.

촤악!

모용산의 검이 허공을 갈랐고 두 흑의인이 허리가 양단되어 바닥을 나뒹굴었다.

와장창!

좌측 창문으로 뛰어든 두 무사를 상관량의 주먹이 후려쳤다.

뻐벅!

"컥!"

"악!"

상관량의 몸에서 무서운 살기가 뿜어져 나왔다.

"한 놈도 살려두지 않겠다."

"이럴 때일수록 냉정해야 해요. 한두 명 죽여서는 대세를 바꾸지 못해요. 훗날을 기약해요."

상관량의 몸에서 폭풍처럼 뻗어나가던 살기가 순식간에 사라졌다. 어느새 이성을 되찾은 것이었다.

모용산의 말에 흠이 없다. 살아 있으면 언젠가는 빚을 받아낼 수 있다.

"이쪽이에요."

모용산이 좌측 방으로 뛰어들었다.

천상각은 자주 출입을 했다. 또한 언젠가 동천비를 따라 동천몽의 처소에 들렀던 적이 있기 때문에 구조를 훤히 꿰뚫고 있었다.

방으로 들어서자 맞은편으로 조그만 창문이 보인다. 창문 밖은 화생각 후문으로 연결된다.

"컥!"

위모백이 입구로 뛰어드는 흑의인을 벤다.

와장창!

두 사람은 곧바로 창문을 넘었다. 다른 곳은 대낮처럼 환했지만 후문 쪽은 어둠이 짙었다.

촤악!

모용산의 검이 또다시 광채를 뿌렸고 흑의인 한 명이 짚단처럼 쓰러졌다.

슈악!

상관량 또한 두 명의 흑의인을 향해 쌍장을 날렸고 비명도 없이 즉사했다.

"흩어져요."

"그럽시다."

가개묵이 상관량과 더불어 후문이 있는 우측 숲으로 사라졌다.

모용산은 위모백과 좌측으로 몸을 날렸다. 흩어지는 것이 여러모로 도주하는 데는 좋다. 그러나 이십여 장도 날아가지 못하고 내려섰다.

흠칫!

모용산이 눈을 부릅떴다.

앞을 막고 선 사내는 동천비였다. 동천비가 조용한 웃음을 짓는다. 무척 여유로웠고 넉넉하기까지 한 웃음이었다.

"오랜만이야?"

"그… 그렇군요."

모용산은 더듬거리며 터져 나오는 신음을 가까스로 삼켰다. 그것은 동천비의 눈 때문이었다. 완전한 먹물로 변해 버린 눈은 묵곤혈참기가 극성에 올랐다는 것을 말해주고 있었다.

"제가 막을 테니 몸을 피하소서. 묵곤혈참기를 완성시킨 것 같사옵니다."

위모백의 전음이었다.

자신이라도 살려내려는 희생이다.

“가랏!”

자신에게 더 이상 어떤 선택의 여지를 주지 않기 위해 위모백이 곧바로 동천비를 향해 달려들었다.

쏴아악!

혼신의 힘을 다한 검에 어둠이 반으로 갈라졌다. 놀라운 쾌검이었고 위력이었다.

탁!

동천비가 손을 뻗어 떨어지는 검을 맨손으로 잡았다.

“허걱!”

위모백은 기절할 듯 놀랐다. 투툭 하는 소리와 더불어 검이 부러지고 만 것이다. 졸지에 부러진 검을 쥔 위모백은 당황하여 어쩔 줄 몰랐다.

그때 모용산은 저만치 도망가고 있었다. 그러나 동천비는 전혀 서두르지 않았다.

‘어떻게?’

수십 년을 산전수전 다 겪었지만 이런 황당한 일은 처음이었다.

쉭!

폭우일점.

자신의 검 중 가장 빠른 초식이다. 짧은 검이니 빠름 말고는 더 효과적인 공격은 없다.

탁!

동천비는 이번에도 손으로 막았다. 비록 검끝이 부러짐으로 인해 뭉텅하지만 손에는 아무런 상처도 나지 않는다. 팔십 년 공력이면 무쇠도 뚫린다.

투투툭!

쇠가 조각이 나고 있었다.

달랑 손잡이만 잡고 있는 위모백의 안색은 절망으로 우그러졌다. 자신은 절대 상대가 되지 않는 가공할 능력이었다.

스윽!

동천비가 다가왔는데 정말 빠르다. 피하려는 순간 이미 멱살이 잡혔다.

"컥!"

숨이 막혔으므로 적수공권으로 공격할 엄두도 나지 않았다.

뿌드득!

목뼈가 그대로 으스러졌다. 잠시 바둥거리던 위모백의 몸이 축 늘어졌고 동천비가 손을 놓자 지면으로 무너지듯 엎어졌다.

"훗훗! 계집!"

동천비가 모용산이 사라진 곳을 향해 몸을 날렸다.

휙!

가히 뇌전을 무색케 하는 빠른 신법이었다.

동천비가 지나가는데 어둠이 갈라지고 있었다. 그것은 신법이라기보다는 공간 이동에 가까웠는데 놀랍게도 육지비행술이었다. 어느새 천상각을 빠져나간 동천비는 허공에 뜬 매처럼 검은 먹물로 가득한 눈을 크게 뜨고 아래를 살폈다.

‘저기 가는군!’

동천몽의 신형이 급속히 하강했다.

앞을 막고 선 동천비를 보고 모용산은 기절초풍할 듯 놀랐다. 아무리 신법이 뛰어나다고 해도 똑같은 절정고수라면 반다경이란 시간은 짧지 않다. 그래서 그 거리를 좁히기 위해서는 통상 수십 리 이상을 달려야 가능하다. 그런데 동천비는 채 십 리도 이동하기 전에 자신을 추월해 버린 것이다. 모용산은 동천비의 무공이 생각보다 더욱 높은 곳에 있음을 알아차렸다.

"할 말 있느냐?"

"어떻게 된 거죠?"

"궁금하다는 건가? 너희들이 녹풍원에 가둔 무사들은 일광엽, 햇빛사냥꾼으로 불리는 자객들이다. 난 너희들을 함정에 넣기 위해 일부러 그들에게 청부를 했다."

모용산의 눈이 커졌다.

"필시 그들을 가둔 너희들은 희희낙락하며 축제에 빠질 것이라고 계산했지. 역시 내 계산은 들어맞았고 이렇게 된 것이다."

모용산의 속으로 신음을 삼켰다.

장사에 대한 수완만 있는 줄 알았다. 한데 동천비의 말을 들으니 이쪽의 수법을 훤히 들여다보고 있었던 것이다.

"유언을 남겨라. 옛정을 생각해 한마디 남기는 건 허용하겠다."

"홋홋! 아무리 뻔뻔한 나지만 지금 이 상황에 무슨 말이 필요하겠어요. 죽이든 살리든 맘대로 해요."

아예 살기를 포기한 듯 가벼운 표정까지 지었다.

동천비가 가느다란 냉소를 지었다.

"물론이다. 결코 네년을 그냥 죽이지는 않을 것이다. 온갖 수치와 고통을 맛보인 후 죽일 것이다."

"기대되는군요. 그게 뭔데요?"

"서둘지 마라. 밤은 길다."

멈칫!

모용산의 눈 깊숙한 곳에서 잔 파장이 일었다. 동천비의 말뜻에 어떤 의미가 담긴지 깨달은 것이다.

하지만 모용산은 더욱 허리까지 비틀며 웃었다.

"서둘러 줘요. 뭔지 궁금해 죽겠어요."

"여전히 기고만장하구나."

촤악!

동천비가 다가왔다.

모용산은 위험하다는 것을 느끼고 뒤로 물러났다.

찌익!

하지만 어느새 앞가슴 옷은 동천비의 갈고리 같은 손에 찢겨져 나가고 가슴을 둘러맨 허연 천이 드러났다. 어둠 속에서도 탐스런 젖가슴이 파도처럼 출렁거렸다.

하지만 모용산은 웃음을 멈추지 않았다.

"홋홋! 이제 알겠어요. 당신이 원하는 게 바로 이거군요. 좋아요. 원한다면 나 또한 피하고 싶지 않아요."

찌이익!

오히려 자신의 손으로 가슴을 감싼 천을 찢어버렸다.

추울렁!

두 개의 젖가슴은 도발적이었다. 처진 듯 늘어졌다가 급경사를 이루며 치켜 올라간 가슴의 정점에 보랏빛 유두가 짙은 색향을 뿌리며 매달려 있다.

"아래도 벗어야겠죠?"

동천비가 멈칫했다. 모든 여자들이라면 이 상황에서 반항을 해야 정상이었다. 핏대를 올리며 까탈을 부려야 하는데 모용산은 오히려 적극적이었으므로 다소 놀란 표정이었다.

"까짓것! 다른 분도 아닌 서방님인데."

확!

그녀는 완전히 알몸이 되어버렸다.

어둠이 짙었지만 그녀의 눈부신 나신은 하얗게 빛났다.

모용산이 한 걸음 다가서자 가슴이 출렁거렸고 그녀의 눈은 색염으로 타올랐다.

"빨리 안아줘요. 다른 건 몰라도 이런 일에는 완전 쑥맥이거든요."

파르르!

갑자기 동천비의 먹물로 가득한 눈빛이 흔들렸다.

순간 그것을 바라본 모용산의 눈이 이채를 발했다가 빠르게 사라졌다.

'걸려들었다!'

그녀는 더욱 허리를 비틀고 가슴을 내밀었다. 또한 양다리를 약간 버려 몸을 좌측으로 약간 돌렸다. 어둠이어서 일반 사람들은 보이지 않지만 무인에게 어둠은 그다지 큰 방해 작용을 하지 못한다. 더구나 묵곤혈참기로 단련된 동천비의 눈에 신비스런 샘의 모습이 살짝 드러났다가 그녀가 몸을 움직이면 감춰졌다를 반복했다. 어디 그뿐인가 그녀는 의도인 듯 자꾸 상체를 미세하게 흔들었고 그 바람에 가슴은 잔물결처럼 출렁거렸다.

처척!

동천몽이 다가들었다. 모용산의 여체에 완전히 녹아든 모습이었다.

스윽!

모용산은 다리를 좀 더 벌렸고 가슴을 흔들었다.

"어서! 날 안아줘요."

꿀꺽!

동천비가 침을 삼켰다. 완전한 욕망에 사로잡힌 듯 양손을 들어 올렸다. 모용산의 젖가슴을 움켜쥐려는 행동이다.

'좀 더… 조금만!'

모용산은 소리없이 진기를 끌어올렸다. 단 한 번에 즉사시켜야 한다. 상대는 금지마공을 익혔기 때문에 한 번에 숨통을 끊지 못하면 위험했다.

그녀가 펼치고 있는 것은 소녀표향대법이었다. 이 역시 금지마공이었다. 사내의 넋을 유혹하여 격살하는 마공이다. 이 마공에 걸려들면 천하의 누구도 정신을 차리지 못하고 완전히 여체의 탐욕에 영혼을 빼앗긴다. 십여 년 전에 천축을 다녀오던 중 밀교의 어느 폐찰에서 비급을 발견하여 연마한 것이었다.

"계집!"

동천비의 양손이 그녀의 젖가슴을 와악 움켜쥐려는 순간 그녀의 오른손이 동시에 뻗어나갔다.

적수마벽(寂手魔壁), 일체 소리가 없는 모용세가의 비전 장법이었다.

이미 십이성에 이르러 정통으로 맞으면 온몸이 으스러진다.

빠악!

모용산의 손이 동천비의 가슴을 정통으로 찍었다.

"커억!"

동천비가 휘청하더니 뒤로 주르륵 밀려났다. 하지만 그는 쓰러지지 않았고 웩 하며 피를 한 모금 토했다.

'이… 이런!'

모용산의 얼굴이 굳어졌다. 적수마벽을 정면으로 맞고서도 쓰러지지 않은 동천비에 놀란 것이다. 강한 충격에 정신을 차린 듯 동천몽의 눈빛이 변했다.

"이… 이런 쳐죽일 년이 감히 사술을!"

왜 사람들이 묵곤혈참기를 무서워하는지 이해가 되었다. 소

녀표향대법으로 완전히 경계심을 흐트러뜨린 후 적수마벽을
퍼부었는데도 죽지 않았다면 방법은 하나뿐이었다.

파앗!

옷을 걸친 틈도 없었다. 지금은 오로지 도망치는 것만이 유
일한 계책이었다. 다행히 밤이고 인적이 없으니 그녀는 부끄
러워하지 않고 온힘을 다해 신법을 펼쳤다.

눈부신 나신이 허공을 날아간다.

"흐흐! 네년을 내가 살려두면 똥천비다."

사악한 미소를 흘리며 동천비의 신형이 날아갔다.

휘이이!

그것은 유성이었다. 오 리쯤도 지나지 못하고 모용산은 앞
길을 차단당했다.

그녀의 얼굴이 아까와는 다르게 굳어졌다. 한 번 속았으므
로 더 이상 잔꾀는 먹히지 않을 것이다. 그렇다고 여기서 한
생을 마감할 수는 없었다.

"미… 미안해요. 내가 잘못했어요. 이년을 죽여주세요."

그러면서 다가오는데 앞가슴을 내밀고 다리를 벌려온다. 그
것은 가혹하리만치 독한 유혹이었다. 그녀는 부끄러움도 잊은
척 망설임이 없었다.

척!

그녀가 무릎을 꿇었다.

고개를 쳐들고 울며 말했다.

"동 공자님, 이년이 못된 짓을 했어요. 어서 날 단번에 쳐죽

여요.”

가슴을 내밀었다. 탐스러운 가슴이 눈 아래서 흔들거리는 것은 철석간담의 사내라도 의지를 잃기에 부족하지 않았다. 하지만 묵곤혈참기로 무장된 동천비에게 두 번의 실수는 없었다.

퍼억!

동천비가 그대로 장력을 날렸다.

“악!”

달빛처럼 흰 나신이 포물선을 그리며 날아갔고 동천비가 뒤따라가며 재차 쌍장을 뻗었다.

“갈아 마셔도 시원치 않을 년, 네년 몸뚱이를 부하들에게 나눠주겠다.”

검은 장력이 뻗어갔다.

쏴아아!

돌연 맞은편으로부터 하가닥 검기가 밀려왔다.

‘거… 검강!’

동천비가 더욱 장력에 힘을 넣었다.

콰쾅!

묵곤혈참기와 검강이 충돌하며 거대한 폭음이 사방을 울렸다.

“윽!”

“커억!”

두 마디 비명이 동시에 터져 나왔다.

‘맙소사, 검강이 깨지다니!’

어느새 모용산과 동천비 사이에 한 명의 백의청년이 내려서 있었다.

“나… 남궁 공자님.”

비록 한밤이고 등을 돌리고 있지만 그녀는 한눈에 알아보았다. 동천비를 떠나 그녀가 새로 둥지를 틀고자 하는 사내였다.

그는 무림맹주 남궁천이 신검인 자신보다 세 배는 뛰어난 자질을 갖고 있다고 극찬한 그의 아들 남궁관이었다.

남궁관은 넘어오려는 기혈을 가까스로 눌러 삼켰다. 동천비의 몸이 먹물로 변해가기 시작했다. 그것은 묵곤혈참기가 극성에 이른 사람만이 보이는 모습이다. 그냥 펼치는 묵곤혈참기와 온몸이 검게 변해서 펼칠 때의 위력은 천양지차이다.

“크크크! 네놈이 바로 남궁 늙은이 아들이란 말이지? 잘됐다. 네 아비에 앞서 네놈부터 숨통을 잘라주마.”

모용산의 귓가로 남궁관의 전음이 들렸다.

“모용 낭자 내 걱정은 말고 내가 이자를 막는 사이 도망치시오.”

“그래도 될까요? 그자는 지금 묵곤혈참기를…….”

“내 한 몸 건사는 하오. 그러니 염려 말고 가시오.”

“장축교에서 기다리겠어요. 꼭 오세요, 공자님.”

그녀는 염려의 시선을 남궁관의 등에 던지고 알몸으로 날아갔다.

"흐흐! 나와 헤어진 지가 언제라고 벌써 목숨까지 던져 가며 도와주는 사이가 되었단 말이지."

동천몽의 몸은 하나의 먹물로 완전히 변했다.

'가… 가공하다!'

살인적인 마기가 숨통을 조일 듯 밀려왔으므로 남궁관은 운기를 하여 극성으로 내력을 끌어올렸다.

파파팡!

양쪽에서 뻗어나간 기가 중간에서 충돌하며 불꽃을 피웠고 근처 나무들이 모조리 뽑히거나 넘어졌다.

"크하하하! 놈, 가랏!"

쿠와아아!

장력이 날아왔다. 그런데 거대한 돌덩이다.

화악!

남궁관의 눈이 커졌다.

"자… 장강!"

하지만 묵곤혈참기의 장강은 일반 것과 다르다. 묵곤혈참기의 마기가 더해져 위력은 설명이 안 된다.

정확한 표현을 하자면 묵곤혈참강인 것이다. 십이성 이하일 때는 묵곤혈참기라고 부르지만 십이성에 오르면 강으로 변한다.

슈우우!

콰아아!

한쪽은 금지마공이고 한쪽은 신검이 자신보다 세 배는 자질이 뛰어났다고 극찬한 검의 귀재.

삐억!

검강과 묵곤혈참강이 다시 충돌했다.

우직끈!

콰르르르!

방원 이십여 장의 나무와 바위들이 송두리째 날아가고 뽑혀졌다. 단 일초에 이십여 장의 공간이 황무지로 변해 버린 것이다.

두 사람은 거의 무릎까지 땅에 박혀 있었고 남궁관이 검붉은 피를 토했다. 하지만 동천비는 꼼짝도 하지 않았고 오히려 입가에 냉소를 머금고 있었다.

실력의 우위가 드러난 것이다.

第二章
구천구백구십구 개의 방

대법왕 大法王

장축교는 천상각에서 동북쪽으로 오십 리 떨어진 곳에 있는 천 년 된 석교였다. 그 밑으로 해천강이 흐르고 강 주위로 갈대가 우거져 가을이면 적지 않은 유람객들이 찾아드는 조그만 명승지였다.

동쪽 하늘에 조금씩 빛이 몰리고 있었다. 비록 무공으로 단련된 몸이지만 밤새 알몸으로 있다 보니 조금씩 한기를 느끼기 시작했다. 밤사이 조용했는데 새벽이 되면서부터 강바람까지 불기 시작해 더욱 몸을 움츠렸다.

모용산은 자신이 날아왔던 방향으로 쳐다보며 애를 태웠다. 묵곤혈참기는 마공 중에서도 으뜸이며 동천비는 극성에 올라 있었다. 당대 제일의 검객 신검의 아들이지만 생사를 장담할 수 없었기에 더욱 초조했다.

밤이 조금씩 걷히면서 알몸이라는 것이 부끄러워지기 시작했고 주위가 의식되어 자꾸 살피기 시작했다.

‘제발!’

남궁관이 살아 돌아오길 간절히 바랐다.

현 무림맹주의 아들이자 사대가문 중 한 곳인 남궁가의 차기 가주.

강호의 중심이자 주류이고 구파일방도 남궁세가에게는 한 걸음씩 물러날 만큼 맹주의 권위와 위력은 크다. 또한 개문 이후 남궁세가는 최고의 부흥기를 누리고 있어서 감히 누구도 대적할 엄두를 내지 못하고 있다.

질끈!

모용산의 입술이 물렸다. 이미 머릿속에 모든 계산은 끝나 있었다. 하지만 계산이 세워져 있으면 뭐할 것인가. 당사자인 남궁관이 살아 돌아와야 어떻게 이행을 하든지 말든지 할 텐데.

확!

석교 중앙에 서 있던 모용산의 눈이 커졌다.

자신이 왔던 석교 입구에 사람이 나타났다. 어두워 모습을 분간할 수는 없었지만 틀림없이 움직이는 것이 사람이다.

모용산은 서너 걸음 다가섰다.

“나… 남궁 공자님.”

모용산은 한 걸음에 달려갔다.

남궁관은 피투성이가 되었는데 간신히 검에 의지하며 걸어오고 있었다. 모용산은 자신이 알몸이라는 사실도 잊은 채 그대로 남궁관을 끌어안았다.

"공자님!"

남궁관이 그대로 모용산의 품에 안겼다.

"공자님, 정신 차리세요."

모용산을 만남으로 마지막 의지가 소멸된 듯 남궁관은 의식을 잃었다. 온몸은 피로 범벅이 되었고 안색은 시체처럼 창백했다. 다행히 맥은 뛰고 있었지만 무척 위험한 징후가 곳곳에서 느껴졌다.

"공자님! 공자님!"

두어 번 부르며 흔들었지만 완전히 축 늘어졌다.

잠시 남궁관의 얼굴을 살피던 모용산이 다리를 벗어나 숲 속으로 들어갔다. 보드라운 풀밭 위에 남궁관을 반듯하게 누인 모용산은 옷을 벗기기 시작했다.

옷이 벗겨지고 드러난 남궁관의 몸은 처참했다. 온몸에 검은 장인이 찍혀 있었는데 묵곤혈참기의 마기였다. 서둘러 몸 밖으로 배출시켜 주지 않으면 목숨을 잃는다.

방법은 오직 한 가지뿐이었다. 소녀표향대법으로 남궁관의 몸의 양기를 촉발시켜 관계를 맺는 것이다. 관계를 하여 자신의 음기가 실린 내력을 남궁관의 몸에 이입하면 묵곤혈참기의 마기가 배출될 뿐만 아니라 체력도 회복할 것이다.

이거야말로 하늘이 내린 기회였다. 이것보다 더 완벽하고 사실적인 인연은 없다.

모용산의 시선이 남궁관의 아랫도리에 멈췄다. 주인이 의식을 잃은 탓에 아무런 반응을 보이지 않았다. 모용산은 조심스럽게 남궁관의 몸 위로 엎드렸다.

남궁관의 겨드랑이 아래로 양손을 넣어 상체를 끌어안고 소녀표향대법을 운용하기 시작했다. 소녀표향대법은 남자의 욕망을 부추기고 끌어올리는 사법이다.

얼음덩이처럼 차갑던 남궁관의 몸이 조금씩 소녀표향대법의 기운에 의해 온기를 내뿜기 시작했고 잠잠하던 아랫도리에서 반응이 오기 시작했다.

모용산은 더욱 대법을 끌어올렸고 반 각쯤 지나자 남궁관의 남성은 모용산을 밀어낼 만큼 거칠게 일어났다.

길게 호흡을 가다듬은 모용산이 엉덩이를 들어 올려 좌우로 서너 번 움직이더니 서서히 힘을 주었다.

"으으음!"

자신도 모르게 신음이 흘러나왔다. 사내를 처음 경험한 것은 아니지만 오늘따라 무척 고통이 느껴졌다. 지금까지 경험한 어떤 남성보다 힘차고 육중했다.

서서히 모용산의 하체가 움직이기 시작했다. 그리고 고통은 점차 희열과 쾌락으로 전신을 지배하기 시작했고 새벽녘 장축교 위로 모용산의 쾌감에 젖은 신음이 메아리 되어 울려 퍼졌다.

*   *   *

신으로 모시는 옥황상제가 만 개의 방을 갖고 있기 때문에 그에게 무례가 되지 않고자 딱 한 개를 줄여 구천구백구십구 개의 방을 만들었다. 동서로 일천 장이고 남북으로 일천오백 장이며, 팔백 채의 대소전각이 처마를 맞대고 있고 그 한가운데 누런 황금색의 지붕이 유난히 눈에 띄는데 이곳이 바로 황제가 기거하는 곳이었다. 일만 명에 가까운 시녀와 일천 명의 내관이 황제를 에워싼 깊고 깊은 구중심처에서 천하를 움직이는 명령이 흘러나온다.

일목을 등에 업은 동천몽이 자금성을 바라보고 있었다. 자금성 주위로는 삼십여 장 폭을 가진 해자(垓字)가 있고 동서남북으로 해자를 가로지르는 네 개의 다리가 있었다. 이 네 개의 다리를 이용하지 않고서는 자금성을 침입한다는 것은 불가능했다. 물론 동천몽의 신법이라면 단번에 도약하여 건널 수기 있지만 문제는 담벼락이었다. 단숨에 삼십여 장의 폭이 되는 해자를 넘어 하늘을 찌를 듯 솟아 있는 오 장 높이의 담벼락을 넘는다는 것은 거의 불가능에 가까웠다. 즉 물이 아닌 지면이라면 땅을 박차고 도약을 할 수 있지만 그렇지 않기 때문에 불가능한 것이다.

북경에 도착한 지는 오늘로 닷새째였다.

여러 곳을 수소문한 가운데 황궁어의의 사가를 알아내었다. 또한 이따금 며칠씩 사가에서 머무른다는 말을 듣고 잠복했지만 그림자도 발견하지 못했다.

방법이라고는 자금성을 침투해 들어가 직접 황궁어의를 찾아가는 길뿐이었다.

등 뒤에 업힌 일목은 무모한 일이라면서 한사코 내버려 두라고 했지만 그럴 수는 없었다. 자신을 위해 생명을 바친 수하이니 자신도 그를 위해 할 수 있는 데까지는 해야 한다. 그것은 당연한 인간관계인 것이다. 받았으면 절반이라도 갚는 것이 올바른 삶이고 인간다운 모습이라고 생각했다.

"음!"

동천몽의 눈빛이 가라앉았다. 마침내 어떤 결심을 한 표정이었다.

동천몽이 몸을 돌렸다.

잠시 후 동천몽이 나타난 곳은 포목점이었다. 흰 무명으로 된 띠를 은자 닷 푼에 구입하여 아기를 업듯 등 뒤 일목을 단단히 묶었다.

"뭐… 뭐 하려는 것입니까? 설마."

"조용히 해라, 넌."

"대… 대법왕님."

"시끄럽다."

동천몽은 일목을 묶어 업고 이번에는 만물점을 찾아가 좌우 석 자가 되는 연투포(軟透布)를 구했다. 연투포는 얇은 천으로 물이 스며들지 않는다. 좌우와 밑을 박음질하여 봉지 형태로 만들었다.

잠시 후 동천몽은 다시 황궁을 에워싸고 있는 해자 앞에 섰다.

네 개의 다리 중 호석(虎石) 기둥이 세워진 호교(虎橋)였다. 네 개의 다리 경비 상태는 거의 같았고 무사들은 금위영반들이었다. 자금성의 경비는 외곽과 황제 측근무사들의 무공이 가장 높았다. 무공이 높은 금위영반 무사들을 외곽에 배치한 것은 애초부터 적의 침입을 방지하자는 목적 때문이었다. 그런 탓에 자금성은 지난 몇 년 단 한 번의 자객도 침입하지 못했다.

정면 돌파를 할 수도 있었다. 그러나 긁어 부스럼이 될 뿐 아니라 자칫 사건을 확대시킬 위험이 있었다. 힘은 들겠지만 가장 간단한 것은 역시 잠입이었다.

"답답하겠지만 참아라!"

동천몽은 연투포에 바람을 잔뜩 넣어 일목의 고개를 집어넣고 목덜미를 끈끈한 액으로 발라 바람이 새어 나오지 않도록 했다. 봉지 안에 고개를 넣은 일목이 놀란 눈으로 쳐다본다.

푸욱!

소리없이 일목을 업고 물속으로 들어갔다.

물은 탁기가 있어 안으로 들어가자 금방 햇빛이 차단되어 캄캄했다. 동천몽은 귀식대법을 펼침과 아울러 두 눈에 내력을 모아 안광을 발산했다.

"헛!"

돌연 동천몽이 기겁했다. 놀랍게도 물속에는 수많은 철조망

이 거미줄처럼 쳐져 있었다. 침입자를 막으려는 장치인 듯했
는데 동천몽이 더욱 놀란 것은 철조망이 푸른색을 띠고 있다
는 것이었다.

'독이다!'

필시 독을 묻혀놨음이 분명했다.

투명한 연투포를 통해 물속 상황을 발견한 일목 또한 절망
의 표정을 지었다.

다행이라면 쳐놓은 지 아주 오래된 듯 철조망은 세월에 부
식되고 늘어져 끊어지거나 늘어진 곳이 많았다. 조심스럽게
통과를 시도해 볼 수는 있었지만 귀식대법을 사용할 수 없는
일목을 위해 준비한 연투포가 만약 철조망에 찢겨지기라도 하
는 날엔 실패로 끝날 수 있었기 때문에 신경이 쓰였다. 보통
사람과 다를 바 없는 일목이 물속에서 숨을 쉬지 않고 견딘다
는 것은 불가능하다.

일목이 양손으로 옆구리를 두들겼다.

위험하므로 돌아가자는 뜻이었지만 동천몽은 반응하지 않
았다.

스윽!

동천몽이 눈앞에 쳐진 철조망을 쳐들어 간격을 벌렸다. 독
이 침범할 수 없는 신체이기 때문에 개의치 않았다. 일목이 철
조망에 연투포가 찢어지지 않도록 얼굴을 바짝 등에 붙였다.
동천몽이 한 손을 벌린 철조망 사이로 두 사람은 물고기처럼
조심스럽게 통과했고 조금씩 앞으로 전진했다.

철조망이 워낙 얽혀 있어 나아가는 속도의 시간은 더뎠다. 사실 물속에 이런 함정이 있는 줄 미처 예상하지 못했기 때문에 연투포 안에 든 공기는 이각을 넘기지 못할 작은 양이었다. 그런데 철조망을 피해 조심스럽게 접근하는 바람에 채 절반도 통과하지 못했는데 이각이 흘렀고 등으로 떨림이 전해오고 있었다. 일목이 숨을 참으며 온몸을 떨고 있는 것이었다.

동천몽은 고개를 돌리자 일목의 눈이 빨개진 것을 볼 수 있었다. 얼굴의 힘줄이 연투포를 통해 보였는데 무척 고통스러운 듯했다. 서둘러 공기를 마시게 해주지 않으면 숨이 막혀 죽을 것이다.

부들부들!

일목이 사지를 떨었다.

동천몽은 다급했다. 버티다간 일목이 죽을 것이므로 하는 수 없이 수면으로 올라갔다.

모든 건 하늘에 맡겨야 할 상황이었다.

스르르!

갑자기 물이 좌우로 갈아지고 일목이 모습을 드러냈다. 동천몽은 수면 아래에 있고 일목만 물 바깥으로 올라가도록 한 것이다.

쫘악!

일목이 연투포를 찢었고 거칠게 숨을 내쉬었다.

"크허허허!"

일목이 폭발하듯 숨을 뱉었다. 그리고 등 뒤로 고개를 돌려

다리 입구를 지키고 있는 무사들을 살폈다. 다행히 무사들은 모두 입구 저쪽을 바라보고 있었지만 계속 그렇게 시선을 돌려준다는 보장은 없었다.

동천몽이 전음을 보냈다.

"살피면 신호를 보내라."

그때부터 일목은 고개를 뒤로 돌렸고 동천몽은 수면 가까이 수영을 전개했다.

투투툭!

동천몽은 앞을 막는 철조망을 손으로 잘라갔다.

탁!

일목의 오른발이 옆구리를 찼다. 경비무사의 고개가 이쪽으로 돌려오고 있다는 뜻이었으므로 잽싸게 잠수를 감행했고 일목의 모습은 물속으로 사라졌다. 잠시 후 두 호흡 정도 지나 일목의 고개가 슬며시 물 위로 솟구치며 경비무사를 살폈다. 경비무사의 고개를 이미 다른 곳으로 돌아가 있었다.

그렇게 두 사람은 무사히 해자를 건너 담벼락 앞에 도달했다. 동천몽이 고개를 뽑아 살폈다. 오 장 정도로 예상했는데 가까이서 보니 족히 육 장은 넘어 보인다.

사삭!

동천몽의 양손이 담벼락에 닿았다. 마치 개구리 앞발이 벽에 붙는 것 같았고 이어 뒷발 또한 벽에 붙었다.

'벽호공을!'

벽호공은 도마뱀(壁虎)이 벽을 기어다니는 것처럼 손바닥과 발바닥을 이용해 담벼락을 오르는 것이다. 벽호공의 생명은 손바닥과 발바닥이다. 손과 발바닥을 움푹하게 만들어 진공 상태로 만든 후 강력한 흡착력을 일으켜 오르는 것인데 동천 몽은 물이 묻은 상태로 전개한 것이다. 물이 묻게 되면 미끄러 울 뿐 아니라 진공상태로 만들 수가 없는데 동천몽은 막힘이 없었다. 더구나 등에는 자신을 매달았다.

스스스스!

동천몽 등에 매달린 일목은 연신 감탄을 금치 못했다.

동천몽은 일반적인 벽호공 수준을 넘어서 있었다.

척!

가볍게 담장 끝으로 올라선 동천몽이 안쪽을 대략 살피더니 소리없이 안으로 떨어져 내렸다.

일목이 무명띠를 벗고 내리려 하자 동천몽이 말렸다.

"가만 있거라."

갑자기 열기가 전해져 왔다. 동천몽이 내력을 끌어올려 자 신의 옷은 물론 일목의 의복까지 말리는 것이었다. 하나같이 듣도 보지도 못한 경탄할 기예에 일목은 연신 입이 아플 만큼 벌렸다.

"누구냐?!"

갑자기 싸늘한 외침이 들리더니 한 명의 갑옷을 입은 무사 가 나타났다. 동천몽은 직감적으로 두 사람의 몸에서 나는 수 증기 때문에 발각되었다는 것을 알고 곧바로 오른손을 뻗었 다.

따악!

동천몽의 장심이 갑옷무사의 앞가슴에 격중되었는데 치지직 하는 소리가 들리더니 격중 부위가 녹아버렸다. 강한 양강 장력이 명치를 녹여 버린 것이다.

동천몽은 그것으로 끝내지 않고 시신을 완전히 삼매진화식으로 태워 버렸다. 시신이 발견되면 골치 아프기 때문이다.

옷이 마르자 두 사람은 이동하기 시작했다.

전진 속도가 예상보다 느려졌다. 경계가 삼엄하기도 했지만 발각되지 않아야 한다는 전제 때문에 무척 조심스럽게 움직이기 때문이었다.

암습으로 죽이고 편히 전진할 수 있지만 그렇게 되면 근무를 교대하거나 경계무사가 사라지면 금방 의심을 하게 되고 문제는 커진다. 힘들고 느리더라도 들키지 않고 잠입하는 것이 가장 좋다. 그러나 너무 넓고 큰 자금성을, 그것도 황궁어의의 거처를 찾는다는 것은 쉽지 않은 일이었다. 지금처럼 이런 식이라면 몇 날 며칠이 걸릴지도 모른다.

고심 끝에 동천몽은 결단을 내렸다. 들키지 않기 위함이라고는 하지만 언제까지 소극적으로만 나갈 수는 없었다.

커다란 노송 뒤에 몸을 숨기고 있을 때 두 명의 백의무사가 어깨를 나란히 하고 다가왔다.

'동초로군!'

경계는 동초와 보초로 구분된다. 동초는 움직이며 순찰을 도는 것이고 보초는 고정된 자리에서 일정한 시간 동안 자신이 할당받은 지역을 지키는 것이다.

두 무사가 가까이 다가오자 동천몽의 오른손이 번개처럼 움직였다.

파팍!

두 사람이 방어를 하기에는 동천몽의 공격이 너무 빨랐다. 마혈과 소릴 지를 것을 대비해 아혈까지 눌렀는데 두 사람은 경악의 표정을 지었다.

그런데 동천몽이 아닌 일목을 주시하고 있었다. 아마 태어나 처음으로 눈 하나인 사람을 보는 것 같았다.

동천몽이 입을 열어 취조를 하려다 얼른 다물었다. 한 가지 좋은 생각이 머리를 스친 것이다.

"일목, 네가 추궁해라."

전음이 파고들자 일목이 의혹의 표정을 지었다. 하나 이내 동천몽의 속뜻을 간파한 일목은 두 사내를 향해 인상을 썼다.

하나뿐인 눈에다 인상까지 쓰자 두 무사는 더욱 놀랐다. 일목의 얼굴은 거의 두려움이었다.

동천몽의 생각은 간단했다. 일목의 신체적 특징, 즉 하나뿐인 눈을 비롯한 험악한 인상을 이용하면 훨씬 효과있는 취조가 되리란 것이었다.

"내 명령을 따르면 조용히 살려준다. 그러나 삐딱하게 나가면 모가지를 한 바퀴 돌려 버리겠다. 모가지를 한 바퀴 돌리면 어떻게 되는지 말하지 않아도 잘 알 것이다."

일목은 첫마디부터 험하게 나갔다.

예상대로 두 무사의 표정이 굳어졌다. 인상만 험한 것이 아니라 심성도 독하다는 것이 느껴진다.

"왜 대답이 없느냐? 모가지를 한 바퀴 돌리면 어떻게 되느냐?"

일목이 일부러 잔인함을 풍기려는 듯 다시 물었다.

오른쪽 무사가 말했다.

"주… 죽지 않겠습니까?"

"죽지요."

"모가지가 한 바퀴 돌아갔는데도 산 놈은 여지껏 못 봤다. 참고로 내 주특기는 모가지 돌리는 것이다."

두 사내의 안색은 완전히 흙빛이 되었다.

"빨리 가봐야 하니 어서 물어주십시오."

왼쪽 사내가 채근했다. 이왕지사 이렇게 됐으니 서둘러 각자 볼일 보자는 뜻이었다.

일목이 웃었다.

"새끼, 의외로 말이 통하는구나. 좋다, 임금님."

"황제라고 불러라."

신속히 일목의 귓가로 전음이 파고들었다.

일목이 동천몽을 힐끔 본 후 다시 말했다.

"황제님의 병을 고친 자가 있는 곳으로 우릴 안내하거라. 어의라고 있지 않느냐?"

어의란 말에 흠칫했다.

두 사람이 서로 눈치를 살피며 입을 열지 않자 일목이 눈을 세모꼴로 만들었다.

"모가지를 돌려달라는 얘기구나."

일목이 오른손을 쳐들어 올리는 시늉을 하자 왼쪽 사내가 황급히 입을 열었다.

"저쪽 길을 따라 올라가면 어의전이라고 쓰여 있는 전각이 나옵니다. 그곳입니다."

"그 말을 날더러 믿으란 말이냐? 만약 엉뚱한 곳으로 가르쳐 주면 죽는다."

"감히 우리가 어찌 거짓을."

"좋다. 너희를 믿고 싶지만 그래도 세상 인심이 워낙 험악하니 일단 마혈을 제압해 놓겠다. 참고로 우리의 점혈수법은 독특해서 다른 사람은 절대 풀지 못한다. 만약 무리하여 해혈하려고 했다가는 온몸이 엄청 꼬인다. 그러나 더욱 중요한 것은 꼬이면서 고통만 동반될 뿐 절대 죽지 않는다는 것이다."

"그… 그럼 죽을 때까지 고통과 함께해야 한다는 말씀 아닙니까? 어의전은 그쪽이 아닙니다. 저쪽으로 가야 합니다."

오른쪽 사내가 서둘러 왼쪽 사내가 가르쳐 준 반대쪽을 손가락질했다.

그러자 왼쪽 사내 얼굴이 흙빛이 되었다.

일목이 눈을 부릅뜨며 주먹을 쳐들었다.

"너 아주 나쁜 놈이구나. 그렇게 안 봤는데."

"잠깐!"

왼쪽 사내가 일목의 동작을 제지하더니 말했다.

"솔직히 우린 황실의 무사입니다. 적에게 잡혔다고 해서 그냥 고분고분 가르쳐 주기는 그렇잖습니까?"

"그래서 한번 버텨봤다는 것이냐?"

"죄송합니다. 이젠 진짜 안 버티겠습니다. 이 친구 말대로 저쪽으로 가시면 나옵니다. 믿어주십시오."

일목이 동천몽을 쳐다보았다. 마혈을 풀어달라는 뜻이었으므로 손을 뻗어 해혈했다.

파팟!

그런데 일목이 갑자기 두 사내의 오른쪽 옆구리를 주먹으로 가볍게 쳤다.

"뭐… 뭐 하는 겁니까?"

"옛말에 열길 물속은 알아도 한 길 사람 속은 모른다고 했다. 더구나 앞서 거짓말의 전력이 있기 때문에 대비책을 세워야 할 것 아니냐?"

두 사내가 호흡을 가다듬어 보고 몸을 움직여 보았다. 하지만 어디에도 제약된 흔적이 나타나지 않았으므로 눈살을 찌푸렸다.

일목이 웃음을 지었다.

"총혈이라는 것이다. 겉으로는 표식이 나지 않지만 일정 시간이 지나면 조금씩 고통을 몰고와 나중에는 완전히 전신을 비틀어 버린다."

"헉!"

"우… 우린 진심으로 말했는데요. 진짜?"

"일단 볼일 보고 한 시진 후에 이곳에서 다시 만나자. 그때까지 우리에게 별일이 없으면 풀어주겠다."

일목이 동천몽을 보며 가자는 눈짓을 했고 두 사람은 겁먹은 두 무사를 놔두고 자리를 떠났다. 무사들은 무척 불안한 표정으로 걸어가는 두 사람을 쳐다보았다.

"우라질! 잠깐 기다리쇼."

오른쪽 사내가 달려오더니 품에서 둥근 옥패 한 개를 꺼내밀었다.

"이게 뭐냐?"

일목이 물었다.

오른쪽 사내가 말했다.

"우리의 신분을 나타내는 패요. 누가 검문을 하거든 그걸 내미시오. 그럼 괜찮을 것이오."

일목이 눈을 빛냈다.

"갑자기 왜 이렇게 친절을 베푸냐?"

"씨벌, 진짜 몰라서 묻소? 빨리 볼일 보고 나와야 우리가 자유로운 몸이 될 것 아뇨. 뭘 보우? 빨리 볼일 보고 돌아와 우릴 풀어주지 않고."

"아… 알았다."

일목이 고맙다는 듯 손을 들어 보이고 등을 돌렸다.

두 사람은 계속 숲길을 이용하자 등 뒤에서 말했다.

"그럴 필요 없소. 오히려 숨어가면 더 의심을 받을 것이니 그냥 당당하게 행동하시오."

두 사람은 잠시 쭈뼛거리다 밖으로 나와 걸었다. 사내들의 말처럼 당당하게 걷자 누구도 쳐다보거나 의심하지 않았다.

"총혈이라는 게 뭐냐?"

거리가 멀어지고 동천몽이 물었다. 처음 듣는 말이었기 때문이다.

일목이 뒤를 한 번 돌아보고 말했다.

"꾸며낸 말이옵니다, 놈들 겁을 주기 위해."

동천몽이 눈을 크게 떴다.

한참 길을 거슬러 오르자 머리 위로 반월교가 가로지르는 굴이 있었다. 굴을 지나자 넓은 대리석 광장이 나타났다. 적지 않은 사람들이 통행을 했지만 자연스럽게 끼어들었으므로 의심하는 사람은 없었다.

광장 끝에 이르자 긴 회랑이 나타났다. 한참을 걸어 회랑을 벗어나자 다시 오솔길이 이어졌고 조그만 고개를 넘어서는데 한 채의 전각이 나타났다.

"저기로군!"

어의전이라는 현판이 눈에 선명하게 들어왔다.

동천몽은 어의전을 쳐다보았다. 눈에 보이는 경비무사는 없었다. 그러나 여러 개의 기척이 느껴졌다. 황제의 건강을 관리하는 사람이니 당연히 경비는 삼엄할 것이다.

"천천히 뒤따라 오거라."

동천몽이 몸을 날렸다.

어의만 잡으면 되므로 더 이상 소극적으로 나갈 필요가 없는 것이다.

획 하는 바람 소리와 함께 동천몽이 자작나무 뒤를 돌아갔는데 짧은 비명이 흘러나왔다.

퍼퍽!

이곳저곳에서 둔탁한 소리가 들렸고 비명도 지르지 못한 무사들의 시신이 바닥을 나뒹굴었다. 십여 호흡이 채 되지도 않았는데 동천몽은 전각 주위에 숨어 있는 십여 명의 무사가 펼치는 경계를 완벽하게 허물어 버렸다.

슈욱!

동천몽이 전각의 계단을 날아 올라 문을 열었다. 이어 곧바로 천장을 향해 지력을 발산했고 가벼운 한숨 소리가 들리며 조용해졌다.

파파팟!

연달아 벽과 기둥에 연거푸 지풍이 박혔고 동천몽이 복도 중앙에 날아 내렸다. 복도에 설치된 경계망이 제거되었다.

길게 한숨을 내쉰 동천몽이 복도를 따라 천천히 걸었고 일목이 뒤를 따랐다.

스르르!

복도 끝에 닫힌 문을 잡아당겼다.

문을 열고 들어섰다. 뚱뚱한 노인이 흔들의자에 앉아 책을 보고 있었는데 문이 열리는 소리에 돌아보았다. 뚱보노인은 낯선 사내가 들어서는데도 전혀 놀라거나 이상한 시선을 던지지도 않았다.

동천몽은 일목을 향해 눈짓을 했다. 한쪽에 빈 침상이 놓여 있었는데 누우라는 뜻이었다.

스윽!

일목이 침상 위로 올라가 몸을 눕혔다.

자신의 허락도 없이 환자처럼 침상 위에 눕자 뚱보노인의 눈이 커졌다.

"나 바쁜 사람이오."

동천몽이 쏘아붙였다. 그것은 빨리 살피라는 압박이었는데 뚱보노인은 동천몽을 물끄러미 보더니 돌연 빙긋 웃음을 지었다.

"바쁜 건 자네 사정이지, 난 전혀 바쁘지 않네."

동천몽이 눈을 치켜떴다.

뚱보노인이 계속 말했다.

"그런데 저 사람은 누군가? 황제인가?"

"……."

"난 황제 폐하가 아니면 누구도 돌보지 않네."

뚱보노인이 침상에 누운 일목을 보며 말했다.

동천몽이 나직이 말했다.

"존장임을 감안해 한번 더 말하겠소. 속히 내 수하의 상세를 살피시오."

문득 뚱보노인의 입가에 피어 있던 웃음이 사라졌다.

동천몽의 몸에서는 물론이고 목소리에서도 위엄이 풍겨 나왔기 때문이었다. 한눈에 범상한 인물이 아님을 알아본 것이다. 더구나 수하를 살리기 위해 황실이라는 용담호혈로 뛰어들 정도라면 분명히 보통 사람과는 다르다는 것을 느낀 것 같았다.

뚱보노인은 보던 책을 덮고 몸을 일으켰다.

침상에 누워 있는 일목을 보더니 흠칫했다. 처음에는 원래는 두 개였다가 한 개가 없어진 줄 알았는데 타고날 때부터 눈이 하나라는 것에 놀랐고 두 번째는 겉의 상처도 컸지만 안의 상처가 깊다는 것에 놀란 것이다.

'황실에 내려오는 천지인록이라는 서책을 보면 독목인(獨目人)을 거두면 천하를 쥔다고 했다.'

뚱보노인이 다시 동천몽을 보았다. 쳐다보는 눈빛이 조금 전과 완전히 달라져 있었다.

황실 밥만 오십 년이었다. 그래서 사람 보는 안목은 있다고 자부했다.

"귀인이구려?"

동천몽은 묵묵히 대답했다.

"대법왕이오."

동천몽이 지체없이 백상불을 보여주었다.

"으헛!"

뚱보노인이 기절할 듯 놀라더니 그 자리에서 무릎을 꿇었다.

"소인 만천의옹이 삼가 대법왕님을 뵈옵나이다."

동천몽이 조용히 말했다.

"당신의 주인은 황제일 텐데 어이 내게 무릎을 꿇으시오?"

"육신의 주인은 황제이나 영혼의 주인은 대법왕이십니다. 제가 지금 보고 있는 책이 어떤 것인 줄 아시옵니까? 만불경이옵니다."

그러면서 탁자 위에 놓았던 책을 보여주었다.

제목은 초서로 쓰여 있다. 물론 동천몽의 학습 능력으로 읽는다는 것은 불가능했다. 이럴 때는 그냥 덤덤하게 무게만 잡는 것이 대수라는 것을 이미 많은 경험으로 터득했다.

"아시겠지만 만불경은 초대법왕이신 천룡법왕께서 지으신 책이옵니다. 구구절절이 지혜롭고 마음을 울리는 내용이지요."

"좋은 책이지."

동천몽은 무척 신중했다. 긴말하면 책잡힌다.

"물론 라마교를 믿습니다. 오오! 내 생전에 대법왕님을 이렇게 친히 뵙다니 갑자기 눈물이 나오려고 합니다."

가만 내버려 뒀다가는 진짜 울듯 눈물을 글썽거렸다.

동천몽이 서둘러 말했다. 놔두면 울고, 울면 시간이 길어지고, 그렇다 보면 길보다는 흉이 닥칠 가능성이 있었다.

"급하오. 어서 부탁하오."

"염려 마십시오. 이미 병세를 읽었사옵니다."

동천몽이 놀란 눈으로 쳐다보자 만천의옹이 웃었다.

"그러니까 어의이지요. 잠시만 기다리소서."

만천의옹이 한쪽 벽을 향해 다가가더니 귀퉁이에 조그만 단

추를 눌렀다.

그그궁!

그러자 벽이 좌우로 갈아지고 수많은 약재들이 담긴 약장이 모습들 드러냈다. 약장 한가운데에 있는 서랍을 열었는데 공유라는 글씨와 천설이라는 글씨가 쓰여 있었다.

만천의옹이 서랍을 열고 한 뿌리의 약초를 꺼내 돌아왔고 동천몽이 눈을 빛냈다.

"혹시 천설이라는 것이 천년설삼과는?"

만천의옹이 빙긋 웃었다.

"과연 대법왕님의 지혜는 따를 자가 없군요. 맞사옵니다. 천년설삼을 약칭해서 그렇게 부르지요."

태어나 처음으로 지혜가 출중하다는 칭찬을 들어서인가. 자신도 모르게 웃음이 나오려고 했다. 하지만 그렇다고 웃으면 경박스럽게 보인다. 동천몽은 이를 악물고 품위를 지키려 애를 썼다.

천년설삼은 말 그대로 눈밭에서 천 년을 성장한 삼이다. 그 효능은 공청석유와 더불어 천하 최고의 영약으로 회자되며 귀하기가 이루 말할 수 없고 돈이 있다고 해서 아무나 구할 수 있는 것은 더욱 아니었다.

만천의옹은 천년설삼을 나무로 된 압착기에 넣어 힘껏 눌렀다. 그러자 설삼이 눌러지며 재색의 액이 조그만 잔으로 떨어졌다. 잔을 조금 채운 액을 일목의 입속에 넣었다. 일목은 정신을 잃지 않고 있었기 때문에 입을 벌려 금세 삼켰다.

　뒤이어 만천의옹은 일목의 열여덟 사혈에 금침을 꽂기 시작했다. 금침을 꽂는 속도는 무척 신중했다. 때문에 열여덟 개를 모두 꽂았을 때 입고 있던 백의가 땀으로 흥건했다.

　일목은 어느새 깊은 잠에 빠져들었다.

　"닷새 정도 지나면 완치가 될 것입니다."

　만천의옹이 수건으로 땀을 닦으며 말했다.

　동천몽이 깊숙한 눈빛으로 만천의옹을 보며 말했다.

　"고맙소이다. 이건 진심이오."

　"이러지 마십시오. 대법왕님께서는 라마교를 믿는 누구에게도 경어를 사용해서는 안 된다는 걸 모르시옵니까?"

　"알겠느니라. 널 만난 것 또한 세존의 뜻이 아닌가 싶구나."

　"물론이옵니다."

　"그나저나 황제가 먹어야 할 천년설삼을 내가 사용해서 어떡하느냐?"

　"자주는 아니지만 가끔씩 천년설삼이 들어오지요. 하오니 너무 미안해하지 마십시오. 그보다."

　만천의옹이 정색하여 보았다.

　"대법왕님께서 어떻게 해서 여기까지 들어오셨는지 모르지만 아무튼 대단한 무공을 지니신 것 같군요. 특히 이 늙은이가 사는 이곳의 경계는 허술하지 않지요. 지키는 무사들 모두 일류고수들입니다."

　"어쩔 수 없었느니라."

　죽인 것을 이해해 달라는 뜻이었다.

"비명도 듣지 못했사온데, 역시 대법왕님이시옵니다. 말이 나왔으니 이 늙은이가 좋은 곳을 소개해 드릴까 하옵니다. 그곳에서 저 독목 수하가 나을 때까지 소일하시지요."

"어디이더냐?"

"황궁무고라고 들어보았습니까?"

동천몽이 깜짝 놀라는 표정을 지었다.

듣다뿐이겠는가? 천하에서 가장 많은 책이 보관된 천하제일서고라고 했다. 그곳에는 일반서적에서부터 천문지리는 물론 무공기서와 온갖 잡학서적이 망라되어 있다.

"그곳을 구경시켜 주겠다는 것이냐?"

책을 싫어하는 동천몽이었다. 하지만 황궁무고에 관한 얘기는 적지 않게 들었으므로 호기심이 생겼다. 물론 책을 보기 위해서 가려는 것은 절대 아니었다. 그저 단순한 구경 삼아 가려는 것이다.

"우선 대법왕님께서 극락으로 인도한 경비무사들의 시신부터 처리하겠사옵니다. 잠시만 기다리소서."

만천의옹이 밖으로 나갔다.

동천몽은 의식을 잃고 잠에 빠진 일목을 바라보았다. 생각할수록 일목에게 큰 빚을 졌는데 이제 어느 정도 마음이 가벼워졌다. 수하라고 해서 주인을 위해 아무나 목숨을 던지지 않는다. 그런데 일목은 하나뿐인 목숨을 미련없이 던졌다. 그것은 백번을 생각해도 가슴 울릴 일이었다.

황궁무고는 지하 이백여 장 깊은 곳에 있었다. 사람이 지키는 다섯 개의 관문과 기관으로 된 세 곳의 함정을 통과했다. 만약 만천의옹의 안내가 없었다면 절대 들어갈 수 없을 만큼 철저히 외부의 침략으로부터 보호되고 있었다.

그그궁!

서고를 들어가는데 마지막 관문이자 사서인 백발의 노인이 만천의옹을 향해 예를 취하고 기관을 작동했다.

거대한 석문이 열렸다. 어지간한 장원의 정문보다 더 크고 높은 육중한 석문이 열리고 들어서던 동천몽은 그 자리에서 걸음을 세웠다.

그것은 서고라기보다는 드넓은 광장이었다. 서고는 바둑판처럼 오와 열을 갖추고 있었다.

"맙소사!"

"놀라시는군요? 소인도 처음 들어왔을 때는 너무 놀라 기절할 뻔했지요."

동천몽은 본격적으로 서고를 돌아보기 시작했다. 만천의옹의 성의를 생각해 대충 훑어만 볼 요량이었다.

각 칸마다 꽂혀 있는 책의 종류를 알 수 있도록 입구에 글씨를 써놓았다. 동천몽은 시큰둥한 얼굴로 서고를 돌아다녔다. 서고의 각 칸을 뛰다시피 돌아보던 동천몽의 걸음이 멈췄다.

척!

구파일방무(九派一幇武).

열두 번째 칸을 돌려고 할 때 눈에 띈 팻말이었다.

슥!

소림이라고 쓰인 칸에서 손에 잡힌 대로 한 권의 기서를 뽑아 살폈다. 머리를 깎은 중이 장력을 날리는 자세를 그려놨는데 표지에 항마연환신퇴라고 쓰여 있었다. 같은 불문이기 때문에 꾹 참고 서너 장을 넘겼지만 워낙 글씨가 많았으므로 얼른 꽂아 넣었다.

"왜? 볼 것이 없사옵니까?"

소림의 절기가 있는 곳을 대충 지나치자 뒤를 따르던 만천의옹이 물었다.

"별로구나."

동천몽은 다시 통로를 부지런히 돌아다녔다. 뒤를 따르던 만천의옹의 입가에 미소가 떠올랐다. 서장의 지인들을 통해 새 대법왕에 대해 어느 정도 얘길 들었다. 그런데 오늘 보니 그들의 얘기가 하나도 틀리지 않았다.

'책을 무척 싫어한다더니!'

괜히 데려왔다는 생각을 했다. 자기 딴에는 큰 도움을 주려는 것이었는데 동천몽의 행동은 그게 아니었다.

급기야 서고를 돌아다니던 동천몽이 하품했다. 더욱 어이없는 것은 서고의 책들을 살피는 것이 아니라 천장에 붙은 야광주에 흥미를 보였다는 것이다. 야광주는 보는 각도에 따라 색깔이 달라 보이는데 그것이 재미있는지 자꾸 자리를 옮기며 쳐다보았다.

척!

두 번째로 동천몽의 걸음이 멈췄다. 만천의옹은 무슨 이유로 멈췄는지 궁금했으므로 서둘러 다가갔다.

동천몽이 서 있는 곳에는 포달랍궁무(包達拉宮武)라는 글씨가 쓰여 있었다. 그런데 다른 문파들은 상당한 기서들이 꽂혀 있었는데 포달랍궁무에는 달랑 양피지 한 장이 방치되듯 놓여 있었다.

"왜 그러십니까?"

만천의옹이 웃음을 짓고 있는 동천몽을 향해 이유를 물었다.

그러자 동천몽이 대답을 했다.

"너도 봤겠지만 다른 문파의 기서들은 많지 않았느냐? 설혹 그것이 진본이든 사본이든, 하지만 보다시피 우리 포달랍궁 것은 달랑 저 양피지 한 장뿐 아니냐? 명문일수록 자파의 진산절기의 외부유출을 엄격히 제한하고 단속한다. 다른 문파의 것들은 수북한데 본 궁의 절기는 거의 없다는 의미는 우리가 그만큼 절기보호에 철저했다는 뜻이며, 그건 곧 더욱 명문이라는 것 아니겠느냐?"

"그러하옵니다. 물론 구파일방의 무예 중 사본이 더 많지만 적지 않게 진본도 있지요. 그런데 포달랍궁만은 저 양피지 한 장인 걸 보면 역시 다릅니다."

만천의옹의 은근한 칭찬에 더욱 흡족한 듯 동천몽은 노골적으로 미소를 지으며 손을 뻗었다.

양피지는 어찌나 오래됐는지 먹물처럼 검게 변해 있었다. 겉에 뭐라고 글씨가 쓰여 있었는데 동천몽이 이마를 찡그렸다. 너무 흐릿했기 때문에 글씨를 정확히 읽을 수가 없었기 때문이다.

물론 학문이 깊은 만천의옹은 그렇지 않았다. 그의 눈에도 글씨는 부정확했지만 대강의 윤곽만으로도 무슨 글씨인지 알아볼 수 있었다.

"뭐지, 어두워서 이놈의 글씨가."

그러면서 책을 멀리 밀어 살폈고 두 눈을 좁혔다. 누가 봐도 글씨가 잘 보이지 않아 취하는 행동이다.

"기도살법(氣刀殺法)이라고 쓰여 있군요."

"아, 이게 도자인가? 맞아 칼 도자로군. 난 이것 때문에 힘력 자로 읽을 뻔했군."

칼[刀]의 윗부분이 접혀지면서 언뜻 력 자로도 혼동할 수 있었다. 하지만 앞뒤 문맥을 본다면 누가 봐도 칼[刀] 자로 읽을 것이다.

"가만, 기도살법이라면?"

권태가 가득하던 동천몽의 눈알에 힘이 들어갔다.

"왜 그러시옵니까?"

동천몽이 다시 책 표지를 뚫어져라 쳐다보았다. 흐릿한 글씨를 쳐다보는 동천몽의 눈앞으로 죽은 천장금왕의 얼굴이 떠올랐다.

"대법왕님의 절기는 모두 네 가지가 있사옵니다. 첫째는 불사심법이고, 둘째가 지옥금이며, 세 번째는 만마생사혈이지요."

"넷째는 뭐냐?"

"네 번째 절기는 지금 본 궁에 없사옵니다. 엄밀히 말하면 이백여 년 전에 사라졌지요. 기도살법이라는 것으로 소승도 자세히 알지 못하지만 전해오는 얘기를 빌리면 표현할 수 없을 만큼 신비막측한 절기라 하옵니다."

"대충이라도 말해보거라."

"한마디로 보이지 않는 칼입니다."

"뭐? 보이지 않는 칼? 어떻게 칼이 눈에 안 보일 수가 있단 말이냐?"

"오로지 불사심법으로만 가능한 절기이지요. 불사심법이 극성에 이르면 내기를 칼로 만들 수가 있사옵니다."

"정말이냐? 거짓말이지?"

"감히 소승이 뉘 안전이라고 거짓을 고하겠나이까. 다시 말하지만 불사심법이 십이성에 이르러야만 가능한 절기입니다."

"내기를 칼로 만든다는 것은 곧 입에서 칼이 나온다는 얘기 아니냐?"

"그렇습지요. 고금을 통틀어 입 안에 칼을 숨겼다가 공격하는 절기는 있었으나 내기를 칼로 만들어 공격하는 비기는 본 궁의 기도살법뿐이옵니다. 하지만 유감스럽게도 사라졌지요."

동천몽의 눈이 부리부리해졌다.

'그럼 이것이!'

동천몽은 양피지 뒷면을 살폈다. 순간 동천몽의 인상이 찡그려졌다. 비록 한 면밖에 차지하고 있지 않았기 때문에 양이 작을 것이라고 생각했는데 그게 아니었다. 글씨가 깨알같이 작았다. 작고 빽빽한 글씨는 동천몽을 질리게 만들기에 충분했다.

혹시나 하면서 샅샅이 살피고 앞면을 다시 보았다.

"무얼 찾으십니까?"

지켜보던 만천의옹이 물었다.

"그림이 없잖아."

"무슨 그림입니까?"

동천몽이 짜증스럽게 말했다.

"대저 모든 무공 기서에는 그림이 그려져 있다. 구결의 이해를 돕기 위해서 곁들어놓은 거지. 그런데 이건 어떻게 된 것이 무척 깔끔하구나."

"하오면 그림이 없으면 배울 수 없단 말이옵니까?"

동천몽이 번쩍 고개를 들어 만천의옹을 노려보았다. 마치 자신을 비웃는 것 같았기 때문이었다.

흠칫!

만천의옹이 깜짝 놀랐다. 자신은 별생각없이 물었는데 동천몽이 노려보았으므로 당황스러웠다. 사실 신임 대법왕이 책보기를 싫어한다는 말만 전해 들었지 돌대가리라는 얘긴 듣지 못했으므로 만천의옹의 반응은 당연했다.

동천몽은 연신 양피지를 앞뒤로 살피고 또 살폈다. 하지만 기다리고 기다리던 그림은 단 하나도 없었다.

'이런 패 죽일!'

동천몽은 속으로 이를 갈았다.

당시 천장금왕의 얘기를 들으면서 가장 관심이 갔던 절기가 눈앞의 기도살법이었다. 상대의 눈에 보이지도 않고 입에서 내기로 만들어진 칼이 튀어나와 상대의 숨통을 끊는다고 생각하니 무척 흥미로웠고 재미있을 것 같았기 때문이었다.

그래서 몹시 아쉬운 생각을 떨치지 못했는데 예상치 못하게 황궁무고에서 대법왕의 사대절기 중 마지막 것을 얻은 것이다. 한데 그림이 없다면 자신에게는 그림의 떡이나 마찬가지였다. 그림만 있다면 이까짓 것쯤은 배우는 건 식은 죽 먹기였다. 그대로 시늉내는 것에 관한 누구보다도 자신 있었다.

그림이 없다는 것은 어쩔 수 없이 설명된 글씨를 읽어 터득해야 한다는 뜻인데 무척 달갑지 않았다. 별 볼일 없는 무공 같았으면 이미 버리거나 포기했을 것이지만 대법왕의 사대절기 중 하나이자 자신 또한 관심을 가졌던 것이기 때문에 외면할 수는 더욱 없었다.

스윽!

동천몽은 일단 품속에 양피지를 집어넣었다.

"가져가도 되지?"

만천의옹이 웃었다.

“이미 넣어놓고 물으십니까?”

“안 된다는 것이냐?”

“사실 황궁무고는 일체 황족이 아니면 누구도 들어올 수 없지요. 더구나 안에 있는 무공은 열람은 가능하지만 유출은 더욱 불가합니다.”

동천몽의 눈이 커졌다.

“그럼 어떡하란 말이냐?”

“방법은 한 가지뿐입니다. 여기서 모든 초식의 구결을 외워 나가는 것입니다. 그러면 아무런 문제가 없지요.”

동천몽의 눈이 커졌다.

그것은 최악의 상황이었다. 동천몽은 다시 양피지 뒷면을 보았다. 지금 보니 구결의 양이 더욱 많았다. 불사심법 구결보다 두 배는 될 것 같았다.

“몰래 숨겨 나갈 수는 없느냐?”

만천의옹이 말했다.

“몰래 숨겨 나간다고 해도 적발이 되지요. 황실 무고에 들어 있는 모든 책에는 용흡액이라는 물질이 묻혀져 있습니다. 용흡액이란 물질은 기름성분으로 천 년이 지나도 사라지지 않사옵니다. 그런데 그 용흡액을 먹고사는 금설편복이라는 박쥐가 있습니다. 무고에서 밖으로 나가는 통로 천장 곳곳에 금설편복이 살고 있지요.”

“옷 속에 숨겨 나가면 금설편복이 달려든다는 것이군.”

“금설편복은 단순히 먹이 냄새를 맡고 달려들 뿐이옵니다.

중요한 것은 금설편복이 움직이면 자동으로 기관이 작동되고 밖에서 알게 된다는 것이지요."

"개지랄하는구만."

동천몽이 품에 넣었던 양피지를 다시 꺼내 있던 자리에 휙 던져 버렸다.

"외우시면 될 것 아니옵니까? 보아하니 몇 자 되지도 않는데."

동천몽의 인상이 험악해졌다. 금방이라도 주먹이 나갈 듯했는데 애써 참아냈다. 아직 자신의 머리에 대해 알지 못한 사람에게까지 스스로 정체를 드러낼 수는 없었다.

팟!

갑자기 동천몽의 눈이 광채를 발했다.

"의옹."

"하명하소서, 대법왕님."

"혹시 붓 갖고 있느냐. 붓이 아니어도 좋다. 글씨를 쓸 수만 있다면 뭐든지 되느니라."

만천의옹이 의혹의 표정을 띠었다.

"붓은 왜?"

"있어, 없어?"

동천몽이 짜증을 냈다.

"부… 붓은 없고 점먹침은 있사옵니다."

만천의옹이 소매춤에서 반 자 길이가 채 안 될 것 같은 검은 침 하나를 꺼냈다. 점먹침이라는 것으로 외상 환자 피부에 표식을 남길 때 사용하는 일종의 침필(針筆)이었다.

동천몽은 왼쪽 팔소매를 걷어붙였다. 그리고 만천의옹에게 받은 점먹침을 이용해 양피지에 적힌 내용을 옮겨 적기 시작했다.

화악!

만천의옹의 두 눈이 부릅떠졌다. 도저히 생각지 못한 행동에 아연했다.

'어떻게 저런 짓을, 외워가면 아주 간단할 텐데.'

그때 만천의옹의 속마음을 알기라도 하는 듯 동천몽이 말했다.

"의옹, 그대는 내가 하는 짓이 아주 한심스럽게 보일 것이다. 외워가면 아주 손쉬울 일을 왜 추접스럽게 이런 고생을 하는가 하고 말이다."

"소… 솔직히 그러하옵니다."

"나도 그 생각을 못한 것은 아니다. 외우려고 마음만 먹는다면 이까짓 것 차 한 잔 마실 시간도 되지 않아 머리에 집어넣어 버리지. 그러나 이걸 알아야 한다."

동천몽이 만천의옹을 돌아보았다.

"무공 구결이란 아주 위험한 학문이다. 다시 말해 글자 하나만 틀려도 심각한 위험을 초래한다는 것이지. 일반 학문은 한두 글자 틀려도 목숨에 지장은 없지만 무공은 다르다. 글자 하나가 생사를 좌우하고 위력을 정한다. 더구나 이백 년 전에 실전된 대법왕의 절기이다. 글자 하나도 틀리지 않게 옮겨가 남기려면 이 방법 말고 더 확실한 것은 없지 않겠느냐.”

다시 팔뚝에 글씨를 옮겨 적으며 말했다.

“나도 이 고생하고 싶지 않다. 그러나 대법왕으로서 후대 대법왕들과 본 궁의 미래를 위해서는 이까짓 수고쯤은 얼마든지 감수할 것이다. 만사…만사불여튼튼이라는 말도 있지 않느냐?”

뚝!

동천몽의 동작이 멈췄다.

자신의 입에서 사자성어가 거침없이 나오고 만 것이다. 자정경 앞에서 그토록 잘난 체하려 할 때마다 막히고 떠오르지 않던 것이 지금은 단번에 나오고 말았다. 갑자기 가슴이 뛰며 뿌듯해지기 시작했다.

‘만사불여튼튼!’

도저히 자신의 입에서 나온 말 같지 않았다. 그런 말은 어려서부터 대가리를 먹물로 목욕한 사람들이나 하는 말인 줄 알았다. 한데 자신의 입에서 나와 버린 것이다.

동천몽이 스스로 감동하고 있을 때 만천의옹이 정중히 고개를 숙였다.

“이 늙은이를 용서하소서. 대법왕님의 그 깊은 마음을 알아보지 못하고 잠시나마 의심을 했사옵니다. 역시 대붕의 마음을 나 같은 참새가 어찌 알겠나이까?”

만천의옹의 얼굴에 존경과 흠모의 빛이 넘실대었다. 비록 자신보다 젊지만 대법왕의 사려 깊은 행동에 감동하지 않을 수 없었다. 후대를 생각하는 그 마음이야말로 곧 자비의 실천이라고 생각하자 더욱 숙연해졌다.

스윽!

쓰스스!

동천몽은 부지런히 팔뚝에 옮겨 적었다. 글씨의 양이 적지 않아 손바닥까지 채웠다.

"으음! 아미타불!"

자신의 팔뚝에 쓰인 글씨를 흡족한 눈으로 바라본 동천몽이 소매를 내렸다. 감쪽같이 글씨는 사라졌고 양피지는 제자리에 놓여 있었다.

"이제 나가도 들킬 염려는 없겠지?"

"그렇사옵니다. 역시 대법왕님의 지혜는 놀랍기 그지없군요. 위대하시옵니다."

"아미타불! 앞장서거라. 너무 오래 갇혀 있었더니 머리가 아프구나. 어서 나가자."

만천의옹이 앞장서고 동천몽이 뒤를 따랐다.

지하 계단을 오르면서 동천몽은 자꾸 천장을 힐끔거렸다. 과연 노란 박쥐들이 군데군데 거꾸로 매달려 있었다. 하지만 두 사람이 지나가도 별다른 반응은 보이지 않았다.

第三章
황실의 전쟁

大대法법王왕

동천몽은 외부인이었으므로 함부로 나다닐 수가 없었다. 만천의옹의 영향력이라면 굳이 어려울 것도 없지만 황실이라는 곳이 치열한 권력 싸움이 끊이지 않은 곳이고 언제 누가 동천몽의 신상을 비밀리에 조사하여 만천의옹을 위기로 몰아넣을지 알 수 없었다.

사흘 동안 외출을 하지 않고 방 안에 틀어박혀 있으니 답답해 미칠 것만 같았다. 일목은 여전히 의식을 차리지 못하고 있었는데 만천의옹은 전혀 염려하는 표정이 없었으므로 동천몽은 불안해하지 않았다.

"하암!"

동천몽은 연신 하품을 해댔다.

만천의옹은 볼일이 있다면서 자리를 비웠다.

동천몽은 참상에 누웠다가 일어났다를 반복했고 방 안을 서성거리며 숫자를 세기도 했다. 하지만 시간은 더뎠고 지루하기 짝이 없었다.

털썩!

의자에 털썩 주저앉은 동천몽은 왼손 소맷자락을 걷어 올렸다.

그런데 글씨가 많이 흐릿해져 있었다. 옷이 살갗에 닿으면서 지워진 것 같았다.

동천몽은 그제야 정신이 번쩍 들었다. 잽싸게 먹을 갈고 종이에다 다시 옮겨 쓰기 시작했다.

사사삭!

열심히 종이에 기도살법을 옮겨적던 동천몽의 눈이 이채를 발했다. 황궁무고 안에서는 서둘러 적다 보니 내용에 담긴 뜻을 이해하려 들지 않았다. 글이라면 더욱 거부감을 갖고 있었기에 더욱 깊은 생각을 하지 않았지만 방 안에서는 달랐다.

시간에 쫓기지 않고 시간도 때울 겸 한번쯤 생각해 보면서 옮기고 있었기 때문에 구결에 담긴 의미가 들어왔다.

'먼저 불사심법을 운용하라. 불사심법을 십이성 극성으로 끌어올린 연후에……'

동천몽의 눈이 빛을 뿌렸다. 비록 책과 친하지는 않지만 지금 정도의 내용은 충분히 무슨 뜻인지 이해할 수가 있었다. 한마디로 불사심법을 운용하여 십성으로 끌어올리라는 뜻 아닌가.

동천몽은 나직이 소리 내어 읽으며 옮겨 적었다.

가장 먼저 아랫배에 힘을 주어 단전에 있는 내기를 천천히 경락을 따라 이동시킨다. 빨리 끌어올려도 상관없고 느려도 괜찮다. 급하면 빨리 끌어올리고 급하지 않으면 천천히 해도 되는 것 아니겠느냐.

동천몽이 이해했다는 듯 고개를 끄덕였다.

한마디로 위기일발에 처했을 때는 벼락같이 운용하고 그렇지 않을 때는 느긋하게 하라는 뜻이었다.

끌어올린 진기를 염천혈에 모아 마지막으로 다시 한 번 숨을 길게 들이마신 다음 있는 힘을 다해 내뿜어라. 그러면 상대가 누구든 보이지 않은 기도(氣刀)에 맞아 죽음을 피하지 못할 것이다.

모조리 옮겨 적은 동천몽이 눈알을 굴리며 다시 읽어보았다. 한눈에 내용이 쏙 들어왔다. 어디에도 이해 못할 부분도 없었고 너무 단순했다. 괜히 별것도 아닌 것에 겁을 먹었다고 생각하자 실소까지 흘러나왔다.

탁!

동천몽은 붓을 놓았다. 그리고 곧바로 기수식을 갖추고 불사심법을 운용하기 시작했다. 불사심법을 극성으로 끌어올리는 것은 식은 죽 먹기였다.

동천몽의 몸에서 무형의 기세가 뻗어 나오더니 점차 몸을 감싸기 시작했다. 소용돌이치듯 몸을 감싸던 무형의 기세들이 단단히 뭉쳐져 완전한 막을 형성했다. 비록 눈에 보이지는 않지만 외부의 그 무엇도 동천몽을 공격하여 상해를 입힐 수 없는 호신강기였다.

운기조식이 아니었지만 전신의 내기를 끌어올리자 호신강기가 형성이 된 것이다.

"후우우!"

잠시 후 몸을 싸고 있던 호신강기가 콧속으로 완전히 스며들고 동천몽은 더욱 힘차게 진기를 끌어올렸다.

그 상태에서 속으로 중얼거렸다.

'아랫배에 사정없이 힘을 주라고 했지?'

동천몽은 있는 힘껏 아랫배에 힘을 주었다.

"욱!"

갑자기 동천몽이 신음을 삼켰다.

아랫배에 힘을 주다 보니 하마터면 뒤를 볼 뻔했던 것이다. 뒷간에서 하던 식으로 아랫배에 힘을 주라고 하여 주었는데 하마터면 실례를 할 뻔했으므로 속으로 짜증이 버럭 났다.

혹시 자신의 실수가 있을지 몰랐으므로 치밀어 오르는 화를 삼키며 다시 아랫배에 힘을 주었다.

"끄응!"

‘이런 염병!’

또다시 나오려고 했다. 자신은 분명히 하라는 대로 했다. 아랫배에 힘을 주는데 엉뚱한 뒤만 나오려고 한다. 운기조식 중이기 때문에 움직일 수는 없지만 머리 굴리는 것은 문제없었다. 동천몽은 길게 심호흡을 하고 곰곰이 정리하기 시작했다.

‘아랫배! 아랫배!’

조용히 뇌까리던 동천몽의 눈이 빛났다.

어머니를 떠올린 것이다. 어려서 배가 아프다고 하면 어머니 능씨는 아랫배를 쓰다듬어 주었다. 그런데 신기하게도 어머니의 손이 아랫배를 쓰다듬으면 그토록 찢어질 듯 밀려오는 통증이 사라지곤 했다. 한두 번이 아니었다. 배만 아프다고 하면 어머니는 곁에서 아랫배를 만져 주며 노래를 불러주었고 편히 잠에 빠져들을 수가 있었다.

‘이 아랫배가 아니다!’

동천몽의 입술이 물렸다. 양피지에 적힌 아랫배는 어머니가 쓰다듬어 주던 배꼽을 포함한 단전이었다.

“우웁!”

동천몽은 아랫배에 힘을 주었다.

“헙!”

동천몽이 숨을 들이켰다. 아랫배에 힘을 주자 단전의 진기가 소리없이 경락을 따라 이동하기 시작했다. 운기조식과는 전혀 다른 방법으로 진기가 단전 밖으로 나온 것이다.

빨리 끌어올려도 상관없고 느려도 괜찮다고 했지만 동천몽은 어서 빨리 기도살법의 위력을 보고 싶어 서둘렀다. 단전 밖으로 나온 진기는 채 반 다경이 되지 않아 어느새 목 아래 염천에 도착했다. 염천혈은 목 부위에서 가장 큰 혈도이자 사혈이었다. 조그만 타격을 가해도 즉사를 면치 못한다. 사실 몸속의 중요 사혈은 대부분 외부로부터 공격하기가 쉽지 않은 곳에 있다. 불가에서는 그것을 세존의 오묘한 섭리하고 말했지만 아무튼 염천에 내기를 모두 모은 동천몽은 온 힘을 다해 입으로 뿜어냈다.

"푸우우우!"

동천몽이 앉아 있는 곳과 앞의 벽은 일 장쯤 되었다.

그런데 퍽 소리가 나며 방이 흔들거렸다.

부스스스!

갑자기 전면 벽에 거대한 구멍이 생기고 희뿌연 가루가 쏟아졌다. 벽을 쌓은 연당석이 가루가 되면서 쏟아져 나온 것이다. 동천몽은 다가가 구멍의 깊이를 확인했다.

흠칫!

놀랍게도 구멍의 한 자 깊이로 뚫려 있었다. 돌만큼이나 강하다는 연당석을 한 자 깊이로 뚫어버린 것이다. 잠시 놀란 표정으로 구멍을 보던 동천몽은 뒤로 물러 나와 다시 내기를 운용하여 구결에 따라 진기를 염천혈로 모았다.

"푸와악!"

이번에도 힘껏 내뱉었다.

동천몽의 눈에 보이고 있었다. 기의 결정으로 만들어진 한 자루 칼이 날아가고 있었다.

푸욱!

일반 칼과 똑같이 벽 속에 깊이 박혔고 잠시 후 또다시 돌가루가 쏟아져 내렸다.

"대… 대법왕님!"

등 뒤로부터 만천의옹의 목소리가 들렸고 동천몽이 흡족한 얼굴로 돌아섰다.

만천의옹의 눈이 동천몽의 양손을 살폈다. 손에 아무것도 쥐고 있지 않은데 벽에 구멍이 뚫리자 살핀 것이다.

"무엇으로 벽에 구멍을 내셨사옵니까?"

"아미타불! 그런 게 있느니라."

만천의옹의 눈은 여전히 화등잔만 해졌다.

동천몽이 입을 열었다.

"보겠느냐?"

"보여주소서."

"잘 봐라. 눈 크게 뜨고."

동천몽이 다시 진기를 일으켜 입김을 훅 불었다. 그러자 퍼퍽 하는 소리가 들리더니 멀쩡하던 전면 벽에 구멍이 생겼다.

"마… 맙소사!"

만천의옹의 눈이 커졌다. 자신이 볼 수 있었던 것은 동천몽이 입김을 불었다는 것뿐이었다.

"서… 설마 입김으로 벽을 뚫었단 말씀입니까?"

"보고서도 못 믿겠다는 것이냐?"

그러면서 다시 훅 불었다.

푹!

이번에도 깊은 구멍이 뚫렸다.

깨끗하던 벽에 구멍이 생기며 방 안에는 돌가루가 휘날렸다. 만천의옹은 한동안 넋이 나가 있었다. 입김으로 일반 칼보다 더 무서운 위력을 보이는 것도 충격이었지만 불과 사흘 전에 얻은 기도살법의 구결을 소화하고 직접 시전해 보였다는 것에 더욱 놀란 것이었다. 말이 사흘이지, 자신이 보기에 지난 이틀 동안 단 한 번도 무공 수련 따위를 하는 행동을 보지 못했다. 콧구멍을 후비거나 방 안을 서성거렸고 침대에 벌렁 누워 천장을 올려다보는 등 답답해 미치려는 모습만 보았다. 그렇다면 결국 자신이 잠시 자릴 비운 사이에 수련했다는 것인데 도저히 믿어지지가 않았다.

"어딜 다녀왔느냐?"

동천몽이 묻자 갑자기 만천의옹의 표정이 어두워졌다.

"무슨 일 있느냐? 말해보아라."

만천의옹이 입술을 오므리며 고개를 숙였다. 뭔가 생각하는 눈치다. 잠시 그러고 있던 만천의옹이 고개를 들고 말했다.

"사실 황실에 조그만 문제가 있사옵니다. 현 황제의 동생인 주령왕의 움직임이 심상치 않사옵니다."

동천몽의 눈이 커졌다.

만천의옹이 한숨을 내쉬었다.

"황제의 보력(寶歷)이 이순에 이르자 노골적으로 세자를 위협하며 자신이 직접 전면에 나서 정치를 하고 있사옵니다."

"세자의 보령은 올해 몇이오?"

"황제 보력 쉰에 낳았기 때문에 이제 겨우 열 살의 소년이옵니다. 많은 충신들이 보호하고 있지만 언제까지 그것이 가능할지 두렵사옵니다."

"나쁜 놈 아니냐. 조카를 밀어내고 황제가 되려다니."

"조금 전 어영대장을 만나고 왔는데 며칠을 넘기지 않을 것 같다 하옵니다."

"며칠 안에 반란을 일으킨단 말이냐. 주령왕인지 하는 자가 말이다."

만천의옹이 대답 대신 땅이 꺼져라 한숨을 쉬었다.

"권력 무상이라더니 그토록 황제께 충성을 맹세하던 자들이 하루아침에 주령왕에게 돌아섰지요."

"황제의 상태는 어떠냐?"

"거의 사경을 헤매고 있사옵니다. 어떤 약으로도 회생시킬 수 있는 병이 아닌 노환이옵니다. 천수를 다 한 것이지요. 오년만 더 계셔도 세자에게 굳건한 힘을 실어주었을 텐데."

"의옹."

"하명하소서, 대법왕님!"

"넌 그 귀하다는 천년설삼을 내 수하에게 아낌없이 먹였다. 오직 황제와 세자만이 접근할 수 있다는 설삼을 말이다."

"설삼이 저 사람과 인연이 닿았기 때문이지요."

침대를 가리켰는데 일목은 여전히 깨어나지 않고 있었다. 그러나 데려왔을 때와는 달랐다. 얼굴에 홍색이 피고 피부가 부드러워졌으며 숨결이 훨씬 생동감 있었다.

"이대로 돌아가면 너무 뻔뻔할 것 같구나."

만천의옹이 크게 놀라며 말했다.

"무… 무슨 말씀이옵니까? 그런 말씀 마소서."

"어떻게 하면 되겠느냐? 현 황제는 네가 평생을 모셨던 주군 아니냐? 말해라. 주령왕인지 하는 자를 없애주면 되겠느냐?"

흠칫!

만천의옹의 두 눈이 부릅떠졌다. 누군가 들었다면 기절초풍할 일인데 동천몽은 태연히 뱉고 있었다.

"불감청이언정 고소원이옵니다. 하지만 워낙 위험한 일이옵고."

동천몽이 히죽 웃었다.

"천하에서 날 죽일 놈은 없다."

동천몽이 강렬한 시선을 뿜어냈다.

"무슨 말인지 알겠느냐? 내가 하고자 하면 누구도 막을 수 없고, 내가 마음먹으면 그대로 된다. 넌 이 사실을 믿느냐?"

만천의옹의 눈이 커졌다. 언뜻 오만을 넘어 광오한 말이었다. 한순간 만천의옹의 뇌리를 스치는 한마디가 있었다.

'천상천하 유아독존!'

"마음을 거두면 천지에는 나 홀로 있느니라."

마치 저 먼 하늘 어딘가에서 들려오는 듯했다. 목소리는 깨끗했고 맑았으며 영혼을 울리고 있었다. 듣는 만천의옹의 마음이 샘물처럼 부드럽고 투명해졌다. 틀림없는 세존의 목소리라고 생각했다.

환의(還醫)의 두 눈이 지그시 감겼다. 굵은 맥은 어렵지 않지만 작은 세맥들은 오랜 경험과 숙련되지 않으면 잡아낼 수가 없었다. 여인의 피부를 닮은 희고 고운 팔목에 환의의 네 손가락은 나란히 대어져 있었다.

"어떻소?"

주령왕이 물었다. 팔뚝만 한 검은 숯덩이 두 개를 박아놓은 듯한 눈썹과 호안을 가진 사내는 바로 현 황제의 동생 주령왕이었다. 유난히 피부가 곱고 희어 백옥왕이라고도 부르기도 하는 그의 두 눈이 자신의 맥을 짚고 있는 환의의 얼굴을 살폈다. 환의는 주령왕의 건강을 지키는 의원이었다.

한참 눈을 감고 맥을 살피던 환의가 눈을 떴다.

근래 들어 입맛이 없고 자꾸 기침이 생겼다. 처음에는 계절의 변화에서 오는 일시적인 현상으로 생각했는데 열흘이 지났는데도 기침이 멈추지 않아 환의를 부른 것이다.

입구로는 주령왕의 심복들인 세 명의 흑의무사가 유령처럼 서 있다.

천인(天人), 지인(地人), 해인(海人)으로 불리는 가공할 검사들로 이름하여 천지해검이다. 주령왕의 그림자로 하루 종일 그의 곁을 떠나지 않는다. 주령왕의 심기를 건드리거나 그를 방해하는 인물은 세 사람의 손에 흔적도 없이 사라진다.

"걱정하지 않으셔도 될 것 같습니다. 고뿔입니다. 기침이 조금 심하지만 약 몇 첩 드시면 쾌차할 것입니다."

"고뿔이라니 다행이구나."

"약을 지어 올릴 테니 그동안 따뜻한 물을 드시면서 누워계십시오."

환의가 허리를 구부리고 방을 나섰다.

주령왕의 표정이 한결 밝아졌다. 내색은 하지 않았지만 은근히 걱정을 했었는데 천만다행이다.

힘들게 여기까지 왔다. 그런데 만약 자신의 건강에 이상이 있기라도 하면 자신에게 충성을 맹세했던 수많은 사람들이 일제히 돌아설 것이다.

인심이라는 것은 무섭게 돌변한다. 필시 세자에게로 다시 돌아갈 것이고 자신을 하루 빨리 처형해야 한다고 온갖 감언이설로 꼬드기고 상소를 올릴 것이다.

"가벼운 고뿔이라고 들었사옵니다. 천만 다행이옵니다."

한 사람이 들어서며 우렁찬 목소리로 말했다.

금위영반의 수장 철모생이다. 경장 차림이었는데 양팔과 발목에 각반을 찼고 옆구리에 일반 검보다 한 뼘 정도 짧은 세검(細劍)을 찼다. 한눈에 매서운 기세가 뿜어져 나왔는데 황제의 오른팔이라고 할 수 있었지만 이미 주령왕에게 돌아섰다.

"형님의 병세는 어떠시오? 들리는 말로는 사흘을 넘기지 어려울 것 같다고 했는데 벌써 보름을 넘기고 있소?"

철모생의 표정이 굳어졌다.

"그것이 간단하지 않사옵니다."

"자세히 말해보시오."

철모생이 가벼운 한숨을 쉬며 툭 내뱉었다.

"모든 건 그 늙은이입니다. 만천의옹 그 늙은이가 무슨 처방을 어떻게 하는 건지 꺼져 가는 생명을 이렇게 오래 붙들어놓고 있사옵니다."

주령왕의 표정이 싸늘해졌다.

만천의옹은 어의였다. 역대 어느 어의보다 실력이 뛰어나며 시체도 살려낸다고 할 정도였다. 그가 아니었다면 황제는 이미 오래전에 세상을 떠났어야 했다.

"어젯밤 그 늙은이가 한 개의 알약을 복용시켰다는데 그래서인지 황제의 안색은 더욱 핏기가 돌았습니다. 이러다 벌떡 일어나지 않을까 염려되옵니다."

주령왕이 딱딱한 표정으로 팔짱을 끼었다. 이마를 약간 찡그리며 철모생을 바라보았는데 뭔가 좋은 계책이 없는지 머리를 굴리고 있었다.

"차라리 그 늙은이를 제거하는 게 어떻겠습니까? 물론 그 늙은이가 뒈지면 우리 쪽 소행이라고 모두가 의심을 하겠지만 언제까지 이렇게 기다릴 수만은 없지 않사옵니까?"

"으음!"

주령왕의 눈을 치켜떴다.

만천의옹을 죽이는 것은 아무것도 아니었다. 중요한 것은 그가 죽으면 필시 자신의 소행임을 어린아이도 알 것이고 그렇게 될 경우 지금까지 중립을 지키고 있던 적지 않은 사람들이 세자 쪽으로 돌아설 위험이 있다.

"이제야말로 무리수를 두어서라도 일을 빨리 진행해야 할 때이옵니다. 시간을 끌다가 무슨 변고가 생길지는 아무도 모르옵니다. 북쪽 국경을 지키던 맹사옥 장군의 움직임이 심상치 않다 하옵니다."

"보고는 들었다."

"그는 철저한 황제의 수족입니다. 더구나 거느린 군사만 이십만이옵니다. 이십만이 밀고 들어온다면 누구도 막지 못하옵니다. 빨리 거사를 일으켜 가장 먼저 어명을 내려 놈의 목부터 쳐야 하옵니다."

주령왕의 찌푸려진 이마는 풀리지 않았다.

오늘내일한다던 황제의 병세가 벌써 일 년 가까이 지나고 있었다. 만천의옹이 한번씩 처방을 할 때마다 꺼질 것 같던 황제의 숨결은 다시 일어나기를 반복하고 있었다.

콱!

문득 주령왕의 주먹이 쥐어졌다.

지나치게 조심해도 우유부단하다는 말을 들을 수가 있다. 그것은 자신을 따르는 신하들에게 실망을 주는 행동이고 일부는 대열에서 이탈할 수도 있다.

주령왕이 철모생을 쳐다보았다. 말은 하지 않았지만 무언가 강력한 의사를 전달하는 눈빛이다.

철모생 또한 주령왕의 눈빛이 무엇을 말하는지 알았다는 듯 힘차게 포권하였다.

"다녀오겠사옵니다, 전하."

"조심하게."

철모생이 방을 나갔다. 주령왕이 고개를 들어 천장을 올려다보았다. 가급적이면 피 없는 권좌를 원했는데 이제 더는 미룰 수 없었다. 더 기다렸다간 자신들 쪽에서 먼저 균열이 생길 것 같았다.

철모생은 무장이다. 그것도 금위영반이라는 황제 친위대의 수장으로 자금성 안에서 만큼은 자신의 적수는 없었다. 또한 금위영반을 이끌고 있으므로 어쩌면 가장 확실한 무력을 갖고 있다고 해도 과언이 아니었다.

그것은 곧 자신이 마음만 먹으면 황제의 목은 쉽게 칠 수 있다는 의미였다. 몇 번을 치겠다고 했지만 주령왕은 단호히 가로막았다. 아무리 반란이라고 하지만 무턱대고 피를 흘릴 수는 없다고 했다. 특히 황제를 죽이는 것은 마지막 수순이라고 했다. 황제는 폐위시키는 것과 죽이는 것에는 큰 차이가 있다. 그중에서 가장 큰 변화가 민심이라고 했다. 어떤 이유로라도 황제를 죽이는 것은 정당성이 없고 나라를 혼란에 빠뜨릴 위험이 크다는 것이 주령왕의 생각이었다.

그래서 선택한 것이 황제의 생명을 연장시켜 주고 있는 만천의웅을 죽이는 것이었다. 그런데 마침내 그를 죽이라는 명령이 떨어진 것이었다.

상당한 호위무사들이 만천의웅을 지키고 있을 것이다. 하지만 자신에게는 아무런 장애가 되지 않는다.

멀리 만천의웅이 묵고 있는 전각이 눈에 들어왔다. 잠시 걸음을 멈추고 전각을 쳐다보았다. 엊그제까지만 해도 자신과 무척 돈독한 사이였고 가끔씩 보약까지 지어주기도 했던 만천의웅이다. 그래서 사석에서는 형님이라고 부르기까지 했었다.

'용서하시오, 형님. 인생이라는 게 다 이러는 것 아니오!'

먼저 선택하는 놈이 임자다. 그리고 이기는 자가 옳은 것이고 역사는 항시 이기는 자의 편에 선다.

전각 안으로 들어가는데도 누구도 제지를 하지 않았다. 내공을 끌어올려 주위를 살폈지만 경비무사들의 움직임도 느껴지지 않고 있었다. 어의천을 지키는 무사들이 상당한 고수들이긴 하지만 자신의 이목을 속일 정도는 되지 않는다.

이상한 생각이 들었다. 상식적으로 엄중한 경비가 이뤄지고 있어야 하는데 아무도 제지를 하지 않고 지키는 무사가 없다는 것이 왠지 섬뜩한 생각이 들었다.

하지만 이미 화살은 시위를 떠났다. 여기서 무슨 일이, 어떤 돌발 변수가 생긴다고 해도 걸음을 되돌릴 수는 없다. 만약을 대비해 잔뜩 내공을 끌어올리며 걸어 들어갔다. 이따금 찾아와 차를 마시고 갔었는데 오늘의 방문은 전혀 목적이 다른 탓일까. 심장이 조금씩 두근거리기 시작했다.

계단을 올라서서 막 문을 열려던 철모생의 뻗었던 왼손이 멈칫했다. 지금까지 수십 차례 어의전을 찾아왔지만 자신의 손으로 문을 열어보기는 오늘이 처음이었다. 자신이 온다는 기별을 하면 항상 만천의옹이 문을 열어놓고 기다렸다.

삐이걱!

여느 문과 다를 바 없이 가볍게 열린다. 뻗은 복도를 걸어가면서도 내공을 잔뜩 끌어올리고 있었는데 여전히 감각에 잡히는 것은 없었다. 도저히 이해할 수 없는 일이었지만 더 이상 그 문제에 매달릴 여유가 없었다.

문은 닫혀 있었다. 먼저 들어가며 '어서 들어오게, 아우님' 하던 만천의옹의 목소리가 들리는 것 같았다.

스르르!

조용히 열고 들어섰다. 약냄새가 코를 찌른다. 보이지 않지만 맞은편 벽 너머 안에 약장이 있었다. 그곳에는 그 가치를 논할 수 없는 귀한 영약들이 보관되어 있었다.

멈칫!

있어야 할 만천의옹은 없고 웬 흑의사내가 흔들의자에 앉아 책을 보고 있었다. 그뿐 아니라 좌측 침대에는 눈이 하나뿐인 괴상한 인물이 누워 있었다.

"허험!"

가벼운 기침을 하여 흑의사내의 시선을 불렀다. 흑의사내가 고개를 돌리더니 물었다.

“어떻게 오셨소?”

“그대는 누구시오? 내가 아는 여긴 어의 만천의옹의 거처이 오만?”

흑의사내가 가벼운 미소를 짓더니 책을 덮었다. 그리고 양 팔을 들어 기지개를 켰다. 그것도 소리까지 내어가면서.

“아갸갸갸!”

철모생의 눈살이 찌푸려졌다. 혼자 있을 때라면 몰라도 모 르는 손님이 있는데 거침없이 소리까지 지른 기지개라니 매우 천박해 보인다.

“어의께서는 여기 없소.”

“어디 가셨단 말이오?”

“그건 나도 잘 모르겠고 내게 이말 한마디만 하고 나갔소. 여기서 책을 보고 있으면 철모생이란 사람이 찾아올 테니 그 를 죽이라고 말이오.”

흠칫!

철모생의 눈이 커졌다.

흑의사내가 물었다.

“당신이 철모생이오? 금위영반의 수장 말이오?”

철모생의 눈이 가늘어졌다.

직감적으로 뭔가 잘못되고 있음을 알아차렸다.

“철모생이냐고 묻잖소?”

“내가 철모생이오.”

“어떻게 죽고 싶소. 원하는 죽음을 말하면 그렇게 죽여주겠소. 말해보시오."

철모생이 동천몽을 한참 쳐다보았다. 그러더니 조금씩 표정
이 변하기 시작했다. 자신의 감각으로 동천몽의 몸에서는 아
무런 기세도 흘러나오지 않았다.

'서… 설마 육식귀원의 경지에 이르렀단 말인가?'

상대의 몸에서 어떤 기세도 뿜어져 나오지 않는다는 것은
두 가지 이유라고 볼 수 있었다. 무공을 익히지 않은 평범한
사람이든지, 너무 강해졌다가 다시 원래대로 돌아왔든지.

자신을 죽이겠다고 말하는 것을 보면 평범한 사람은 아니
다. 그렇다고 젊은 나이에 벌써 그런 경지에 오른 고수라니 믿
어지지가 않는다.

"빨리 대답하시오, 죽고 싶은 방법을."

철모생이 피식 웃었다.

감히 금위영반의 수장인 자신을 파리 목숨 여기듯 말하는
동천몽의 태도가 어이가 없었다.

문득 철모생의 입가에 야릇한 웃음이 피어났다.

"헛헛! 무척 자신이 있나 보군. 좋소이다. 그렇게 물으니 대
답을 하는 게 예의겠구려. 패 죽여주시오."

병기도 지니지 않았으므로 맨주먹으로 때려죽이라고 했다.
물론 그것은 자신감이 있었기 때문에 농담 삼아 던진 말이었
다.

우두둑!

동천몽이 양손을 깍지 끼더니 쭈욱 뻗었고 뼈마디가 부딪치

는 소리가 들렸다.

"뭐 그런 것 없소? 내가 손님이니까 예우 차원에서 몇 초를 양보해 주겠다는 그런 것 말이오."

멍청한 것인지, 아니면 귀여운 것인가. 생사를 목전에 두고 던지는 대화라는 것이 너무 의외였다.

철모생은 다시 웃으며 고개를 끄덕였다.

"틀린 말은 아니구려. 그럽시다. 주인 된 입장에서 손님을 배려하는 것은 지극히 당연한 일이니 삼 초를 양보해 주겠소."

"고맙소. 아주 감사하오."

동천몽이 히죽 웃으며 앞으로 나섰다.

"싸우기 전에 한 가지만 부탁할 것이 있소."

철모생의 인상이 찌푸려졌다.

오십 평생을 살아왔지만 이런 자는 처음이었다. 정말 헷갈리고 이상한 놈이 아닐 수 없다. 주인이 양보를 하고 안 하고는 그의 양심의 문제이다. 그런데 뻔뻔하게 양보를 해달라고 억지를 부리지를 않나, 어떻게 죽고 싶냐고 종류를 선택하라고 하지를 않나 정말 해괴한 놈이었다.

"또 뭐요?"

철모생이 짜증스럽게 내 뱉었다.

"남아 일언 중… 중… 중."

갑자기 생각이 안 난다.

괜히 내뱉었다는 후회가 밀려들었지만 나쁜 머리를 어찌할 것인가. 그런데 철모생이 뒷말을 이었다.

“중천금이오.”

“일구이언은… 이… 이.”

철모생이 버럭 소릴 질렀다.

“무슨 말이 그렇게 많소? 이부지자란 얘기 아니오?”

“맞소.”

“알았으니 염려말고 공격하시오. 난 내 잎으로 뱉은 말은 목에 칼이 들어와도 지키는 성미이니.”

“그럼 지금부터 공격을 하겠소. 거듭 말하지만 번복하면 안되오?”

“아, 진짜!”

철모생의 입에서 금방이라도 욕설이 나올 것 같았다.

동천몽이 서서히 진기를 끌어올렸고 철모생의 눈이 날카롭게 빛을 뿌렸다. 진기를 끌어올리고 공격 직전에 보이는 기수식을 보면 상대가 어느 무공을 사용하려는지 칠팔 할은 알아볼 수 있다.

보통 사람들에 비해 양발의 간격이 조금 넓다는 것 말고는 특별한 징후나 이상한 자세는 아니었다. 더구나 적수공권이므로 자신이 모르는 놀라운 살기는 없다고 단언해도 좋았다.

검세나 도세는 다르지만 주먹으로 펼치는 무공의 기수식은 거의가 엇비슷했다.

“일초요.”

“그냥 하시오. 다 알고 있으니까!”

철모생이 버럭 소릴 질렀다. 한편 자신도 이해가 되지 않았다. 원래 말 많은 사람들 제일 싫어하는데 끝까지 들어주고 있는 자신이 이해가 되지 않는다. 지천명을 넘어서면 성격도 변하는데 자신도 그런가 하는 생각을 하고 있을 때 동천몽이 주먹을 뻗어왔다.

부우웅!

그다지 빠르지는 않았지만 본능적으로 상당한 위력이 담겼음을 간파했다. 자신의 신법 추서십육섬을 펼쳐 좌측으로 이동했다. 거리가 가까워 조금은 위험했지만 일초를 아슬아슬하게 피했다.

쾅!

뒤쪽 창문이 통째 떨어져 나갔다.

"이초요. 조심하시오. 일초는 예의상 적당히 한 것이니까."

"알고 있으니 제발 그냥 공격하시오. 장부가 무슨 말이 그렇게 많소?"

"미안하오. 난 이상하게 입만 열면 마구 말을 하고 싶어지오. 너그럽게 양해를."

쿠와아아!

이번에도 오른 주먹이 뻗어왔다. 하지만 앞선 일초와 그다지 큰 차이는 없었고 또다시 좌측으로 몸을 움직여 피했다. 뒤에 천장을 떠받치고 있던 돌기둥이 우직끈 소리를 내더니 부러지고 대들보가 들썩거렸다.

"과연 금위영반의 수장답소. 적이지만 진정 훌륭한 신법이오. 신법의 이름을 물어도 되겠소?"

철모생의 인상이 다시 우그러졌다.

도대체 신법의 이름을 알아서 무엇하겠다는 것인가.

"추서십육섬이오."

철모생은 귀찮아 얼른 말해주었다.

"추… 추 뭐라고 했소?"

"추서십육섬이라고 하잖소. 니기미."

급기야 욕설이 나오고 말았다. 욕은 무식한 부랑아들이 하는 천박한 언어라고 여겼는데 자신도 모르게 뱉고 만 것이다. 금위영반의 수장으로서는 상상도 할 수 없는 일이었다. 금위영반의 수장쯤 되면 무예도 높아야 하지만 학문도 깊고 품위가 있어야 한다.

"이름을 보니 불가의 신법 같지는 않구려."

하나마나 한 소리에 더 이상 따지고 싶지도 않았다.

동천몽이 다시 진기를 끌어올리며 말했다.

"이제 마지막 삼초가 남았소. 조심하시오. 대부분의 사람들이 마지막이라는 것에 긴장의 끈을 늦추다가 맞아 죽는 경우가 종종 있소. 절대 그런 우를 범하지 않기 바라오."

살다 살다 적의 안위까지 염려해 주는 적은 처음이었다.

"준비됐소?"

"후우!"

철모생이 그만 한숨을 쉬었다. 속이 부글부글 끓어올랐다. 당장 검을 뽑아 베어버리고 싶었지만 약속은 약속이니 지켜야 한다. 무인에게 약속은 목숨보다 소중할 때가 있다.

“왜 대답이 없소. 준비됐나요?”

“준비됐다니까.”

“아자잣!”

동천몽이 엄청난 기합을 질렀다. 움직이지 않고 제자리에서 큰 기합을 질렀는데 목소리 하나만큼은 쩌렁했다.

“아리오옷!”

또다시 움직이지 않고 소리만 지르자 잔뜩 경계하고 있던 철모생의 분노가 그만 폭발하고 말았다.

“이런 상놈의 새끼야, 지금 장난하냐? 빨리해!”

말이 끝나기도 전에 눈앞으로 흑영이 날아왔다.

진기를 잔뜩 끌어올린 상태에서 버럭 소릴 질렀기 때문에 끌어올린 진기가 흩어지면서 흔들렸다. 더구나 짜증이 머리끝까지 치솟아 지른 소리였기 때문에 진기의 요동은 작지 않았다. 그런데다 상대의 공격 속도가 지금까지와는 전혀 달랐다.

흔히 말하는 백팔십도 달랐다.

‘이… 이런!’

흔들린 진기를 추스를 시간적 여유도 없을 만큼 빨랐다. 첫 번째와 두 번째처럼 몸이 신속하게 따라주지는 않는다.

뻐어억!

가슴에 일격을 맞았는데 돌덩이 한 개가 후려치는 것 같았다.

쫘당!

충격에 뒤로 날아가 벽에 부딪치고 떨어졌다. 다행히 쓰러지지는 않았고 중심을 잡았는데 철모생의 눈이 금방이라도 찢어질 것처럼 커져 있었다.

자신의 앞가슴이 없었다. 좀 더 정확히 표현한다면 어른 주먹만 한 구멍이 뻥 뚫려 있었고, 피가 앞 뒤로 미친 듯이 흘러내리고 있었다.

몸이 통째 구멍이 나버린 것이다.

콸콸콸!

가슴과 등 뒤로 피가 쏟아졌다.

너무 어이가 없고 믿을 수 없으며, 상상 못한 일이었기에 한동안 말을 잃었다.

그리고 이내 머리를 스치는 생각이 있었다. 그것은 속았다는 것이었다.

상대를 속이는 것에는 여러 가지 방법이 있다. 가장 많이 즐겨 사용하는 것이 상대의 감정을 자극하여 이성을 잃게 만드는 격장지계가 있다. 또한 장력 속에 암기를 섞어 공격을 펼치는 수법인데 하오문이나 당문 사람들이 즐겨 쓴다.

그리고 마지막 한 가지는 자신이 약한 척 겨우 겨우 버티는 듯 비칠대다 이쪽에서 방심하면 단 일격에 끝내는 것인데 지금 자신은 제일 마지막 방법에 당한 것 같았으나 냉정히 보면 이 또한 아니었다. 세 가지 방법 중 어디에도 속하지 않은 신종 속임수였다.

"당신은 강하오. 아마 나와 정면 승부를 벌이면 족히 삼십 초 상대는 될 것이오."

“사… 삼십 초.”

가슴이 뚫린 것보다 더 충격을 받았다.

금위영반의 수장이라면 황실제일고수라고 해도 과언이 아니었다. 그런 자신이 고작 삼십 초 상대밖에 되지 않는다는 말에 하마터면 저절로 숨이 끊어질 뻔했다.

“믿지 않겠지만 사실이오. 왜냐하면 난 대법왕이기 때문에.”

“대… 대법왕? 포달랍궁의 대법왕이란 말이오?”

“당신은 내가 펼친 두 개의 덫에 걸린 것이오. 그 첫째는 삼 초를 양보해 줬다는 것이오. 물론 양보를 받아내기 위해 난 적당히 당신의 자존심을 건드렸소. 절대 양보를 해서는 안 될 일이었소. 왜냐하면 내가 당신보다 훨씬 강하기 때문에. 물론 당신은 내가 그 정도 고수라는 것을 알았겠지만 그래도 설마 했던 것일 테고.”

틀림없는 사실이었다.

“두… 두번째는?”

“본왕의 잔소리였소. 횡설수설했던 것은 당신의 집중력을 흐트러뜨리기 위한 목적이었소. 예상대로 계속 잔소리를 늘여놓자 당신은 흥분하여 소리쳤고 그 바람에 진기가 흔들린 것이오. 맞소?”

너무 정확했기 때문에 할 말이 없었다.

하지만 궁금한 것이 있었다. 왜 자신보다 강한 실력을 갖고 있었으면서도 그런 잔머리를 굴렸냐는 것이다.

동천몽이 대답했다.

"힘으로 이길 수 있소. 그러나 삼십 초라는 시간 동안 싸우다 보면 황실의 무사들이 몰려들 것이오. 물론 그들이 온다고 해서 내가 당신을 죽이지 못하거나 이곳을 도망치지 못하는 따위의 일은 일어나지 않소. 다만 귀찮아질 뿐이오."

숨이 느려지며 죽음이 임박했다는 것을 알았지만 철모생은 동천몽의 얼굴에서 시선을 떼지 않았다. 아직까지 저토록 자신감에 찬 표정의 사내를 본 적이 없다.

"이왕이면 간단하고 편히 싸워 이기는 것이 좋은 것 아니오?"

철모생이 휘청거렸다. 몸에 피가 빠져나가자 가장 먼저 어지러워졌고 이어서 세상이 흐릿하게 보인다.

"이… 왕… 이면 간단하고 편히… 싸워… 이기는 것이."

쿵!

앞으로 고꾸라지며 얼굴을 방바닥에 처박았다.

"야발… 로 가장 좋은… 것… 이지."

이어 조용해졌다.

그때 발자국 소리가 들리더니 만천의웅이 가죽 보따리를 든 한 명의 노인을 데리고 들어섰다.

멈칫!

죽어 있는 철모생을 보며 노인이 놀랐다.

"처… 철모생 아니오?"

"인사하시오. 내가 말했던 대법왕님이시오."

철모생은 신경 쓸 것 없다는 듯 만천의옹이 말했다.

노인이 합장을 하며 허릴 숙였다.

"대… 대법왕님을 뵈오이다. 소인은 장분사(裝扮師)이옵니다."

장분사는 황제의 용태를 바꾸는 사람이다. 황제는 자주 백성들의 살림을 살피러 나가고 그때마다 장분사가 얼굴을 바꾸어 암살이나 신분 발각에 대비한다.

"철모생의 얼굴로 어서 만들어주게."

"알겠사옵니다. 이쪽으로 앉으소서."

동천몽은 장분사가 가리키는 의자에 앉았다. 장분사는 들고 왔던 보따리를 풀었는데 형형색색의 물감과 온갖 분장 기구들이 가득 들어 있었다.

잠시 철모생의 얼굴을 한참 요리조리 살피던 장분사가 물감이 든 병마개를 열고 붓을 쥐었다.

사사삭!

마침내 동천몽의 얼굴에 색이 칠해지기 시작했다. 코와 광대뼈에 얇은 가죽이 붙여지고 조금씩 얼굴 모습이 바뀌어갔다. 이각이 조금 지났을쯤 방 안에서 동천몽의 모습은 완전히 사라졌고 죽은 철모생이 환생했다.

장분사가 갖고 있던 동경을 건네주었다.

동경을 보던 동천몽이 깜짝 놀랐다. 강호에도 수많은 변장술이 있다. 인피면구를 이용하는 것에서부터 근육을 바꾸는 역용술 등 다양했다. 그러나 지금 동경 속에 비친 자신의 얼굴은 완벽한 철모생이었다.

"이걸 드시옵소서."

장분사가 한 개의 검은 알약까지 내밀었다.

"성음환이라는 약이옵니다. 목소리를 바꾸어줄 것이옵니다."

동천몽은 망설이지 않고 약을 삼켰다.

잠시 후 목구멍이 약간 뜨거워지는 것 같더니 다시 잠잠해졌다.

"어! 어어!"

기침하듯 소리를 내어보았는데 놀랍게도 철모생의 목소리가 흘러나왔다.

"아미타불!"

너무나 완벽했으므로 동천몽은 깜짝 놀라고 말았다.

"이 늙은이가 봐도 진위를 구분 못하겠나이다."

만천의옹이 빙긋 웃으며 말했다.

상식으로는 이해가 되지 않은 기묘한 일이 밥먹듯 일어나는 곳이 강호라고 했다. 동천몽은 다시 한 번 세상의 넓음을 깨달았다.

눈앞의 노인은 틀림없는 기인이었다.

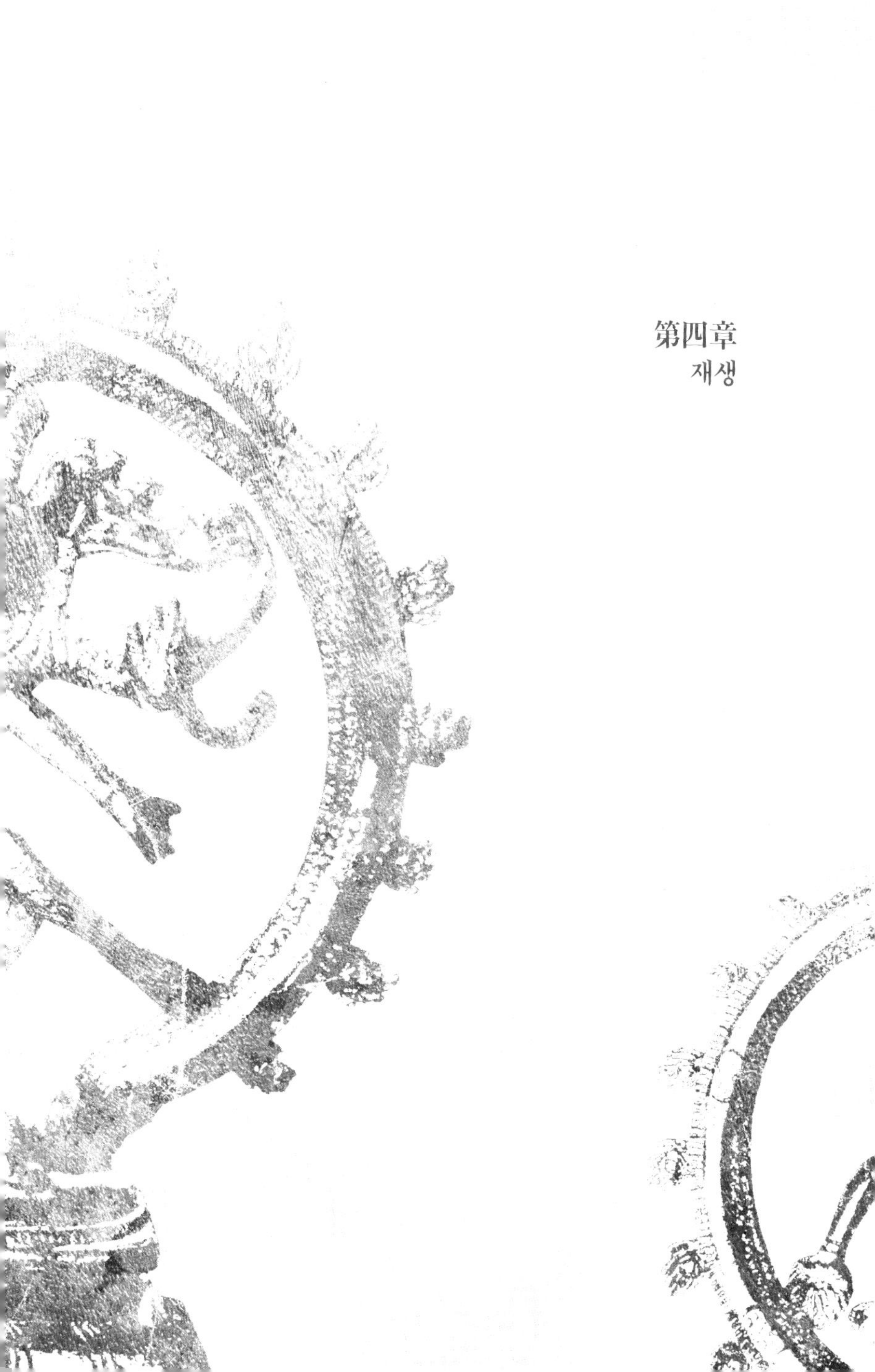

第四章
재생

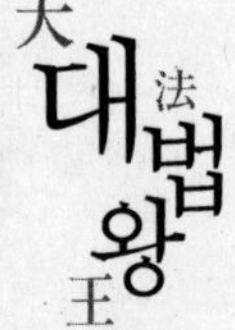
大
대
法
법
왕
王

주령왕이 거처 주령전을 오르는 길에 철모생이 나타났다. 왼쪽 옆구리에 걸린 가느다란 세검과 양팔목과 발목에 차여져 있는 각반이 그를 한층 더 돋보이게 했다.

"반주님을 뵈옵니다."

주령전 마당으로 들어설 때 입구에 서 있던 두 무사가 나와 허리를 구부렸다. 주령전의 출입자를 일차 검문하는 사람들이다. 물론 이차는 천지해검이 맡고 있다.

뻐억!

고개를 숙인 두 사람의 뒷덜미로 동천몽의 양 손바닥이 동시에 떨어졌다. 고개를 숙이고 있었으므로 동천몽의 공격을 피하기란 어려웠고 철모생이라고 믿고 있었기에 더욱 방심했다.

두 사람은 비명도 지르지 못하고 엎어졌는데 숨이 끊어져 있었다.

동천몽의 오른손이 두 사람을 향해 뻗어지더니 좌측으로 뿌려졌다. 마치 돌을 주워 던지는 것과 같은 동작이었는데 두 구의 시신이 숲 속으로 날아갔다.

동천몽이 계단 입구에 다다랐을 때 계단을 뛰어내려오는 사내가 있었다.

다다다다!

"왜 이제야 오십니까? 전하께서 얼마나 기다리셨는데요."

동천몽은 눈앞의 인물이 주령왕의 세 시위 중 한 명인 해인이라는 것을 알아보았다. 이미 만천의옹으로부터 주령왕의 세 시위에 대해 설명을 들었다.

그의 그림자이자 오른팔로 잔인하며 주령왕의 뜻에 반기를 든 사람들은 모조리 죽였다고 했다.

"그럴 줄 알았네. 어서 앞장서게."

해인이 앞장을 섰고 동천몽의 입가에 미소가 떠올랐다. 마주 보고 있어도 얼마든지 죽일 수 있는데 등까지 돌려주었으므로 이거야말로 식은 죽 먹기였다.

슥!

오른손을 들어 올렸다. 뒤에서 자신을 죽이려 한다는 사실을 전혀 모른 체 해인은 두 번째 계단을 오르고 있었다.

빡!

동천몽의 주먹이 명문혈을 때렸다. 해인의 몸이 빳빳하게 섰다. 고개를 뒤로 돌리려고 애를 쓰는 듯 목 근육이 경련을 일으켰다. 그러나 끝내 돌아보지 못하고 뒤로 벌렁 자빠졌다.

펵!

동천몽은 발길에 내공을 실어 해인의 몸을 툭 걷어찼다. 그러자 가볍게 날아가 맞은편 숲 속으로 사라졌다.

아무리 완벽한 변장이라고 해도 미세한 차이는 있다. 그중 가장 많이 노출되는 것이 호흡과 심장이다. 천하없는 강심장도 호흡이 빨라지고 심장 박동이 많아지는 것은 피하지 못한다. 그래서 아주 높은 고수라면 충분히 알아차리지만 중요한 것은 이쪽이 훨씬 더 강하다는 것이었다. 천지해검의 무예도 뛰어나지만 동천몽은 그들이 상상할 수 없는 곳에 있으니 더욱 모를 수밖에 없었다.

동천몽은 느긋하게 주령전 안으로 들어갔다. 그러자 안쪽에서 또 한 명의 사내가 급한 걸음으로 다가왔다. 한눈에 지인이라는 것을 알아보았고 동천몽의 입가에 미소가 떠올랐다.

'녀석들, 죽이기 좋게 한 명씩 잘도 오는구나!'

만천의옹이 말하길 천지해검의 무공은 매우 높다고 했다. 세 사람이 합공을 하면 철모생도 살아남지 못할 것이라고 했다. 그래서 동천몽은 만약 정면으로 붙는다면 오십여 초 이내에 승부를 보리라고 전망했다.

그런데 예상 밖으로 한 명씩 흩어져 마중을 나왔고 누구도 자신이 가짜라는 것을 의심하지 않았다. 평소라면 아무리 완

벽한 위장을 했어도 오랫동안 철모생을 겪었으니 뭔가 이상하
다는 것을 알아차렸을 수도 있었다. 그러나 거사를 진행 중이
기 때문에 모두가 긴장과 흥분으로 가득 차 있었다. 그래서 세
밀하고 조심스런 평소의 버릇들이 상당 부분 실종된 것이다.

"어찌 됐습니까? 죽였겠지요?"

"자네 생각에는 어찌 됐을 것 같은가?"

"그야 당연히 반주님 능력이면 그까짓 늙은이 하나쯤은 아
무것도 아니지요."

"맞네. 아무것도 아니더군."

이번에는 앞서가는 지인의 등에 빳빳하게 선 수도가 박혔
다. 소음을 외부로 퍼져 나가지 않도록 일대를 내기로 차단했
기 때문에 지척인 방 안에서도 살인 사건을 알아차릴 수 없다.

해인과 달리 지인은 명문혈에 일격을 맞았는데도 돌아섰다.
그건 그의 내공이 좀 더 심후하다는 뜻이었다.

"왜… 왜 나를?"

"잘 가."

슥!

손을 뽑았다.

지인이 벽을 한번 짚더니 그대로 무너졌다.

천하없는 고수도 방심하면 허깨비만도 못하다. 더구나 주령
왕의 최측근인 철모생이 자신을 암습할 줄은 꿈에도 몰랐을
테니 더욱 경계는 하지 않았다.

동천몽은 방 안으로 들어섰다. 그가 들어서자 기다렸다는

듯 천인이 반겼다.

"어서 오십시오, 반주님. 그 늙은이를 죽였겠지요."

"머리카락 한 올 들어 올리지 못하는 늙은이 한 명 죽이지 못한대서야 말이 되겠는가?"

듣고 있던 주령왕의 얼굴에도 흡족한 미소가 떠올랐고 천인이 물었다.

"지인과 해인이 왜 함께 오지 않는지요. 반주님을 영접하러 나갔는데 못 보셨습니까?"

"봤지, 볼일이 있다면서 앞서 들어가라더군."

"한심한 친구들, 지금 때가 어느 때인데 볼일이야."

그러면서 천인의 고개가 창가에 서 있는 주령왕을 돌아보았다. 이제 다음 명령을 기다리는 눈치였다.

하지만 그것인 천인이 이 세상에서 자신의 의지로 취할 수 있는 마지막 행동이었다.

퍼억!

더 이상 숨길 것도 감출 것도 없었으므로 동천몽은 전력을 끌어올려 지옥금을 천인의 옆구리에 박았다.

"컥!"

천인이 휘청거리며 뒤로 한 걸음 물러났다. 셋 중 천인의 내공이 가장 심후한 듯했다. 그는 차고 있던 검을 뽑아갔다. 그러나 동천몽의 손이 더 빨랐다.

촤악!

옆구리에 차고 있던 철모생의 세검이 뽑혀 나가며 허공에

섬광을 부렸다. 비명도 없고 아무런 소음도 없었다.

철컥!

검이 다시 검 집에 꽂히는 소리만 들렸다.

천인은 옆구리에서 피를 흘리며 경악의 시선으로 쳐다보았
는데 그의 목에서 갑자기 가느다란 핏줄기가 흘러나오기 시작
했다.

쿵!

그러더니 목이 잘려 바닥에 떨어졌고 뒤따라 몸통이 넘어졌
다.

주령왕의 안색이 굳어졌다.

"바… 반주, 미쳤소?"

동천몽이 웃으며 말했다.

"유언을 남길 기회를 드리겠소. 길게는 하지 마시오. 시간
없으니까."

주령왕은 눈앞의 현실이 얼른 피부에 와 닿지 않는 듯 입을
쩌억 벌린 체 죽은 천인과 동천몽을 번갈아 쳐다보았다.

"철 반주."

동천몽이 품에서 손수건을 꺼내 얼굴을 스윽 닦았다. 그러
자 다른 얼굴이 드러나기 시작했고 코와 광대뼈에 잇댔던 물
질까지 떼어내자 전혀 다른 사람의 모습이 나타났다.

"너… 너는 누구냐? 철 반주는?"

"죽었지요."

발자국 소리가 들리며 만천의웅이 들어섰다.

"어… 어의."

"전하, 많이 놀라시는군요. 고뿔에 걸렸다는데 옥체는 어떠시옵니까?"

"도대체."

"흐름이라는 것이 있습니다. 세상은 그 흐름대로 가는 것이지요. 그런데 전하께서는 그 도도한 흐름을 막으려 하고 있습니다. 당연히 흐름은 바꾸려 하니 힘이 들지요. 더구나 전하께서는 그 흐름을 막아낼 능력이 되지 않습니다."

"황실 일에 외부인을 끌어들였단 말이냐?"

"비록 외부인이지만 저분은 평범하지 않습니다. 바로 환생하신 대법왕이시지요. 이 늙은이가 알기에 전하 또한 불가에 깊이 심취해 있는 것으로 알고 있사옵니다."

주령왕이 놀란 표정으로 동천몽을 보았다.

"저… 정녕 대법왕?"

동천몽이 조용히 품에서 백상불을 꺼내 보여주었다.

주령왕이 눈이 커졌나. 그것은 대법왕의 신분을 증명하는 명패가 확실했다.

정치는 황제의 몫이지만 대법왕은 그 이상의 힘과 백성의 존경을 받는다. 물론 대법왕은 서장을 통치하지만 그의 능력과 덕은 중원에까지 미치지 않은 곳이 없었다.

"아… 아무리 대법왕이라고 하지만 감히 황실 일에 끼어드는 건 용납할 수가 없소."

동천몽이 나직이 말했다.

"죽을 사람은 빨리 죽어야 죽이는 사람의 마음도 편하지요."

"감히 네까짓 놈이."

주령왕의 몸이 튕겨왔다. 어려서부터 문(文)보다는 무(武)에 재능을 보였다. 틈만 나면 검을 쥐었고 이름난 황실내 고수를 찾아가 비무 요청을 마다하지 않았다. 패하면 분한 마음에 몇 날 며칠을 잠을 이루지 못했으며, 반드시 패배를 앙갚음해야 직성이 풀렸다.

하지만 상대는 포달랍궁의 역대법왕 중 가장 근골이 뛰어난 인물이었다. 동물적 감각으로 무장되어 누구도 극성에 오르지 못한 불사심법을 완성시킨 희대의 고수.

콰아앙!

두 사람의 장력이 부딪치자 주령왕이 신음을 흘리며 뒤로 밀려났다. 단 일 장에 내상을 입은 듯 안색이 파랗다. 무예에 관한 자부심 가득한 자신이 밀렸다는 게 믿어지지 않는 듯 눈을 몇 번 깜박거렸다.

"본 궁에 이런 말이 있지요. '살생을 금하되 해야 하거든 빠르고 고통없이 죽여라. 그것만이 그나마 최선의 자비이니라'."

콰아아!

동천몽의 신형이 빠르게 날아갔다.

일초는 체면치레용이었다. 하지만 오래 끌 필요가 없었으므로 전력을 다해 우장을 뻗었다. 주령왕 또한 조금 전과는 비교가 되지 않는 붉은 손 그림자를 보며 자신이 지닌 모든 역량을 쏟아 장심에 모아 발출했다.

개천풍운장, 황궁무고에서 배웠으며 무예 스승이 말하길 천하에 그 적수가 드물 훌륭한 장법이라고 했다.

퍽!

개천풍운장이 붉은 손 그림자와 부딪쳤다.

쩌어억!

거미줄처럼 자신의 개천풍운장이 쪼개지고 있었다. 다행히 혼신을 다했기 때문에 쪼개지는 속도가 조금은 느렸지만 얼음이 깨지듯 부숴지고 있었다.

"우우욱!"

온 힘을 다 쏟아냈다. 하지만 개천풍운장은 깨졌다. 얼굴이 시뻘개졌고 관자놀이에 힘줄이 손가락 굵기로 튀어나왔다. 그러나 여전히 밀고 들어오는 붉은 손은 당할 재간이 없었다.

파아아!

한순간 동천몽이 조금 더 힘을 가하자 주령왕의 장력이 산산이 깨져 흩어지며 정통으로 가슴을 때렸다.

퍽!

"으악!"

주령왕이 구석으로 나동그라졌는데 꾸역꾸역 피를 토해내고 있었다.

일어나기 위해 노력했지만 몸속의 힘은 이미 빠져나갔고 의식은 점차 멀어져 갔다.

부르르!

온몸을 떨며 동천몽을 보았는데 증오와 원한이 가득했다.

"아미타불!"

동천몽은 세속에 모든 한을 지우고 편히 극락왕생하길 진심으로 기원했다.

조용히 누웠지만 눈은 감기지 않았다. 보다 못한 만천의옹이 다가가 손바닥으로 감겨주었다.

만천의옹의 얼굴이 착잡해졌다. 비록 반란의 수괴이지만 자신이 주군으로 모시고 있는 황제의 동생이다.

만천의옹이 한참을 쳐다보더니 고개를 들어 동천몽 앞에 무릎을 꿇었다.

퍽!

"왜 무릎은 꿇고 그러느냐?"

"대법왕님이 아니었다면 황실은 피로 물들었을 것이옵니다. 수천, 수만 명이 죽고 어쩌면 왕조가 뿌리째 흔들렸을지도 모릅니다. 그러하온대 대법왕님께서 모든 화근을 이렇게 뽑아주셨으니 이 어찌 감사하지 않을 수가 있나이까. 비록 세자는 보령이 어리고 황제께서는 의식이 불분명하여 대법왕님의 은혜에 보답을 할 수 없으니 이 늙은이가 감히 대신 할까하옵니다."

동천몽은 만천의옹을 손을 잡아 일으켰다.

너무 감격하여 눈물까지 글썽이는 만천의옹을 보며 동천몽이 말했다.

"일목은 어찌 됐소?"

만천의옹의 뺨으로 끝내 한 방울의 눈물이 흘러내렸다.

"조금 전 깨어났사옵니다."

동천몽이 만면에 미소를 머금었다. 그런데 또다시 착각처럼 세존을 보는 듯했다.

'아아! 대법왕은 진정 살아 있는 활불이라는 게 사실이란 말인가!'

만천의옹의 눈이 떨렸다. 자신의 손을 잡고 있는 눈앞의 인물은 대웅전 한가운데 뭇 중생들을 바라보며 미소를 짓고 있는 석가세존이었다.

들어갈 때는 힘들었지만 나올 때는 네 개의 다리 중 황제만 다닌다는 북쪽의 다리를 이용했다. 만천의옹으로부터 연락을 받은 황제의 친위대가 금위영반의 무사들을 모조리 제압했다.

충신들은 한사코 만천의옹을 통해 대법왕을 뵙기를 청했지만 동천몽이 거절했다. 조용히 그냥 떠나는 것이 바람직할 것 같았기 때문이었다.

자금성을 나와 한참을 걷던 일목이 불쑥 앞을 막아섰다.

"대법왕이시여."

"너 갑자기 왜 이래 또?"

"너무 고맙습니다."

동천몽이 눈을 크게 떴다.

일목이 말했다.

"죽을 수밖에 없는 이 죄인을 대법왕님께서 자비로 살려주
셨사옵니다."

"죄… 죄인?"

"저는 죄인입니다. 이 죄인을 자비로 감싸주십시오."

동천몽이 눈을 깜빡거렸다. 느닷없는 죄인이라는 말에 머리
에 혼란이 온 것이다.

"대법왕님께서는 정말 소승을 사랑한다는 것을 알았사옵니
다. 앞으로 오로지 대법왕님만을 위해 이놈의 삶 바치겠나이
다."

"일목."

"명을 받드옵니다."

"어서 가자."

천년설삼을 복용하여 일목의 내공은 전보다 훨씬 높아졌다.
무인에게 내공 상승보다 더 기쁜 일은 없다. 그래서 일목은 어
떤 식으로라도 감사를 표하고 싶었지만 마땅한 말이 떠오르지
않아 자신을 죄인이라고 낮춘 것이었다.

언젠가 동천몽이 포달랍궁에서 제자들을 앉혀놓고 우리 모
두 죄인이며, 죄 가운데 살고 있다는 설법이 떠올라 잽싸게 갔
다 붙인 것이었다.

"대법왕님, 소승 무미이옵니다."

갑자기 길 앞으로 눈썹이 하나도 없는 무미 선사가 날아 내
렸다.

동천몽의 눈살이 찌푸려졌다. 무미 선사는 포달랍궁의 정보

기관 사불각의 각주이다. 자금성으로 떠나면서 전서구를 이용해 중원의 움직임, 특히 동천비와 무림맹 목와북천의 동태를 면밀히 지켜보라고 했다.

"강호의 상황은 어떠냐?"

"대법왕님의 예상대로입니다. 동천비 대공자께서 무림맹을 함정에 몰아넣었사옵니다."

무미 선사는 자세한 내용을 말했다.

동천몽의 입술이 비틀렸다.

"훗훗! 볼만했겠군."

"동천비 대공자를 완전히 몰살하기 위해 무림맹의 모든 정예를 투입했는데 역습을 당하는 바람에 무림맹 상층부에서도 무척 당황하는 것 같사옵니다. 그리고 목와북천이 본격적인 피바람을 몰고 왔습니다. 이미 청해와 감숙 산서를 완전히 흑도의 세력으로 편입했고 무림맹을 따르던 세력들은 씨를 말렸습니다."

"보고 중 언뜻 남궁관이란 이름이 나오던데 자세한 얘기를 해보겠느냐?"

"남궁관은 현 맹주인 남궁천의 아들입니다. 신동이라는 말을 들을 만큼 뛰어난 자질을 갖고 태어났으며, 남궁천의 철저한 조련에 의해 이미 검강의 수준에 올랐다고 합니다."

"검강?"

"오죽했으면 자신보다 세 배 뛰어나다고 남궁천이 극찬을 했겠사옵니까? 그가 아니면 모용산을 동천비 대공자의 묵곤혈참기에서 구하지 못했을 것이라고 입을 모으고 있사옵니다.”

무미 선사의 보고에 의하면 동천비의 묵곤혈참기는 극성에 올라섰다고 했다. 그런데도 모용산을 구해냈다면 보통 인물이 아니다. 특히 부친을 닮았다면 무척 교활할 것이다.

세상 사람들은 당금 무림맹주 남궁천을 정인군자의 표상이라고 입을 모았다. 그러나 부친 동오룡의 말을 빌리면 심계가 뛰어난 무서운 효웅이었다. 상관량에게 전해지는 황금의 절반이 어쩌면 그의 수중으로 들어가고 있는지도 모른다고 했다. 오죽했으면 소림의 장문인인 우공 선사마저도 남궁천 앞에서는 한발 물러선다고 했을까. 그만큼 남궁천의 영향력은 무림맹에서 절대적일 뿐 아니라 무공 또한 적수를 찾기 어려웠다.

그러한 남궁천의 입에서 자신보다 세 배가 뛰어나다는 말은 무공을 의미하기도 하겠지만 심계 또한 그러하다는 얘기로 해석되어야 할 것이었다.

“소월당의 근황은 어떠느냐?”

어머니 안부를 묻고 있는 것이었다.

“아주 행복해하십니다, 특히.”

무미 선사가 갑자기 말을 끊고 동천몽의 눈치를 살폈다.

동천몽이 눈을 빛냈다.

“왜 말을 하다 멈추느냐? 어서 말해보거라.”

“자… 자 낭자와 날마다 붙어 생활할 뿐 아니라.”

또다시 무이 선사가 말을 잠시 멈추었다.

마른침을 꼴깍 삼키고 다시 입을 열었다.

"거… 거의 고부(姑婦)간이 되어버렸습니다."

"뭐… 뭐라고 했느냐? 고부간이라니, 좀 자세히 말해보거라."

"자 낭자가 말끝마다 어머님 어머님 하고 가모님께서는 아가야 아가야 하옵니다."

"우욱!"

동천몽이 충격을 받은 듯 비명을 질렀다.

"괘… 괜찮으시옵니까?"

"난 괜찮다. 계속 말해보거라. 그리고 또 뭐가 있느냐?"

무미 선사는 땀을 뻘뻘 흘렸다.

그만큼 보고 내용이 어렵고 힘들다는 뜻이었다.

"또… 또한."

"뭘 그렇게 더듬거리느냐?"

"자 낭자께서 대법왕님을 그… 그이라고 부르옵니다."

동천몽의 눈이 부릅떠졌다.

"그… 그이?"

"또 있사옵니다."

"한 번에 모두 털어보거라."

"미… 믿을 수 없게도 대법왕님께서 이번에 돌아오시면 서둘러 혼례를……"

"누… 누가 그 말을……?"

"가… 가모님께서."

"아미타불! 아미타불!"

동천몽이 연신 불호를 중얼거렸다.

보지 않아도 눈에 선했다. 필시 자정경이 순진한 어머니를 꼬드겨 일을 꾸며가고 있음이 틀림없었다.

따라오겠다는 것을 무예 연마해야 한다고 떼어놓았는데 그것이 치명적인 실수였다. 어머니 능씨는 말이 없다. 하지만 한 번 자신이 결심하고 결정한 것은 기어코 밀어붙이는 저돌성이 있었다. 정말로 자정경과 혼례에 마음을 두고 있다면 보통 심각한 일이 아니었다.

사실 그동안 틈나는 대로 자정경과의 관계 정립이 무척 혼란스러웠고 갈등이 많았다. 자신의 감정도 그렇고 자정경의 마음 씀씀이도 범상치 않았다. 하지만 조금씩 자신의 운명을 받아들이고 인정하는 쪽으로 기울어가고 있었다. 자신은 아무리 아니라고 부정했지만 이제는 완전히 대법왕이 되었다. 그것은 뿌리칠 수 없는 현실이었고 일만이천 포달랍궁 제자의 큰 스승이었다.

하나 자신이 운명을 받아들이게 만든 가장 결정적인 요인은 불사심법을 십이성 연마하면 남성 기능이 소멸된다는 것이었다. 결코 아무 의미 없이 그렇게 만들어놓지는 않았을 것이다. 대법왕으로서 만에 하나 있을지도 모를 색심을 미연에 단하고 막기 위한 조치라고 생각했다.

흔히 운명도 개척하기에 따라 얼마든지 바꿀 수 있다고 한다. 하지만 그건 뭘 몰라도 한참 모르는 소리다. 운명이란 타고나며 이미 정해져 있기 때문에 절대 바뀌지지 않는다. 그래서 노력은 하되 빨리 자신의 그릇과 됨됨이를 파악하고 깨닫는 것이 가장 현명한 사람의 처신이다. 주어진 상태에서 어떻게 하는 것이 그나마 지혜롭고 남은 삶을 편히 끌고 갈 것인지를 찾고 연구하는 것이 바람직한 것이다.

대법왕이 된 것은 팔자이며 운명이었다.

"잘 알겠느니라. 그래 다른 소식은 없느냐?"

"부친의 오해가 깊으십니다."

이미 예상하고 있었다.

그동안 적지 않게 망설였다. 부친에게 자신의 계획과 의중을 알릴 것인지, 숨길 것인지 갈등했다. 그러나 끝내 부친에게 자신의 뜻을 감추기로 했다. 물론 그렇게 하다 보면 자신을 향한 부친의 오해가 생길 것은 명약관화했다. 위기에 빠진 가문을 건져 낼 능력이 있는데도 모른 체하는데 어느 아버지인들 섭섭하다고 생각하지 않겠는가.

하지만 상관량은 영리하다. 동천비 또한 보통 두뇌가 아니었다. 만약 부친의 오해가 염려되어 살짝 자신의 의중을 가르쳐 주면 그들은 금방 알아차릴 것이다. 부친이 아무리 시치미를 떼고 감춘다고 해도 알고 있는 것과 모르고 있는 것에는 차이가 있을 수밖에 없고 그들이 그런 미세한 반응을 눈치 채지 못할 리가 없었다.

한 예로 적이 침입했을 때 구원군이 없으면 미친듯이 당황하고 두려워한다. 하지만 구원군을 숨겨놓았을 때는 절대 당황하거나 두려워하지 않는다. 부친 역시 장사로 잔뼈가 굵었지만 자신의 전략을 가르쳐 주면 절대 당황하거나 놀라지 않을 것이고 그걸 적이 모를 리 없었다. 그래서 가르쳐 주지 않은 것이었다.

아직 강호의 일에 개입할 때가 아니었다지만 묘하게도 집안 문제가 곧 강호의 일이었다. 동천비와 무림맹과 목와북천 삼자가 물고 물리는 한가운데 있었다. 최소한 집안이 완전히 풍비박산 나야 가닥을 잡기 쉬어진다. 지금은 단지 한발 물러나 지켜보고 구경할 시기였다.

상관량이 이번에 크게 당했으니 그 성품을 보아 반드시 복수를 할 것이다. 기어코 받은 만큼 돌려주려고 할 것이고 그렇게 되면 동천비와 목와북천은 더욱 단단히 손을 잡을 것이었다.

그렇게 되면 본격적인 대전쟁이 시작되는 것이다.

"명령을 내려주소서."

"무슨 명령을 말이냐?"

"본 궁도."

"본 궁이 뭘을? 그런 것 없느니라. 우린 그저 구경이나 열심히 하자."

"네옛?"

"지시할 것이 없으니 그만 돌아가거라."

"피바람이 시작될 것이온데 그에 대한 대비책을 세워야 하지 않겠는지요?"

"우리가 싸우는 것도 아닌데 뭘 세운단 말이더냐? 아까 말하던 대로 우린 열심히 굿이나 보고 놀면 된다."

여전히 동천몽의 말뜻을 헤아리지 못한 무미 선사가 눈을 깜빡거렸다.

"이 한마디만 전하거라. 머잖아 큰 싸움을 하게 될 터이니 수련을 게을리 하지 말라고 이르라. 이것이 너에게 내리는 명령이다. 또한 정경이에게 전하라. 경거망동하면 참지 않겠다고."

"그대로 전하겠사옵니다."

무미 선사가 포권의 예를 취한 후 사라졌다.

무미 선사가 사라지자 기다렸다는 듯 일목이 말했다.

"소승이 뭐라고 했사옵니까? 자정경 그 계집, 아니, 그분은 문제가 조금 있다고 했지 않사옵니까?"

계집이라고 불렀다고 동천몽의 인상이 구겨지는 것을 보며 서둘러 고쳤다.

"소승이 관상을 조금 볼 줄 아는데……"

"네가 관상을 볼 줄 안단 말이냐?"

동천몽의 눈이 커졌다.

일목이 목을 좌우로 한번 우두둑 소리를 내며 돌렸다. 대개의 사람들이 목에 힘을 줄 때 취하는 동작을 일목 역시도 그대로 재연해 보였다.

하지만 목에 힘을 잔뜩 준 사람치고 그만큼 가치있는 비밀이나 깊은 지식을 털어놓는 사람 없다는 게 동천몽의 생각이었다.

"관상에서 제일 중요한 것이 뭔 줄 아십니까? 바로 이것입
니다. 코."

그러면서 일목이 자신의 코를 가리켰다.

"이 코를 제백궁이라고도 부르고 얼굴 가운데 있다고 해서
중악이라고도 부릅니다."

"중악이라면? 중원오악 중 숭산 아니냐?"

"숭산에 무엇이 있사옵니까? 바로 구파일방의 소림사가 있
지 않사옵니까? 누가 뭐래도 소림사는 누천년 강호사에서 천
하제일문이란 지위를 이어오고 있지요."

일목은 침을 튀기며 말했다.

"중악의 소림사가 빛나듯 코 또한 얼굴에서 가장 독보적이
고 툭 튀어나왔지요. 그런데 자정경 낭자는 코가 너무 오똑합
니다."

"그럼 좋은 것 아니냐? 여자 코가 납작하면 그게 어디 코더
냐? 떡이지."

"코가 높은 여자는 아주 콧대가 셉니다. 성질도 무척 오만방
자하고 지 마음대로지요."

"그래서 정경이 절대 내 말을 듣지 않고 자기 하고 싶은 대
로 할 것이란 말이냐?"

"지금이라도 늦지 않았사옵니다. 사제의 인연을 끊으십시
오. 그렇지 않으면 그 계, 여자는 평생 대법왕님을 괴롭힐 것이
옵니다."

계집이라고 부르다 잽싸게 바꾸었다.

동천몽 또한 흥미가 있는 표정이었다.

"괴… 괴롭힌다니? 좀 구체적으로 말해보겠느냐?"

"대법왕님을 가장 괴롭히는 일이 지금으로서는 무엇이라고 생각하시옵니까?"

동천몽이 고개를 갸웃하며 생각했다.

과연 자신을 괴롭히는 것이 무엇일까 생각해 봤지만 선뜻 떠오르는 것이 없었다.

"소승은 알고 있습니다. 자 낭자는 비록 사제지간이라고는 하지만 대법왕님과 나이 차이가 거의 없는 것으로 알고 있사옵니다. 그런데도 아무렇지도 않게 사부님 앞이라는 이유로 옷을 홀라당 벗고 갈아입기 일쑤이고, 달려가 끌어안는 건 예사입니다. 그것뿐만이 아니라 잠까지 옆에서 자려고 하는 것을 서너 번 보았습니다. 이게 대법왕님을 괴롭히는 것이 아니고 뭡니까? 대법왕님도 젊은 사내인데, 그것도 천하에서 가장 아름답다는 무림쌍미 중 한 명이 옆에 잠을 자거나 앞에서 옷을 갈아입으면 마음이 어떻겠습니까? 확 덮쳐 버리고 싶은 충동을 느끼지 않겠습니까?"

동천몽이 눈을 크게 떴다.

일목의 너무 노골적이 표현에 놀란 것이다.

"막말로 중은 사람 아니고 남자 아닙니까? 대법왕님 앞에서 알몸을 보였다가 만약 덮치기라도 하면 본인은 좋을지 모르지만 대법왕님께서는 파계를 하는 것 아닙니까? 그럼 본 궁의 미래가 어찌 되겠나이까?"

“음!”

일목의 말은 약간 중언부언하는 면이 없지는 않았지만 나름대로 제법 설득력을 갖고 있었다.

“대법왕님께서 일반 중이라면 소승이 이토록 신경 쓰지 않사옵니다. 중놈 한 명 파계한다고 해서 본 궁이 무너지는 것도 아니니까요. 하지만 대법왕님이 파계를 하면 그건 문제가 심각해지지요.”

“일목아, 네가 무슨 말을 하고자 하는지 알고 있다. 하지만 이것 한 가지를 알거라. 솔직히 말하겠는데 나 남자 아니다.”

일목이 눈살을 찌푸렸다.

눈이 두 개 있는 사람의 눈살 찌푸리는 모습만 보다 하나밖에 없는 눈이 눈살을 찌푸리자 아주 괴상망측했다.

“그… 그게 무슨 말씀이옵니까? 대법왕님께서 사내대장부가 아니라면?”

일목은 이해가 되지 않는다는 듯 눈살을 더욱 찌푸렸다.

동천몽은 길게 한숨을 내쉬었다.

“일단 밥부터 먹자. 배고프다.”

동천몽의 어깨가 갑자기 축 처졌다.

앞서 가는 동천몽을 바라보는 일목의 고개가 연신 좌우로 기우뚱거렸다.

*　　　*　　　*

햇살이 좋았으므로 상관량은 오랜만에 처소 밖으로 나왔다. 그의 좌우 겨드랑이에는 목발 한 개씩이 끼어 있었다. 오른쪽 다리가 부러져 부목을 대었고 내상도 얕지 않아 치료 중에 있었다.

그날 목와북천의 정예 중 한 곳인 사벌(死伐)의 추적을 받았다. 인원수는 이십 명밖에 되지 않았지만 그들은 일당백이었고 자신을 잡기 위해 동천비가 작정하고 끌고 온 것이었다. 스무 명의 공격은 상관량의 무위로는 물리치기 벅찼다.

온몸에 상처를 입고 다리까지 부러지며 생사의 위기에 몰렸을 때 나타난 이가 바로 신검 남궁천이었다.

무림맹주이지만 아직까지 단 한 번도 남궁천의 검을 구경해 보지 못했다. 다만 하늘도 마음만 먹으면 충분히 벨 것이라는 게 무림맹 사람들의 짐작이었다.

그날 상관량은 숨이 멎는 줄 알았다. 눈앞에서 보여지는 남궁천의 검은 상상을 초월했다. 그의 검이 불과 서너 번 번뜩였을 뿐인데 이리 떼처럼 이빨을 드러내며 자신의 숨통을 조여오던 사벌의 무사들이 모조리 땅바닥에 나뒹굴었다.

차라리 그것은 꿈결이라고 해도 좋았다.

아직까지 그토록 깔끔하고 완벽하며 매서운 검은 보지 못했다. 남궁세가는 검으로 내려온 무가이다. 그래서 검에 관한한 중원에서 독보적인 존재이고 높은 위치에 올라서 있었다.

자신보다 높을 것이라는 걸 예상했는데 그날 보았던 남궁천의 검은 높은 수준이 아니라 환상이었고 왜 그를 신검이라고 부르는지 증명해 보인 검무(劍舞)였다.

"밖을 나온 걸 보니 많이 좋아진 것 같구려."

어느새 남궁천이 다가와 있었다.

"매… 맹주님!"

상관량은 화들짝 놀라며 허리를 구부렸다.

옛날 같았으면 턱도 없는 행동이었다. 그냥 가볍게 목례 수준으로 끝냈을 것이다.

"잠시 후면 구파일방의 장문인들이 모이는데 가능하면 회의에 참석하시오."

"아니옵니다. 본관은 여기 있겠사옵니다. 이런 모습 보여 사기만 떨어뜨릴 뿐입니다."

"좋을 대로 하시오."

남궁천이 웃으며 사라졌다.

예전 같으면 당연히 참석했다. 그리고 자신이 회의를 이끌고 원하는 대로 결과를 만들었을 것이다. 하지만 이제야말로 자신은 남궁천의 뜻을 존중해야 했다. 즉, 오늘 구파일방의 회의는 남궁천이 소집한 것이다. 오늘 회의 목적이 짐작되었지만 모른 체하는 것이 좋을 것 같았다.

상관량은 길게 한숨을 내쉬었다.

지금까지 누구도 자신의 머리를 앞선다고 인정하지 않았다. 그렇기 때문에 무림맹의 총관이면서도 군사직까지 겸했다. 그리고 무림맹을 거의 자기 손으로 쥐락펴락하다시피 했고 그런 자신을 아무도 가로막거나 이의 따위를 제기하지 않았다.

그런데 자신은 피라미였다. 세상 넓은 줄 모르고 날뛰는 우물 안 개구리였던 것이다. 세상에는 남궁천이라는 거물이 있었고 묵곤혈참기에서 모용산을 구출해 낸 남궁관이라는 혜성이 있었다. 진정한 용은 함부로 꼭 필요할 때가 아니면 자신의 위상을 좀체 드러내지 않는 다는 것을 체득하고 보았다.

대회의청에 모두 열세 명의 인물이 장방형의 탁자를 놓고 앉아 있었다. 승(僧), 도(道), 속(俗), 걸(乞) 등 다양한 인물들이 앉아 있었는데 하나같이 범접키 어려운 기품과 위엄이 도도히 흐르고 있었다.

부욱!

개방의 장문인 용두신개가 약지 끝에 묻어 나온 코딱지를 자신의 옷에 닦으며 입을 열었다.

"무림맹 사상 이런 패배는 처음이오. 그것도 정예들만 이끌고 가서 몰살을 당하다니. 쯧쯧쯧!"

"그만둡시다. 이미 끝난 일인데 더 이상 거론해 봤자 속만 상하오이다."

가슴에 아홉 마리의 용이 수놓아진 도복을 걸친 인물이 말했다.

청성의 장문인 구룡자였다.

"하긴 그렇소. 죽은 자식 불알 만지기지 뭐."

그때 문이 열리며 남궁천이 들어서자 일제히 자리에서 일어났다.

남궁천이 자신의 자리에 앉으며 말했다.

"앉읍시다."

모두가 자리에 앉았고 일제히 남궁천을 쳐다보았다.

남궁천 역시 자신을 주시하는 구파일방과 사대세가의 가주들을 훑어보았다. 모두가 표정이 밝지 않았는데 이번 싸움의 결과로 인해 감정들이 상해 있었다.

"거두절미하고 오늘 모임의 안건을 말하겠소. 무통령(無通令)을 내려야겠소."

"무… 무통령."

"무량수불!"

여기저기서 놀라는 소리가 들려나왔다.

무통령은 막강한 권위를 지니는 한 가지 신물이다. 초대 무림맹주였던 소림의 공공 선사의 제안으로 만들어진 물건으로 구파일방과 사대세가 수장들 모임에서 과반수의 찬성이 이뤄지면 무통령이 내려진다.

무통령이 내려지면 강호의 모든 명령과 각 문의 통제와 명령이 완전하게 무림맹주에게로 옮겨진다. 무림맹주에게 구파일방과 정도문파의 작전권이 주어지는 것이다.

"맹주, 비록 이번 싸움의 결과가 수치스럽긴 하지만 무통령을 내려야 할 만큼 작금의 사태가 심각하다고는 보지 않소이다."

개방의 장문인 용두신개가 눈을 빛내며 말했다.

그러자 당문의 문주 당대군이 잘랐다.

"아니오. 당금 무림은 무통령을 내려야 할 만큼 심각한 위기

오. 들으셨겠지만 청해를 비롯한 북쪽의 성들이 흑도에 넘어
갔고 우리의 자금줄인 천상각이 그들과 손을 잡았소. 무림맹
창건 이래 가장 큰 위기가 몰려오고 있소이다. 당장 무통령을
내려 맹주님께 모든 권한을 일임해야 하오."

"그렇지만……."

"뭐가 그렇지만이란 말이오. 개방이야말로 정보가 누구보
다 정확하고 빠름으로 잘 알 것 아니오? 전쟁은 자금이오. 무
통령을 내려 서둘러 총공세를 펴지 않고 지구전으로 돌입하면
우리의 자금은 금방 마를 것이고 군수물자 부족으로 자칫 흑
도에 지배당하는 치욕을 당할 수가 있소이다."

용두신개의 의견을 당대독이 정면으로 반박했다.

덩치도 큰데다 목청까지 굵은 그의 목소리에 장내는 숨을
죽였다.

"개의치들 마시고 고견들이 있으시면 말씀해보시오. 이 자
리는 회의 석상이오. 옳고 그름이 중요한 게 아니라 각자 마음
에 담긴 말을 내놓는 장소란 얘기오."

하지만 누구도 쉽게 입을 열려고 하지 않았다.

초대 무림맹주 시절을 제외하고 아직까지 단 한 번도 무통
령이 내려진 적은 없었다. 자파의 모든 권한을 무림맹주에게
이양한다는 것은 위험한 일이었다.

"우공 선사께서 한 말씀 해보시지요."

소림 장문인을 쳐다보았다.

주름살이 가득하고 수염이 가슴까지 내려온 우공 선사가 굴

리던 염주를 멈추고 남궁천을 쳐다보았다.

"아미타불! 맹주께서는 지금의 상태를 어찌 보십니까?"

"무통령을 내려야 할 만큼 위기로 보느냐는 질문이오?"

"그렇습니다. 소승이 보기에는 무통령을 내릴 만큼은 아니라고 봅니다만."

남궁천이 말했다.

"무통령을 내려야 할 만큼 위기라고 생각한다면 어쩌시겠소?"

우공 선사의 눈이 커졌다.

"구체적으로."

"이런 추세로 나간다면 장강 이북이 흑도에 짓밟히는 것은 시간문제라고 봅니다."

"무량수불! 그 정도란 말입니까?"

무당의 장문인 태극자가 입을 열었다.

"지금쯤 짓밟힘을 당했는지도 모르지요."

팽문의 문주 팽가위가 남궁천의 말에 힘을 실어줬다.

회의는 밤늦게까지 진행되었다. 하지만 쉽게 결론이 나지 않았고 급기야 표결로 합의를 보았다.

상관량은 자신의 처소에서 차를 마시고 있었다. 차가 떨어지면 시녀가 채웠고, 떨어지면 채우기를 어느덧 열두 번째였다. 열두 잔째를 마시고 있는 것이다.

그것은 상관량이 아주 긴장해 있다는 뜻이었다.

미시부터 시작된 대회의가 자시가 넘은 지금까지 진행되고 있는 것이다. 회의가 길어졌다는 것은 그만큼 진통이 많다는 의미였다.

벌컥!

문이 열리고 가개묵이 들었다.

"그래, 어찌 되었느냐? 결과를 말해보거라."

상관량이 들어 올렸던 잔을 내려놓고 다그치듯 물었다. 가개묵은 대회의청의 동향을 수시로 상관량에게 보고하고 있었다.

"무통령이 가결됐사옵니다."

"정말이냐?"

"표결 결과 맹주님까지 포함하여 찬성이 여덟이었고 반대가 다섯, 그리고 기권이 한 곳이었습니다."

상관량이 한동안 얼어붙은 듯 가개묵의 얼굴에 시선을 고정시켰다.

천하가 남궁천의 수중에 들어간 것이다. 이제 구파일방과 사대세가는 물론, 무림맹에 소속된 모든 문파와 개인은 남궁천의 명령을 따라야 한다. 거절한 자는 그 자리에서 목이 베이는 참형을 당한다.

소림으로 돌아가는 우공 선사의 낯빛은 굳어 있었다. 무림맹에서 하룻밤 보내고 아침 일찍 출발하라고 했지만 고즈넉한 밤길이 걷기에는 그만이라면서 빠져나온 것이다.

　뒤를 따르는 시자(侍者) 명철 스님은 앞서가는 우공 선사를 살피느라 여념이 없었다. 무림맹을 떠난 지 반 시진이 넘도록 아무 말씀이 없었다. 평소 볼일이 있어 자신과 산을 내려가면 항상 좋은 말씀을 해주셨고 어려운 질문도 막힘없이 대답하여 자신의 부족함을 일깨워 주었다.

　털썩!

　앞서 가던 우공 선사가 길가 언덕에 털썩 주저앉았다.

　명철 스님이 한쪽에 조용히 시립하자 말했다.

　"너도 앉거라."

　"아니옵니다. 저는 서 있는 것이 편하옵니다."

　"네 이놈, 네가 나무더냐, 서 있는 것이 편하게? 얼른 앉아라."

　우공 선사가 버럭 소릴 지르자 명철 스님은 조금 떨어져 언덕에 자리를 깔고 앉았다.

　"명철아."

　"예, 방장 스님."

　"네 나이가 올해 몇이더냐?"

　"갑자기 왜 나이를?"

　"이놈아, 물으면 대답이나 할 일이지 말이 많느냐?"

　또다시 우공 선사가 인상을 쓰자 명철 스님이 얼른 대답했다.

　"스… 스물셋이옵니다."

　"스물셋이라… 인생에서 가장 좋을 나이로구나. 가장 혈기가 왕성하고 꿈도 가장 크게 꾸며 그 어느 것도 두렵거나 무섭지 않은 그야말로 파죽지세의 연령이라고 할 수 있지."

평소와 다른 우공 선사의 말에 명철 스님의 고개가 돌아갔다.

"별빛도 참 곱구나."

우공 선사가 어두운 하늘에 반짝이는 별들을 쳐다보았다.

"명철아."

"예, 방장 스님."

"저기 저 별이 보이느냐?"

우공 선사가 동쪽 하늘을 가리켰다. 동쪽 하늘에는 수많은 별들이 있었고 명철은 우공 선사가 가리키는 별이 어느 것인지 알 수가 없었지만 아는 척 대답했다.

"예, 보입니다."

"저 별을 천살성이라고 부른다. 사람들은 계명성이라고도 부르지. 저 별은 자시 이전에는 그다지 환하지 않지만 새벽녘이 되면 아주 밝게 변하느니라. 그런데 어찌 된 일인지 요즘은 초저녁부터 아주 밝게 빛나는구나."

팟!

명철 스님의 눈이 빛났다.

밝게 빛난다는 말에 관심을 갖고 살폈고 그 많은 별들 중 시선을 끄는 별 하나가 있었다. 아닌 게 아니라 무척 밝았다.

"돌아가신 전대 장문인, 이 늙은이를 가르치셨던 천통 사부께서 말씀하셨다. 저 계명성이 자시 이전에 빛이 나면 천살성이라고 부르며 피의 폭풍을 예고하는 것이라고 말이다."

"피바람이 분다구요?"

"그만 가자꾸나."

우공 선사가 일어나 휘적휘적 걷자 명철 스님이 뒤를 따랐다. 하지만 명철 스님의 두 눈은 의혹과 긴장으로 빛났다.

조용한 산속으로 우공 선사의 불장 짚는 소리가 울려 퍼졌고 나직한 음성이 흘러나왔다.

"흔히 천기라고 하는데 사람 사는 세상에 거대한 변고가 생길 때 하늘에서 어떤 징조를 보인단다. 그게 바로 천살성인데 아마 머잖아 강호에 난리가 나려나 보다."

"구체적으로."

획!

우공 선사가 돌아섰는데 두 눈을 부릅뜨고 있다.

"구체적으로 알면 이 늙은이가 막지 이렇게 탄식만 하고 있겠느냐? 이놈이 이제 보니 아주 미련하지 않는가?"

하지만 명철 스님도 지지 않고 대꾸했다.

"누구로부터 피바람이 시작되는지는 짐작하실 것 아니온지요?"

"아미타불!"

나직한 불로를 중얼거리며 우공 선사는 잠시 침묵을 지켰다.

명철의 눈은 더욱 빛나고 우공 선사의 입이 열리기만을 기다렸다.

"강호의 피는 항상 정(正)에서 시작되었다. 명분은 악의 무리를 소탕한다는 것이었지만 거의가 경쟁 문파나 눈엣가시 같은 명숙들을 죽이는데 혈안이 되었지."

팟!

명철 스님의 눈이 광채를 뿌렸다.

"오늘 내려진 무통령이 혹시 저 천살성과 관계가 있는 것 아니옵니까?"

"아미타불! 없기를 바랄 뿐이니라. 어서 가자. 이렇게 걷다가는 내년에나 소림에 닿겠구나."

우공 선사가 걸음을 빨리했다.

그러나 명철 스님의 얼굴은 싸늘하게 굳어 있었다. 우공 선사는 절대 허튼소리를 하는 사람이 아니었다. 돌다리도 두들겨 걷는 성품인 그의 입에서 그런 무서운 얘기가 나왔다는 것은 확신을 했기 때문이 분명했다.

第五章
천인공노

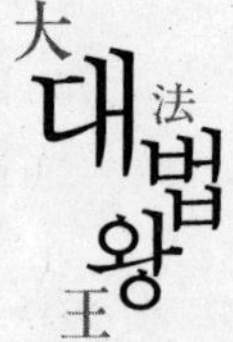

마침내 운기가 이루어졌다. 의도한대로 진기가 경락을 따라 이동한 것이다. 정확히 보름 만이었다. 보름 동안 운기가 되지 않아 얼마나 애태우며 마음을 졸였던가.

운기가 되면서 창백하던 전신으로 붉은 혈기가 돌기 시작했고 점차 수증기 같은 뽀얀 기체가 뿜어져 나왔다. 그리고 삽시간에 알몸을 감싸 버렸다. 소용돌이치며 형성되던 기체는 단단히 뭉쳤고 사람의 모습은 완전히 사라졌다.

두우우!

돌연 흰 덩어리가 붕 떠올랐다.

'부… 부공삼매.'

막 지하실 문을 열고 들어서던 모용산의 눈이 커졌다. 눈앞에 벌어지고 있는 것은 틀림없는 부공삼매였다.

'부상에서 완전히 치료되었을 뿐만 아니라 공자님의 무공이 한 단계 도약했구나.'

모용산의 입가에 밝은 미소가 떠올랐다.

허공에 떠오른 흰 덩어리는 순식간에 남궁관의 콧속으로 사라졌고 다시 알몸이 드러났다. 사내의 알몸인데도 모용산은 시선을 거두거나 부끄러워하는 기색없이 뚫어져라 쳐다보았다.

오히려 모용산의 얼굴이 빨개졌다. 그것은 부끄러움에서 오는 변화가 아니라 정염이었다.

서서히 바닥으로 내려선 남궁관이 눈을 떴다.

순간적으로 눈에서 뇌전이 폭발했다. 그러나 곧바로 사라졌고 평범한 시선으로 돌아왔다.

"모… 모용 낭자."

일어서던 남궁관이 모용산을 발견하고 당황한 빛을 감추지 못했다.

"완쾌를 축하드려요. 정말 걱정했는데 이제 안심이에요."

모용산이 다가왔다.

"지난 보름여 동안 공자님의 안위가 염려되어 하루도 제대로 자지 못했어요. 그런데 지금 보니 완전히 몸이 정상으로 돌아온 것 같아 너무 기뻐요."

모용산이 다가오자 연향이 맡아졌다. 향이란 진해도 천박하고 옅어도 짜증을 나게 만드는데 모용산의 몸에서 풍겨나오는 연향은 가장 사내들이 맡기 좋아하는 농도였다.

힐끔!

모용산의 시선이 아래를 향했다.

남궁관의 남성이 하늘을 향해 곧추서 있었다. 뿐만 아니라 남궁관의 눈빛도 흔들리고 있었다. 사내를 가장 유혹하는 향기라는 연향에다 옷은 걸쳤지만 상체를 틀며 소녀표향대법을 시전하자 남궁관의 시선이 타오른다.

"모… 모용 낭자 그만……."

그만 돌아서달라고 말하려는데 모용산이 와락 품으로 안겼다.

"공자님!"

"이… 이건."

모용산이 더욱 힘껏 끌어안았다. 그러자 남궁관의 남성이 아플만큼 하복부를 압박해 들어왔다. 모용산이 의복을 걸쳤지만 남궁관의 남성은 그녀의 하체를 건드리고 있었다.

남궁관은 더 이상 참지 못하고 모용산을 끌어안았다.

스르르!

놀랍게도 모용산의 백의가 바닥으로 흘러내렸고 속에는 아무것도 걸치지 않은 알몸이었다. 두 남녀는 순식간에 바닥으로 쓰러져 서로를 힘껏 끌어안았다.

남궁관의 입에서 거친 숨소리가 흘러나왔고 곧바로 모용산의 배 위로 올라가 짐승처럼 덮쳤다.

"아악!"

　모용산이 이마를 찌푸리며 비명을 질렀다. 남궁관의 남성이 채 준비도 되어 있지 않았는데 곧바로 밀고 들어오자 찢어지는 듯한 통증을 느낀 것이다. 하지만 그것도 잠시 뿐 이내 그녀의 얼굴에 홍조가 짙어지며 쾌감이 전신으로 번지기 시작했다.

　"아아!"

　모용산의 입이 벌려졌고 남궁관의 하체는 빠르게 요동을 했다. 알몸의 두 남녀는 정점을 향해 몸부림쳤고 지하실의 공기는 끈적끈적해졌다.

　그때와는 전혀 달랐다. 동천비의 묵곤혈참기에 부상을 입고 장축교 숲 속에서 관계를 맺을 때와 지금의 남궁관은 완전히 달랐다. 그때는 단순히 짐승적인 움직임이었는데 지금은 노련한 사공처럼 조정을 할 줄 알았다.

　모용산이 쾌락의 극치에 오르려 하면 잠시 늦췄다가 다시 그녀를 끌어올렸고 그에 따라 모용산은 허리를 비틀고 목을 젖히며 통곡에 가까운 신음을 흘렸다.

　"아아흐! 고… 공자니임."

　그것은 경험이 일천한 사내의 동작이 아니었다. 최소한 오랜 시간 많은 여인들을 겪어보지 않고는 시도할 수 없는 여러 가지 행동과 자세를 요구하고 직접 이끌어갔다.

　모용산은 몇 번이고 숨이 넘어갔다. 죽을 것 같은 쾌감에 그녀는 짐승처럼 절규를 터뜨리며 눈물을 흘리기까지 했다.

*   *   *

시신은 모두 열다섯 구였다. 옷자락도 찢어지지 않았고 피를 흘린 모습은 더욱 없었기에 마치 독에 중독되어 사망한 것처럼 보였다. 그러나 백쾌섬의 눈은 한곳을 응시하고 있었다.

눈썹과 눈썹 사이 미간이었다. 자세히 보지 않으면 그냥 지나칠 많은 바늘 끝만 한 흔적이 있었다.

처음부터 작지는 않았을 것이다. 처음에는 제법 큰 흔적이었겠지만 문제는 너무 빠르다 보니 검을 맞고서도 한참 동안 숨이 끊어지지 않았다. 그사이 피부가 수축하면서 상처 부위가 좁혀진 것이었다. 도대체 얼마나 빠르면 검을 맞고서도 상처 부위가 거의 아물 시간 동안까지 생존해 있을 수 있단 말인가.

자신도 검을 사용한다. 어려서부터 검과 친해졌고 단 하루도 손에서 검을 놓지 않으며 성장했다. 또한 너무 빨라 백쾌섬이라는 별호를 얻었다. 하지만 눈앞의 남궁천의 검과 비교한다면 열세를 인정해야 했다.

뭐든지 빠르다는 것은 이롭다. 특히 무사에게 검이 빠르다는 것은 어떤 조건보다 우월한 것이었다. 칼이나 창(槍) 월(鉞) 등 모든 병기를 사용하는 무인들의 소원은 좀 더 빠른 것이었다. 조금 더 상대보다 앞서는 속도를 내기 위해 뼈를 깎는 수련을 마다하지 않는다.

오죽하면 벼락을 자를 만큼 빠르다는 말이 있겠는가.

장로회의에서 왜 남궁천을 척살 대상 일호로 의견 일치를
이루었는지 알 수 있었다.

"믿을 수가 없사옵니다."

곁에서 지켜보던 삼천목이 숨을 삼켰다.

남궁천에 대한 정보는 극히 미미했다. 남궁천만큼 오랫동안
드러난 사람치고 정보가 제한적인 사람은 없었다. 다방면으로
그에 대한 분석과 조사를 시도했지만 역대 남궁세가의 가주들
중 가장 뛰어난 능력을 지녔다는 것과 무림맹의 맹주라는 것
이 전부였다.

그래서 혹시나 하고 그의 손에 죽은 사벌 무사들 시신을 가
져와 분석한 것이었다.

어쨌든 수고한 만큼 소득은 컸다. 검의 신이라고 불렀지만
직접 본 적이 없었는데 비록 간접적인 목격이긴 해도 그의 검
에 당한 시신을 본다는 것은 큰 수확이었다.

백쾌섬이 마당가로 걸어갔다. 조그맣게 흐르는 개울물에 손
을 씻었다.

맑은 개울물 속에 비친 자신의 표정이 굳어 있었다. 그만큼
남궁천의 검에 충격을 받았음을 의미하고 있었다.

손을 씻고 허리를 세우자 삼천목이 흰 수건을 건네주었다.
백쾌섬은 수건에 물기 묻은 손을 닦았다.

"아마 일부러 혼신을 다해 사벌의 무사들을 베었을 것입니
다."

"우리에게 경고를 주려는 목적이었다는 것이냐?"

"이왕이면 가장 강력한 수단으로 목숨을 끊어 자신의 위력
을 보임으로 심리적으로 우위에 서겠다는 의도이겠지요."

나름대로 날카로운 분석이었다. 남궁천이라면 충분히 그런
계산을 하고 검을 휘두를 위인이었다.

"훗훗!"

백쾌섬이 미소를 지었다. 드러난 이가 여인의 것인 양 희고
가지런했다.

그때 한 사내가 마당 저편에서 다가왔다.

두 사람이 동시에 고개를 돌렸고 다가온 사내가 깍듯하게
예의를 갖추더니 말했다.

"무통령이 내려졌다 하옵니다."

화악!

두 사람의 눈이 동시에 커졌다.

사내는 빠르게 말을 이었다.

"찬성 여덟에 반대가 다섯, 기권 한 명으로 정도무림의 모든
권한이 남궁천에게 안겨졌다 하옵니다."

백쾌섬과 삼천목의 시선이 부딪쳤다. 두 사람 얼굴이 돌덩
이처럼 딱딱해졌고 잠깐 동안 아무런 말이 없었다.

휘이이!

한줄기 바람이 불어왔고 두 사람이 걸치고 있는 백의와 흑
의가 펄럭거렸다.

딸랑!

특히 두 조각으로 된 백쾌섬의 귀고리가 부딪치며 마치 풍

경처럼 청아한 소리를 냈다.

"무통령이라고 하면 모든 권한이 남궁천에게 넘어갔다는 얘기 아니냐?"

백쾌섬이 인상을 찌푸렸다.

"그렇습니다. 모든 권한뿐만 아니라 전쟁이 시작되었음을 뜻하기도 하죠. 곧 우리를 향한 선전포고인 셈입니다. 전쟁이란 단 한 사람의 지휘관 아래 똘똘 뭉쳐야 승리를 할 수 있지 않겠습니까?"

아직까지 어느 시대 어느 무림맹주에게도 구파일방을 비롯한 사대세가의 지휘권이 주어진 적이 없었다.

백쾌섬이 인상을 찌푸린 이유는 지금보다 더 흑도가 험악하게 강호를 유린하고 피를 일으켜도 무통령이 내려진 적이 없었다는 것이었다. 흑도와 백도는 공존이 불가능한 물과 불과 같은 물질이다. 그래서 백도는 끊임없이 흑도를 말살하려 했고 흑도는 항상 쫓기고 핍박받는 세월을 보냈다. 물론 흑도무림이 융성하고 천하를 거머쥘 때도 있었지만 그 시간은 아주 짧았다.

"무통령이 내려지면 의견이라는 건 존재하지 않습니다. 오로지 무림맹주 뜻대로, 마음대로 하는 것이지요. 누구의 제지도 받지 않고 마음만 먹으면 무엇이든 남궁천의 뜻대로 할 수 있게 되었군요."

"반대한 곳은 어디 어디더냐?"

사내가 대답했다.

“소림과 무당을 비롯한.”

“그렇지. 그럴 거야. 그들이야말로 누군가에게 휘둘린다는 것은 참을 수 없는 모욕일 테니까.”

백쾌섬의 입가에 야릇한 미소가 떠올랐다.

“천상각 일은 어찌 되었느냐?”

“아직까지 밀고 당기는 모양이옵니다.”

백쾌섬의 이미가 더욱 찌푸려졌고 보고하던 사내가 슬그머니 두 사람의 곁을 떠났다.

“아직도 해결하지 못했단 말이냐?”

“동오룡이 완강하게 버티는 모양입니다.”

“아들에게 버텨서 뭘 어떡하겠다는 건가? 어차피 장자에게 넘겨줄 것이라면 빠를수록 좋은 것 아니던가. 더구나 지금이야말로 돈이 가장 필요할 때인데.”

“그런 말 있지 않습니까? 이판사판, 처음에는 겁을 먹고 무림맹도 찾아가고 아들들에게도 어느 정도 나누어주었지만 이왕 내놔도 죽고 내놓지 않아도 죽는다는 생각에 내놓지 않고 죽는 길을 택한 것 같습니다.”

“그가 동오룡을 죽일 확률은 얼마나 되느냐?”

“묵곤혈참기가 십이성에 이르렀습니다. 조금씩 인성이 말살되고 있지요. 아마 거의라고 판단되옵니다.”

“훗훗! 자식 이기는 부모 없다는데 끝내 자식의 손에 참수를 당하려는가? 글쎄 우린 돈이 없어봐서 잘 모르겠는데 돈을 가진 자들은 그렇게 돈을 애지중지하더만. 목숨까지 버려가면서까지도 돈을 지키려고 하더라고."

"아까운 게죠."

"아깝기로 따지면 목숨이 더 하지. 목숨은 하나뿐이잖느냐? 돈이라는 건 말 그대로 다시 벌면 되지만."

"그렇지만 인간이 어디 그렇게 현명하옵니까? 사실 인간처럼 어리석고 둔하고 멍청한 동물은 없사옵니다. 아마 가장 자기 무덤을 잘 파는 동물이 인간일 것이옵니다."

백쾌섬이 고개를 끄덕거렸다.

"그런 것 같더군. 아무튼 당분간 절대 움직이지 말거라. 설혹 천상각이 다시 무림맹에 함락되더라도 손을 뻗치지 말도록."

"그래야지요."

삼천목이 웃었다.

움직이지 않음으로 동천비를 압박하려는 수단이었다. 전쟁도 돈이다. 그런데 군수물자와 모든 것이 부족해 움직이지 못한다는 것을 보여주어야 동천비가 더욱 동오룡의 목줄을 쥐어틀 것이다. 두 사람은 그것을 노리고 있었다.

사실 흑도의 가장 약점은 자금이었다. 전쟁이 장기전으로 간다면 가진 자가 이긴다. 그것은 동서고금을 막론한 진리이다. 자신들이 보는 무림맹의 자금 여력은 삼 개월이다. 그러나 이쪽은 한 달을 채 못 버틴다. 최소한 사 개월은 버텨야 무림맹을 압박하고 무너뜨릴 수 있다는 계산이고 그 열쇠를 동천비가 쥐고 있었다.

“그런데.”

갑자기 백쾌섬의 얼굴이 굳어졌다.

삼천목의 세 개의 눈이 이채를 발했다. 지금까지와는 전혀 다른 심각한 백쾌섬의 표정에서 뭔가 심상치 않음을 발견한 것이었다.

백쾌섬의 시선이 마당 한쪽에 나란히 눕혀져 있는 시신들을 쳐다보았다.

그러더니 가장 가까운 시신 곁으로 다가가 쭈그리고 앉았다. 시신은 육십가량의 노인이었는데 눈썹이 짙고 광대뼈가 불쑥 튀어나온 마른 체격이었다.

미간에 긁히듯 난 미세한 검흔을 손가락으로 가리키며 말했다.

“이상하다고 여겨지지 않느냐?”

삼천목도 맞은편에 쭈그리고 앉았다.

“자세히 보거라. 안력을 높여 집중을 해보거라. 뭔가 이상한 점이 발견될 것이다.”

삼천목이 안력을 높였다. 그러자 세 개의 눈이 괴상하게 빛을 뿌렸는데 대낮인데도 주위가 더 훤해지는 것 같았다. 한참을 쏘아보던 삼천목의 눈빛이 작은 파장을 일으켰다.

“이상한 것을 알았느냐?”

삼천목은 대답하지 않고 다시 살폈다. 한동안 숨까지 죽이며 살피던 삼천목의 입이 열렸다.

“상처 주위가 약간 푸르군요.”

"바로 그것이다. 보통 사람이라면 넘어갔겠지만 난 처음부터 상처 주위가 푸른 것을 발견했다. 다만 내 생각이 잘못되고 눈이 틀리기를 은근히 바랐지. 잠시 얘길 나누면서 시간이 경과한 이후에 다시 봐도 여전히 푸르다."

삼천목이 맞은편에 앉은 백쾌섬을 쳐다보았다.

"대종사님, 상처 주위가 푸르다 하오시면?"

백쾌섬이 자리에서 일어났다.

여전히 표정은 굳어 있었는데 시신을 내려다보며 혼잣말처럼 중얼거렸다.

"아니냐. 내가 요즘 피곤한 나머지 생각까지도 과해, 과민 반응을 일으키는 것일 게야."

스스로 부정하려는 듯 고개를 좌우로 흔들었다.

"그럴 리는 없지. 절대로."

말은 단호히 부정을 했지만 백쾌섬의 눈빛은 심하게 흔들리고 있었다. 그것은 거대한 난제를 만났을 때 인간이 보이는 약간의 두려움이었다.

*　　　*　　　*

시녀가 놓고 간 찻잔을 내려다보던 동오룡의 표정이 굳었다. 차에서 풍겨오는 향기가 아주 역겹다. 혹시 자신의 코가 잘못되었는가 싶어 가까이 대고 냄새를 맡아봤지만 확실히 시궁창 냄새가 나고 있었다.

“여봐라.”

시녀가 허겁지겁 문을 열고 들어섰다.

“부르셨사옵니까? 각주님.”

“이게 무엇이더냐? 왜 차에서 시궁창 냄새가 나느냐?”

팟!

한순간 동오룡의 눈이 커졌다. 혹시 차에다 무엇인가를 탔을지도 모른다는 의심이 들었다.

“내… 냄새라뇨?”

“네 이년, 당장 맡아보거라. 이게 차더냐. 시궁창 물이지.”

시녀가 다가가 찻잔을 들어 냄새를 맡았다. 아무리 콧구멍을 벌름거리며 맡아도 시궁창 냄새는커녕 아주 향기로운 용정 특유의 진한 향이 흘러나올 뿐이었다.

“이… 이년의 코에는 아주 좋은 냄새가 나는데요.”

“뭐라, 네년이 감히.”

그러면서 다시 찻잔을 빼앗아 냄새를 맡았다.

“우웩!”

동오룡이 구역질을 뱉더니 시녀를 향해 찻잔을 집어 던졌다.

“네년이 감히 날 속이려 들다니. 차에 무엇을 탔느냐?”

찻물을 뒤집어쓴 시녀가 벌벌 떨었다.

“무… 무엇을 타다뇨? 억울하옵니다.”

“이년이 말로해서는 사실대로 밀을 하지 않을 모양이구나. 여봐라. 밖에 아무도 없느냐?”

악을 쓰며 외쳤지만 누구도 들어오지 않았다. 한순간 서릿발처럼 일어났던 동오룡의 눈이 조금씩 가라앉기 시작했다. 지금 자신의 곁에 믿을 만한 사람은 단 한 명도 없었다. 그나마 몇 명 두었던 호위무사들까지 동천비에 의해 모조리 목이 베어졌다. 그들이 자신의 판단과 귀를 흐리게 한다는 이유였다.

시녀는 울면서 다시 차를 갖다 바쳤지만 또다시 호통을 당하고 하마터면 목이 잘릴 뻔했다.

어머니도 시녀였다. 천상각에서 일하는 사람과 혼인하여 자신을 낳았다. 그러다 보니 자신도 자연스럽게 시녀가 되었다. 힘들고 어려운 일이었지만 운명으로 알고 최선을 다해 동오룡을 받들었다.

뿐만 아니라 요즘 천상각이 어찌 돌아가고 있는지 훤히 알고 있었다. 아마 동오룡이 차에서 시궁창 냄새가 난다고 하는 것은 신경과민에서 오는 현상일 것이었다.

벌컥!

동오룡은 끝내 냉수를 가져다 마셨다.

물잔을 내려놓은 동오룡의 눈이 빛을 뿌렸다. 여전히 흥분되어 있다는 뜻이었다.

'흥, 어림없다!'

동오룡은 속으로 코웃음을 쳤다.

언젠가 우연히 사냥을 나갔다가 토끼를 추적했다. 분명 토끼 집에서 나온 놈을 쫓았기 때문에 갈 곳은 없었다. 그런데 어느 한순간 토끼는 자신의 시야에서 사라졌고 다가가 확인한 결과 또 다른 구멍을 파놓고 있었는데 물론 집과 연결되어 있었다.

그때 동오룡은 한 가지 사실을 깨달았다. 최소한 강호에서 자신은 토끼와 다를 바 없다. 토끼란 먹이사슬에서 가장 하층에 있는 동물인데 자신을 잡아먹으려는 여우를 비롯한 동물들이 워낙 많다 보니 나름대로 생존 방식이 있었다. 그것은 다름 아닌 구멍이었다.

하나의 구멍을 파서는 오래 생존할 수 없다. 언제 어디서 잡아먹으려는 천적으로부터 쫓길지 모르므로 여러 군데 구멍을 파놓는다. 그래서 유사시에는 가까운 구멍으로 몸을 피하는 것이었다.

동오룡은 거기에서 중요한 깨우침을 얻었는데 중원에서 가장 돈이 많은 자신은 무림맹을 비롯한 힘을 가진 자들이 걸핏하면 찾아와 돈을 뜯어갔고 위협을 했다.

집으로 놀아온 동오룡은 곧바로 다른 구멍을 파기 시작했다. 만약을 대비해 많이 팔수록 좋다는 것을 알고 아무도 모르게 혼자 여러 개의 구멍을 판 것이다.

그런데 지금 생각해 보면 너무 잘한 일이었다. 그렇지 않고 한 개의 구멍만 파놨다면 이미 무림맹으로 모든 것은 넘어가고 말았을 것이다. 아니, 동천비를 비롯한 자녀들에 의해 산산이 조각나고 말았을 것이었다.

덜컹!

거칠게 문이 열리더니 동천비가 들어왔다.

흠칫!

동천비를 바라보던 동오룡이 놀란 표정을 지었다. 동천비의 눈은 이제 완전히 먹물로 변해 있었다. 흰자위가 전혀 보이지 않은 것이다.

동천비의 눈에서는 무서운 살기가 쏟아졌다. 아마 한가닥 이성이 그의 행동을 제약하고 있는 것 같았는데 언제 무너질지 알 수 없었다.

"마지막으로 부탁드리겠습니다. 그만 소자에게 비고(秘庫)의 위치와 열쇠를 주십시오."

동오룡은 아무런 대답도 하지 않았다.

아예 동천비의 얼굴을 쳐다보려고 하지도 않았다.

"아버지."

동오룡은 여전히 창밖을 보았다.

동천비의 먹물로 변한 눈빛이 흔들렸다.

"이 아들을 믿어주십시오."

"없다. 쥐어짜도."

와락 갑자기 동천비가 동오룡의 멱살을 거머쥐었다.

동오룡이 눈을 부라렸다.

"네… 네 이놈, 감히 지금 무슨 짓을 하는 게야? 아비의 멱살을 잡다니."

동천비가 웃었다.

"흐흐흐! 셋을 세겠소. 그래도 말을 하지 않으면 결코 살아

남지 못할 것이오."

동천비의 눈에서 묵기가 뿜어 나왔고 눈을 찌르듯 아파왔다.

"으으!"

동오룡은 너무 눈이 아파 감아버렸다.

동천비가 멱살을 움켜쥐고 음산한 목소리로 말했다.

"어딨습니까? 비고?"

"모른다. 이것 못 놓겠느냐? 캑캑!"

"그럼 셋을 세지요. 하나!"

동오룡은 숨이 막히는지 동천비의 손을 떼어내려고 발버둥쳤다. 하지만 무공으로 단련된 그의 힘을 당해낼 수는 없었다.

"두울입니다!"

"나… 나를 죽여라. 이노오옴!"

콱!

동천비가 더욱 목을 쥐었다.

"캐… 캑! 으으!"

동오룡의 얼굴이 빨개졌다. 금방이라도 숨이 막혀 죽을 듯 보였는데 동천비의 음성은 무심했다.

"마지막입니다. 기회는 없습니다."

"커컥! 죽여라! 죽여!"

"셋!"

그리고 곧바로 왼쪽 팔을 잡더니 확 잡아당겼다.

우두둑!

뼈와 살이 찢어지는 소리가 들리며 동오룡의 오른팔이 어깨에서부터 찢어졌다.

"크아악!"

찢어진 어깨에서 엄청난 피가 흘러내렸고 동천비가 냉혹하게 말했다.

"잠시 후에 다시 오겠습니다. 그때도 가르쳐 주지 않으면 이번에는 한쪽 다리를 뽑아드리지요."

동천비가 부친을 쏘아보고 방을 나갔다.

우우우!

동오룡이 고통에 몸부림쳤다.

문이 열리고 시녀가 뛰어들더니 기겁했다.

"악! 가… 각주님 팔이!"

쫙!

시녀는 곧바로 입고 있던 자신의 백의를 찢어 동오룡의 팔을 싸맸다. 하지만 워낙 상처가 컸기 때문에 금방 감은 천 밖으로 피가 흘렀다.

"이… 이 일을, 잠시만 기다리세요. 천녀가 의원을 불러오겠어요."

시녀가 부리나케 밖으로 뛰어나갔다.

동오룡은 잘린 자신의 팔을 쳐다보았는데 너무 기가 막혀 아무 말도 않고 그저 인상만 쓰고 있었다.

관도 위로 한 대의 마차가 달려가고 있었다. 마차는 세 마리

의 말이 끌고 있었는데 마부의 솜씨는 노련했다. 세 마리의 말
인데도 똑같이 발걸음을 맞추게 하여 몰아갔다. 그 덕에 울퉁
불퉁한 길인데도 마차는 그다지 요동을 하지 않았다.

북경을 떠난 지 사흘 만에 마차는 섬서성으로 접어들었다.

섬서성에 들어서자 관도는 두 갈래로 나눠졌다. 마부는 빠
르게 길가를 훑었다. 다 썩어가는 팻말 두 개가 길의 방향을
가리키고 있었는데 오른쪽은 장안으로 가는 길이고 왼쪽으로
접어들면 남전이었다.

장안과 남전은 멀지 않은 거리였다. 그래서 장안을 거쳐 남
전을 갈 수 있지만 곧장 가는 길을 이용하는 것이 빨랐다. 마
부는 익숙한 듯 거침없이 남전을 향하는 길로 마차를 몰아갔
다.

두두두두!

뿌연 먼지를 일으키며 마차는 빠르게 속도를 올렸다.

남전(藍田)은 경옥(硬玉)의 산지로 옥산(玉山)이라고도 부른
다. 금광이 발견되면 광부들을 상대로 하는 술집과 도박장이
생기듯 남전 또한 경옥으로 인해 많은 술집과 도박장이 성시
를 이루고 있었다.

마차는 남전으로 진입하는 저잣거리 입구에서 멈췄다.

"다 왔소이다, 손님들."

마부가 내려 뒤쪽 마차를 향해 말했다.

하지만 마차 안으로부터는 아무런 반응을 보이지 않았다.

"손님들, 남전이옵니다. 어서 내리소서."

그러나 역시 반응이 없었고 마부가 조심스럽게 문을 열어젖혔다.

덜컹!

문을 열고 안을 들여다보던 마부가 깜짝 놀랐다.

의자에 앉은 일목이 손가락을 입에 대고 조용히 하라는 신호를 보냈다. 처음부터 태우기 싫었다. 그러나 눈이 하나뿐이라는 것이 너무 소름 끼쳐 태웠는데 눈을 부라리며 조용히 하라는 신호를 보내자 얼른 입을 다물었다.

"드러러렁!"

바닥에 동천몽이 큰대 자로 뻗어 코를 골며 자고 있었다.

마부는 조용히 말했다.

"소… 손님 남전에 왔는데요."

일목이 대번에 인상을 썼다.

"대법왕님 주무신다."

마부는 조용히 문을 닫고 나왔다. 한마디만 더 했다가는 무슨 행패를 부릴지 몰랐기 때문이었다.

사람을 실어 나르는 마차는 시간이 돈이다. 물론 평소보다 더 많은 돈을 받긴 했지만 빨리 내려주고 남전의 차부로 가봐야 한다. 운이 좋으면 북경 가는 장거리 손님을 만날 수도 있다. 단거리 손님은 장사가 안 된다. 장거리 손님을 만나야 재미가 쏠쏠하다.

하지만 쳐다만 봐도 오금이 저리는 일목이 대법왕인지 뭔지

하는 사람이 일어날 때까지는 절대 깨울 수 없다고 노려보는
지라 하는 수 없었다.

'개 코가 대법왕이다!'

마부는 속으로 욕을 했다.

처음 마차를 탈 때부터 말마다 대법왕님 대법왕님 했다. 자
신은 한번도 대법왕을 본 적은 없지만 저런 거렁뱅이 비슷한
사람이 대법왕일 리는 없다. 위대하고 성스러운 대법왕이 눈
구멍이 하나뿐인 병신을 데리고 다닌다는 것은 더욱 말이 안
되었다.

필시 대법왕을 사칭하고 다니면서 불쌍한 백성들을 후려먹
는 사기꾼일 것이다. 관부에 신고할까 하는 마음도 들었지만
자칫 눈치라도 채는 날이면 눈 하나뿐인 놈의 검에 목이 달아
날 것 같아 거우 참고 있었다.

마차를 하다 보면 온갖 잡놈들이 다 있었다. 특히 강호에서
제법 위세 좀 떨친다는 놈들은 마부를 사람으로 보지도 않는
다. 새파랗게 어린놈이 반말 찍찍 갈기는 건 예사고 좁은 골목
을 비집고 집 앞까지 태워줬는데도 은자 한 푼까지 거슬러 받
는다.

오히려 그럭저럭 열심히 사는 사람들이 더 후했다. 과부가
홀아비 마음 아는 것이다. 지금까지 마부로 이십 년을 살아왔
지만 규정 요금 이외에 수고비를 준 사람은 단 한 놈도 못봤
다. 금화 몇 십 냥짜리 하는 육십 년 산 죽엽청을 마셨네, 백 년
산 설리홍을 마셨네 떠벌리고 자랑할 때면 구역질이 난다.

그래서 왜 있는 놈은 다 그 모양일까 하는 생각을 자주해 봤는데 결론은 하나였다. 태생이 천하기 때문이었다. 부모가 천하고 천한 교육을 받았기 때문이었다.

대법왕인지 대밥왕인지 하는 작자가 일어날 때는 해가 서쪽으로 떨어지고 있었다. 무려 한 시진을 옴짝달싹 못하고 기다린 것이었다.

"아함!"

하품 소리가 너무 반가워 벌떡 일어나 문을 열었다.

동천몽이 일어나 기지개를 켰다.

"편히 주무셨나이까?"

일목이 공손히 말했고 동천몽이 마차 밖에 서 있는 마부를 보며 말했다.

"내가 일어나자마자 도착한 모양이구려."

마부는 단호히 말했다.

"아닙니다. 한 시진을 깨어나길 기다렸사옵니다."

"뭣이? 한 시진을?"

획!

그러면서 일목을 노려보았다. 보지 않아도 어찌 돌아간 속사정인지 안다는 눈빛이었다.

"너… 너무 곤하게 주무시고 계셔서."

"네 이놈, 아무리 그래도 그렇지 마차가 도착했으면 깨워야 할 것 아니냐? 그래서 저분더러 본왕이 일어날 때까지 기다리라고 했단 말이냐?"

"기… 기다리라고는 안 했습니다. 자기가 알아서."

동천몽이 일목을 잡아먹을 듯 노려보았다.

"쯧쯧! 네놈은 아직도 주제를 모르느냐? 네놈 생긴 것을 보면 누구든 알아서 기다리게 된다는 걸 정녕 모른단 말이냐? 이런 미안할 데가."

동천몽이 품을 뒤졌다.

왼 가슴 오른 가슴 중간 가슴 마구 뒤지더니 뭔가를 꺼냈다.

"영감님, 본왕이 가진 것이 이것뿐이오. 마음 같아서는 돈을 듬뿍 주고 싶지만 형편이 넉넉지 못하니 이것이라도 받고 노기를 거두시오."

마부는 거절하지 않았다.

주머니를 받아 안을 들여다보던 마부가 깜짝 놀랐다.

"크헉!"

찢어질 듯한 눈으로 동천몽을 보며 말했다.

"이… 이건 모듬주 아니옵니까?"

주머니 안에는 모듬주 두 개가 들어 있다. 모듬주는 장강에서 나는 모듬어 눈알로 어둠 속에서도 길을 밝힐 만큼 빛을 뿜는데 한 개에 금화 한 냥 가치였다.

"저… 정말 준단 말입니까?"

"미안하오. 더 주고 싶지만 몇 푼 있는 것은 노자로 써야 하니 이해하시오."

그러면서 마차에서 내렸다.

"수고하셨소. 조심해 돌아가시오."

손을 들어 보이고 돌아서는 동천몽을 향해 마부의 허리가 휘어져라 구부려졌다.

"감사합니다. 감사 하… 합니다."

마부의 두 눈이 빛을 뿌렸다. 자신의 생각이 아주 짧았다. 틀림없는 대법왕이었다.

일목의 입이 튀어나왔다. 푹 자도록 온갖 편의를 제공해 주었는데도 칭찬은커녕 꾸중만 들었다.

남전의 거리는 화려했다. 저잣거리는 인파로 가득했고 좌우로는 수많은 기루와 객점이 처마를 맞대고 이어져 있었다.

동천몽은 언뜻 소주를 떠올렸다. 미도라고도 부르고 흔히 색도라고도 하는 소주에 못지 않은 남전의 거리를 보며 돈이 넘친다는 것을 피부로 직감할 수 있었다.

도시의 화려함은 옥 때문일 것이었다. 남전은 중원에서 가장 큰 옥광산이 있으며 최고의 품질을 자랑한다. 그래서 천축은 물론 새외와 바다 건너 동영에서까지 남전의 옥을 구하기 위해 찾아온다.

두 사람은 객점으로 들어갔다. 점소이의 안내를 받아 자리를 잡고 각자 음식을 시켰다. 점소이가 무엇을 시킬 것이냐고 묻는다. 누가 먼저랄 것도 없이 두 사람의 시선이 부딪쳤다.

때마침 옆 좌석에서 구수한 냄새가 날아왔다. 장사꾼 차림의 두 사내가 김이 모락모락 피어나는 앵두육을 먹고 있었다. 가뜩이나 배가 고픈 마당인데 앵두육 특유의 향기가 두 사람의 코를 찌른다. 둘 모두 마른침을 삼켰고 식욕을 불태웠다.
하지만 이내 출가인이라는 사실을 깨달으며 얼굴에 극도의 고
통과 절망이 나타났다.

"험! 만두 주게."

"나도."

필시 혼자 있었다면 보는 사람도 없겠다 거침없이 앵두육을
시키고 말았을 것이다. 서로가 서로를 못마땅해하는 시선으로
한번 흘겨본 후 고개를 돌렸다. 남이 먹는 음식을 처다보며 침
삼키는 것처럼 비참한 것은 없다.

간단한 음식인 탓에 빨리 나왔다.

두 사람은 각자 만두를 입에 넣기 시작했다. 그러나 앵두육
에서 흘러오는 절묘한 향기는 만두 맛을 상당히 떨어뜨렸고
배는 고프지만 씹는 맛은 자갈 같았다.

급기야 일목의 분노가 폭발하고 말았다. 가뜩이나 편안 잠
자리를 제공하기 위해 최선을 다했는데도 칭찬을 받지 못한데
다 옆에서 쩝쩝거리며 앵두육 먹는 소리에 참지 못한 것이다.

"이보쇼. 좀 조용히 먹을 수 없소? 개새끼오? 쩝쩝거리며 먹
게!"

두 사내가 발끈 하며 숙였던 고개를 쳐들었다. 무섭게 고개
를 쳐들던 두 사내의 고개가 다시 무섭게 숙여졌다. 하나뿐인
일목의 눈은 어떤 용기도 낼 수 없을 만큼 무서웠다.

"소… 송구합니다. 조용히 먹겠사옵니다."

좌측 남자가 기어들어 가는 소리로 말했고 일목이 쏘아붙

였다.

"천천히 소리 내지 말고 먹읍시다. 점잖게 말이오."

"예예!"

두 사람은 입을 꼭 다물고 조심스럽게 소리나지 않게 씹었다.

바로 그때였다. 우측으로 두 번째 탁자에 앉아 있던 세 명의 무사가 술을 마시며 떠들었다.

"무통령이라는 것이 도대체 뭡니까, 형님?"

"무림맹 최고의 권위를 자랑하는 신패일세. 무통령이 발령되면 모든 권한이 무림맹주에게 주어진다네."

"그럼 구파일방과 사대가문의 수장들까지도 무림맹주의 명령을 들어야 한단 말입니까?"

"물론이지."

"거참 이상하군요. 목와북천이 무섭게 일어나고 있다고는 하지만 정도 수백 개 문파를 하나의 명령권으로 일원화할 만큼 당금 강호가 급박하거나 위험하지도 않는데 어떻게 무통령이 내려질 수가 있지요? 소제가 알기에 무통령이 어지간해서는 잘 내려지지 않는다고 들었는데?"

"그렇지. 워낙 무통령에 담긴 권한이 절대적이기 때문이지. 자칫하다간 고양이에게 생선 가게를 맡기는 꼴이 될 수도 있으니까?"

"고양이에게 생선 가게를 맡기다뇨?"

"생각해 보게. 막강한 권한을 쥔 무림맹주가 딴마음이라도 먹어보게."

"딴마음이라면 혹시 천하를."

"그럴 리는 없지만 사람 마음을 어찌 알겠는가? 그래서 벌써부터 강호 분위기가 뒤숭숭하다네. 일부 뜻있는 고인들께서는 무척 불안한 시선으로 무림맹의 움직임을 주시하고 있다네."

"설마 그럴 리야 있겠습니까? 어느 시대의 맹주보다 공명정대하고 정의로운 남궁천 맹주님인데."

"나도 그랬으면 좋겠지만 왠지 조금 그렇구만. 어서들 먹고 가세. 해 떨어지면 처음 길이라 찾기도 어려워지네."

세 사람은 부랴부랴 음식을 먹어 치우고 자리에서 일어났다.

한편 일목은 만두를 먹고 있는 동천몽을 놀라움 가득한 얼굴로 쳐다보았다.

동천몽이 인상을 썼다.

"뭘 그렇게 보느냐? 본왕의 얼굴에 뭐라도 묻었느냐?"

"그… 그게 아니옵고 너무 놀라서."

"뭐가 말이냐?"

"대… 대법왕님께서 북경을 떠나실 때 소승에게 뭐라고 하셨사옵니까? 무통령이 내려질 것이라고 장담했잖습니까?"

"그랬지."

"조금 전 세 놈 입에서 나온 말을 들으셨지요? 대법왕님 예상대로 무통령이 내려졌다 하옵니다."

동천몽은 여전히 만두를 먹는데 열중했고 일목은 여전히 놀라움을 감추지 못한 표정이었다. 어떻게 그런 일이 생기리라는 것을 알았단 말인가. 미래를 훤히 보지 않고서는 맞출 수 없는 어려운 난제였기에 자신은 내리지 않을 것이라고 큰소리쳤다. 그러나 결과는 동천몽의 예상대로였다.

이따금 동천몽은 정말로 부처님이 아닐까 하는 생각이 들 만큼 앞일을 내다보는 데 탁월한 능력을 갖고 있었다.

"어떻게 그렇게 미래에 일어날 일을 잘 아십니까?"

"너에게는 어려운 일인지 모르지만 내게는 아주 쉬운 일이다. 조금만 머리를 굴려보면 답이 나오지."

"하오시면 이번 일도 잔머리를 굴려 알아냈단 말입니까?"

"어서 먹자."

동천몽은 열심히 만두를 입에 밀어 넣었고 일목의 두 눈은 여전히 충격으로 넘쳐 있었다.

이른 저녁을 먹은 두 사람은 소화도 시킬 겸 근처 다루로 자리를 옮겼다.

그런데 두 사람이 들어서자 조용하던 다루가 시끄러워졌다. 모든 사람들 시선이 일목에게 집중되었고 점소이까지 어서 오십시오 하고 고개를 쳐들다 말고 기절할 듯 놀랐다.

"세… 세상에 눈이 하나뿐이라니!"

"아이구, 요상해."

요즘 들어 만나는 사람마다 하나뿐인 일목의 눈에 관심을 보인다. 사람들의 이상한 시선에 오래전 면역이 되었지만 심사가 꼬이는 것은 어쩔 수 없었다.

점소이가 차를 가져왔는데 두 손이 부들부들 떨고 있었다. 차를 놓자마자 신속히 물러났다.

두 사람은 찻잔을 들어 올렸다. 아무리 차를 많이 마셔도 값은 한잔 값만 받는다. 동천몽은 부지런히 차를 시켜 마셨고 일목 또한 차를 좋아하지 않지만 한잔 값만 받는다는 동천몽의 설명을 듣고 단번에 잔을 비워댔다.

저녁에 차까지 마셔 배가 터질 것 같았다.

"저… 저어 대법왕님."

일목이 크게 트림을 하고 정색하여 쳐다보았다.

동천몽은 느릿하게 찻잔을 들어 올리고 있었다.

"아주 실례되는 질문인 줄 알지만 한마디 물어도 되겠사옵니까?"

"해보거라."

"이곳에는 무슨 일로 오셨는지요?"

가장 궁금한 내용이었다. 오면서 묻고 싶었지만 마차를 타자마자 잠에 곯아떨어져 버려 물어볼 틈이 없었다.

동천몽이 찻잔을 내리며 물었다.

"볼일이 있어 왔느니라."

"그러니까 그 일이 무엇이냐는 물음이지요."

동천몽의 이마에 주름 한 개가 생겼다.

"내가 너에게 꼭 그것을 말해야 하느냐?"

일목이 소스라치며 고개를 저었다.

“아니옵니다. 하도 궁금해서 물었을 뿐, 죄송합니다. 다음 부터는 죽어도 묻지 않겠사옵니다.”

일목은 혹시라도 주먹이 날아올지 몰라 얼른 사죄를 하며 합장했다.

하지만 일목의 머릿속에는 궁금증이 가시지 않았다.

“배도 부르고 차도 마셨으니 그만 일어나자꾸나.”

동천몽이 앞장서 나가며 차 값을 계산했다.

일목이 나가자 기다렸다는 듯 사람들이 큰 소리로 흉을 보았다.

밖으로 나온 동천몽은 곧장 서쪽을 향해 걸었고 인파가 뜸해지자 신법을 전개했다. 일목은 아무 소리 않고 뒤를 따랐다.

第六章
인질극

大대法법왕王

　순식간에 남전을 벗어나 이십여 리 달리던 동천몽이 산길로 접어들었다. 산길인데도 관도처럼 길은 넓고 잘 정리되어 있었고 마른땅임에도 불구하고 수많은 마차 바퀴 자국이 찍혀 있었다. 그것은 마차가 아주 무거운 짐을 싣고 다녔음을 말해 주고 있었다.

　두 개의 봉우리를 넘어선 일목의 눈이 커졌다. 길 좌우로 아름드리 소나무를 묻었고 천지광옥(天地鑛玉)이란 거대한 간판을 길게 매달아두었으며, 그 아래로 두 명의 검을 비켜 맨 무사들이 옥을 싣고 들어오고 나가는 마차들을 일일이 점검하고 있었다.

　"옥광산 아니옵니까?"

옥을 싣고 나가는 마차는 보통 삼두에서 오두 마차였다. 그만큼 옥의 무게가 있기 때문인데, 잠깐 지켜보는 데도 이십 여 대의 마차가 옥을 가득 싣고 광산을 떠나갔다.

잠시 후 한 개의 조그만 봉우리에 올라서서 아래를 내려다보던 두 사람은 눈을 크게 떴다.

산 아래로 거대한 분지가 생겼고 그곳에서 채 실어내지 못한 푸른 옥들이 산더미처럼 쌓여 있었다. 또한 엄청나게 많은 사람들이 개미집처럼 뚫린 수많은 갱도를 통해 옥을 캐어 밖으로 운반하고 있었다.

"캐놓은 옥만 해도 황금 백만 관 어치는 넘겠사옵니다."

"이곳 주인이 누군지 아느냐? 동오룡이라는 분이다."

"헉!"

일목이 놀라 돌아보았다.

"아… 아버지 아닙니까?"

"하지만 지금은 바뀌었다."

무슨 말이냐는 듯 일목이 눈알을 굴렸고 동천몽이 가볍게 한숨을 쉬며 말을 이었다.

"천득만이란 자의 소유이지. 하지만 그는 아무런 힘도 없는 허수아비다. 그 뒤에는 한 사람이 있다. 바로 얼마 전 내려진 무통령으로 정도무림을 자신의 발아래 둔 남궁천이다."

일목이 눈을 찌푸렸다.

동천몽의 말이 언뜻 이해가 되지 않은 것이다.

"소… 소승은 무슨 말씀을 하시는지 도무지 모르겠나이다.

좀 쉽게 말씀해 주시옵소서."

"간단하다. 우리 아버지가 얼마 전 잘난 큰아들 목숨을 살려 달라고 이곳 소유권을 무림맹에 바쳤다. 그런데 어느 순간 남 궁천의 것이 되어 있구나."

"도무지 소승은 뭐가 뭔지 더욱 모르겠나이다. 그러니까 대 공자를 살려달라고 바쳤으면 무림맹 소유가 되어야지 어떻게 개인의 것이 될 수 있단 말이옵니까?"

동천몽이 가볍게 웃었다.

하지만 동천몽의 웃음을 바라본 일목은 흠칫했다. 웃음 속 에 무서운 살기가 감춰져 있음을 알아차렸다.

"이곳뿐만이 아니지. 그는 본가에서 나간 돈으로 엄청난 축 재를 했고 강호 곳곳에 막대한 재산을 소유하고 있다. 명목은 흑도로부터 강호를 지키기 위한 군비 충당에 사용한다고 해놓 고 실재로는 뒷구멍으로 챙긴 것이다."

"그런 쳐죽일 놈이! 완전히 양의 탈을 쓴 늑대 아니옵니까?"

"원래 권력을 쥔 놈들은 거의가 그렇느니라. 그들이 권력을 탐하는 것 또한 돈을 챙기기 위해서이지. 결코 강호의 평화와 번영을 위한다는 말은 거짓이다. 그래서 무림맹주 한 번씩 하 고 나면 재산이 수십 배, 수백 배 불어난다는 것이 정석이니라. 전 전대 맹주를 보거라. 한 자루 칼로 천하를 거머쥔 놈이 어 디서 돈이 나 그토록 호화로운 생활을 하고, 귓불에 피도 안 마 른 자식놈들이 그렇게 큰 장사를 하겠느냐. 모두 재임 중 우리 아버지를 비롯한 대상가들을 후리고 협박하여 뜯은 돈으로 호의호식하는 거지."

그때였다. 등 뒤로부터 부스럭거리는 소리에 일목이 번개처럼 돌아섰다.

"서… 선사님!"

어느새 등 뒤로 무미 선사가 나타나 있었다.

무미 선사는 동천몽을 향해 합장을 하며 허리를 구부려 예를 취했다.

"사복서생(寫複書生)의 위치를 찾았사옵니다."

동천몽이 빙글 돌아섰다.

"그래, 어디 있더냐?"

"그… 그것이."

"왜 그러느냐? 어서 말해보거라."

"불귀도에 갇혀 있사옵니다."

동천몽의 안색이 가볍게 변했다.

불귀도는 섬 전체가 감옥이었다. 가장 악질적인 죄인들만 가두어놓은 관부제일옥으로 돌아오지 않는 지옥이라고도 불린다.

무미 선사가 안절부절못했다. 좋은 소식을 전하지 못한 것이 자신의 책임인 것 같았다.

"선사님, 불귀도는 또 무엇이고 사복서생은 어떤 놈입니까?"

무미 선사가 눈을 깜박하며 잠자코 있으라는 신호를 보냈다. 일목도 그제야 뭔가를 눈치를 챈 듯 가만 서 있었다.

"무림맹은 어찌 흘러가고 있느냐?"

"남궁천이 소림의 백팔나한과 무당의 삼십육검 등 구파일방의 최정예들을 소집했사옵니다."

구파일방의 정예는 다르다.

수백 년 갈고닦아진 무사들이다. 특별히 엄선하여 계획적으로 키워진 그들은 그 문을 대표하고 유사시에는 가장 앞서 위험을 제거한다. 사실 어느 문파 등 숫자로 명성을 잇지는 않는다. 명문의 조건 중 하나는 얼마만큼 강한 정예를 두었느냐인데, 그 대표적인 곳이 소림의 백팔나한이었다.

백팔나한(百八羅漢), 그들은 곧 소림이다.

소림의 대들보이자 전통이며 자긍심이었다.

무당 삼십육검 또한 그런 존재들이다. 절대 세상 밖으로 나오지 않고 오직 단 한 번 무당의 위기를 대비해 끊임없이 검을 갈고닦는 검귀들이다. 단 한 번도 배운 검을 휘둘러 보지 못하고 죽는 수가 허다하다. 하지만 그들은 누구도 원망하지 않는다.

'일단은 그래야겠지!'

동천몽의 입술이 얇아지며 웃음이 머금어졌다.

일단은 무통령이 내려질 수밖에 없는 상황이었음을 만천하에 각인시키기 위해서라도 각파의 정예를 끌어 모을 것이다. 그리고 곧바로 목와북천에 의해 점령당한 지역을 회복하고 공격에 나설 것이다. 강호제일이라는 각 문파의 정예라면 아무리 목와북천이 준비를 철저히 했더라도 밀릴 수밖에 없다. 일단 상당한 피를 흘리게 한 다음 차례는 뭘까.

"훗훗훗!"

동천몽이 이번에는 소리를 내어 웃었다. 그다음 차례는 뻔했고 공식과 같은 절차를 밟을 것이다. 공식적인 절차는 바로 눈엣가시를 잘라내는 것이다.

섬서성 도독 막경군 목사룡은 늦은 아침을 먹고 있었다. 올해 나이 예순다섯으로 평생을 관에 몸을 담았는데 나름대로 지난 세월을 돌아보면 성공한 인생이었다. 몇 번 황실 근무를 요청받았지만 성격이 어딘가에 갇혀 메어 있지를 못해 한사코 밖으로 돌았다.

워낙 강직하고 올곧아 그가 부임한 성마다 그에 대한 칭송이 끊이지 않는다. 오늘 아침이 늦은 것도 어제 밤늦게까지 지역에 출몰하는 산적 소탕을 나갔다 새벽에 들어온 때문이었다.

흉년으로 인해 근래에 이르러 산적 떼는 더욱 기승을 부렸고 곳곳에서 양민들을 괴롭히고 목숨을 위협했다.

툭!

숟가락을 놓자 부인 홍 씨가 염려스런 표정으로 쳐다본다.

"왜 그만 드세요. 어제 저녁도 드시지 않았으면서, 조금만 더 드세요."

"됐소. 물이나 주구려."

목사룡이 뒤로 물러났다.

밤새 산적들과 전투를 벌인 탓인지 입맛이 없었다. 홍 씨가 건네준 냉수로 입 안을 행군 목사룡은 자리에서 일어났다. 침소로 가 한숨 자고 다시 산적 소탕에 나서야 하기 때문이다.

“한숨 푹 주무세요.”

홍 씨의 인사를 받으며 처소로 향하던 목사룡의 발걸음이 멈췄다. 복도 입구에서 부하 제능촌의 다급한 보고 때문이었다.

“사고 소식이옵니다. 용안산장에 도둑이 들었사옵니다.”

용안산장이면 그리 멀지 않은 곳에 있었다.

“한데 장주 용망곤과 가족들을 붙잡고 있습니다. 다각도로 손을 써보려고 했지만 워낙 악질들인지라 섣불리 어떻게 처리를 못하겠사옵니다.”

“인질극이란 말인가?”

제능촌은 첨후대의 대장이었다. 첨후대는 산적 소탕을 나가면 가장 앞서 공격하고 뒤늦게 철수한다. 공격도 그들로 시작되지만 모든 부대가 떠나면 마무리까지 그들 몫이다. 산적들이 탈취하여 숨겨 놓은 재물들이 있는지 조사를 해야 하는데 대부분 재물 곁에는 함정과 위험이 가득했기 때문에 뛰어난 그들이 처리한다.

오늘도 제일 늦게 산적 소굴에서 빠져나와 용안산장 앞을 지나다 도둑 침입 사실을 보고 받고 곧바로 출동했다. 한데 물건을 훔쳐 나오던 두 명의 도둑이 관부무사들이 들이닥치자 가족을 인질로 삼아버린 것이다.

불끈!

목사룡의 주먹이 굳게 말렸다. 어젯밤 한숨도 자지 못해 피곤하긴 했지만 백성의 삶을 위협하는 자들은 절대 용서할 수가 없었다.

"기다리거라."

자신의 방으로 들어간 목사룡이 잠시 후 경장 차림에 한 자루 칼을 차고 나왔다.

부인 홍 씨가 염려스런 표정으로 쳐다보았다. 칠십을 코앞에 둔 노인이기에 너무 안쓰럽다. 그렇다고 쉬엄쉬엄 하라는 말은 더욱 할 수가 없었다. 남편이 힘들수록 백성들의 삶이 편해지기 때문이었다. 그러나 남편의 건강이 염려되는 것은 어쩔 수 없었다.

"여보, 조심해요."

무뚝뚝하게 아무런 대답 없는 건 여전했다.

목사룡은 순식간에 말을 타고 홍 씨의 시야에서 사라져 버렸다.

용안산장 앞에는 구름 같은 인파가 몰려 있었다. 산장을 에워싼 관부무사들과 구경나온 주민들까지 합쳐져 북새통을 이루고 있었다. 구경꾼들을 밀어내느라 몇몇 무사들은 진땀을 뺐다.

사람들이 좌우로 길을 트고 제능촌의 안내를 받으며 목사룡이 모습을 드러냈다.

곧바로 산장 안으로 들어선 제능촌은 장주 용망곤의 거처 존당 앞에 도착했다. 날쌘 무사 이십여 명이 존당을 에워싼 채 곳곳에 은신해 있었다.

"인질범이 두 놈이라고 했나?"

"악질들입니다. 아무리 설득을 하고 자수를 권유해도 대꾸도 하지 않습니다."

창문은 굳게 닫혀 있었다.

"내 말 들리나? 난 도독 목사룡이다!"

"들린다!"

안으로부터 악에 바친 목소리가 터져 나왔다.

"너희들 입장 충분히 이해한다. 하지만 인질극은 바람직하지 않다. 가급적 요구 조건을 들어줄 테니 인질을 풀어주거라."

"시끄럽다. 풀어줄 인질이면 애초부터 시작도 하지 않았느니라."

예상보다 인질들의 감정이 흥분되어 있다. 이럴 때는 시간을 끌며 그들의 감정이 가라앉길 기다려야 한다.

"방법은 하나뿐이다."

인질범들 쪽에서 외침이 터졌다.

"뭔가?"

"건방진 부하들을 모두 철수시키고 우리가 타고 갈 마차를 준비해라. 그리고 절대 우리를 쫓지 마라. 그러면 인질을 풀어주겠다."

목사룡의 얼굴에 난감한 표정이 떠올랐다.

가장 골치 아픈 사건이 이런 종류이다. 인질범들은 목숨을 걸어놓고 사건을 벌이기 때문에 어지간한 협상력 갖고서는 온전히 해결하기란 불가능했다.

지금까지 이십여 번에 걸친 인질 사건이 있었지만 거의 절반이 비극으로 끝났다. 인질도 죽고 인질범도 자살로 막을 내린 것이었다.

"아무튼 여자와 아이들은 풀어주는 게 어떤가? 그들은 약자들 아닌가?"

"우린 그런 것 모른다. 진정한 약자는 우리다."

"그게 무슨 말인가?"

"힘없고 가난한 우리가 약자지 이렇게 돈 많은 용가놈 가족이 어떻게 약자란 말이냐? 내 말이 틀렸나?"

갑자기 말문이 막혔다. 인질들의 말이 전혀 틀린 건 아니었다.

"내가 말하는 약자란 재물이 적인 것이 아니라 신체적인 조건을 말하는 것이다. 여자와 아이들은 힘이 없지 않는가. 그러니 일단 풀어주는 게 인간적이지 않는가."

"뭐가 인간적이야? 풀어주면 우리만 손해지. 아까도 말했지만 풀어줄 것 같았으면 이따위 사건, 시작도 안 했다고! 잔소리 말고 빨리 마차를 준비해라. 만약 백을 셀 동안 마차를 준비하지 않으면 인질 한 명을 죽이겠다."

보통 놈들이 아니다.

어지간한 인질범은 대부분 여자와 아이들은 풀어준다. 그런데 전혀 씨알이 먹히지 않는다.

뿌드득!

이를 갈았다. 잡히기만 하면 가만 두지 않겠다고 다짐하며 목소리를 부드럽게 하여 말했다.

"진정해라. 난 무력보다는 대화를 즐겨하는 사람이다. 진정하고 처음부터 다시 얘길 해보자."

"싫어, 우린 아무 말 하고 싶지 않다. 어서 마차나 대령하라고."

"좋다. 마차를 대령할 테니까 우선 시간을 좀 달라."

"그건 어렵지 않지. 넉넉하게 줄 테니까 좋은 것으로 대령해라. 괜히 달리다 바퀴가 빠지거나 고장나면 데리고 가는 인질을 죽여 버리겠다."

"염려 마라. 우린 그런 비겁한 수단은 쓰지 않는다. 그건 그렇고 이름을 말해줄 수 있나?"

"인질범 이름 알아서 뭐 하려고? 좋아, 까짓것 이판사판인데 가르쳐 주지. 난 목일이라고 한다."

"난 몽천이다."

"좋은 이름들이구나. 난 목사룡이라고 부른다. 그러고 보니 한 사람과 난 성씨가 같지 않는가."

"당신은 어디 목 씨인가?"

"난 설산 목 씨다."

"엇, 나도 설산이 고향인데."

"그럼 우리 친척 뻘 아닌가."

"더 이상 대답하지 않겠다. 이상."

상대가 입을 다물었다. 아마 필시 마음이 약해질 것을 우려한 조치이리라.

목사룡의 입가에 미소가 떠올랐다.

일단 대화가 이루어졌고 길이 보였다. 지금부터가 중요했다.

"혼인들을 했는가?"

"안 했다."

"부모님은 계신가?"

"안 계신다."

"난 계신다."

"부모님이 몹시 보고 싶겠군. 부모님은 지금 어디에 계시는가?"

"멀리 계신다는 것만 말하겠다. 그럼 지금부터 백까지 세겠다. 다시 말하지만 그때까지 마차를 대령하지 않으면 인질 한 명을 가슴 아프지만 죽이겠다."

잠시 뜸을 들이더니 큰 목소리로 세기 시작했다.

"하나, 둘, 셋, 넷, 다섯, 여섯, 일곱……."

흠칫!

목사룡이 놀란 표정을 지었다.

인질범들 대부분은 숫자를 셀 때 아주 느리고 천천히 센다. 이쪽의 반응을 살피기 위함인데 이들은 그게 아니었다. 엄청난 속도로 세어가고 있었다. 지금까지 다뤄본 어떤 인질범들과 완전히 다르다는 것을 깨닫고 목사룡이 황급히 외쳤다.

"잠까안! 뭐가 그렇게 급해 빨리 세는가? 대화도 나누면서 천천히 세도록 하는 게 좋지 않겠나?"

"우린 성질이 급해 빨리 세야 한다. 스물다섯, 스물여섯, 스물일곱."

그때 제능촌이 다가왔다.

조용히 귓속말로 속삭였다. 특급 고수 두 명이 후원을 통해 안방으로 접근하고 있다는 것이다. 그러므로 인질범들과 계속 대화를 나누어 신경을 이쪽으로 쏠게 만들라는 것이었다.

"인생은 그다지 길지 않다. 지금이라도 마음을 고쳐먹으면 본 도독이 최대한 신처하겠다."

"선처라 하면 무슨 뜻인가? 인질을 풀어주면 그냥 없었던 일로 해준다는 얘긴가?"

꿈틀!

목사룡이 눈썹이 모아졌다. 이 상황이면 누구일지라도 선치가 갖고 있는 의미를 알 것이다. 말 그대로 자수했음을 감안하여 좀 더 가볍게 처벌한다는 뜻인데 인질범들은 아예 없었던 일로 해달라고 요구하고 있다.

'미친놈 새끼들!'

기어코 붙잡아 관부 뇌옥 중 가장 무섭다는 불귀도로 보내 버리겠다고 마음먹었다.

"없었던 것으로는 곤란하지만 최대한 돕겠다."

"그러니까 구체적으로 말하란 말… 크악… 컥!"

두 마디 비명이 들려왔고 잠시 후 두 무사에 의해 마혈이 제압당한 인질범 두 명이 끌려나왔다.

두 무사는 어깨에 둘러메고 나온 인질들을 사정없이 땅바닥에 처박았다.

"아이고!"

"커억!"

두 인질이 비명을 질렀다.

"여보."

"부인."

"엄마, 이제 우리 살아난 거야. 으아앙."

네 명의 가족이 서로를 부축하며 감격의 눈물을 흘리면서 걸어나왔다.

목사룡이 인질들에게 다가가 위로했다.

"괜찮으시오. 다친 곳은 없소?"

용망곤이 눈물을 질질 짜며 고개를 끄덕였다.

"네 도독님, 도독님께서 우리 가족을 살려주셨습니다. 감사하옵고 감사하옵나이다."

"제대장, 용장주와 가족들을 어서 모셔."

"가시지요. 저를 따라오십시오."

"어헝!"

"저놈들은 찢어 죽여야 해요. 저 나쁜 놈들을 가만 둬서는 안 됩니다!"

용망곤의 부인이 버럭 소릴 지르며 사라졌다.

땅바닥에 누워 있는 동천몽과 일목을 향해 목사룡이 다가갔
다.

멈칫!

일목의 발견하고 놀란 표정을 지었다. 눈이 하나뿐인 사람
은 처음 보는 것이었다.

"독목 아니냐?"

일목이 냉랭하게 대꾸했다.

"우릴 죽여라. 구차하게 살고 싶지 않다."

기다렸다는 듯 동천몽이 외쳤다.

"당장 목을 잘라다오. 사내대장부답게 당당히 죽고 싶다."

빠악!

퍽!

목사룡이 두 사람의 옆구리를 사정없이 걷어찼다.

"크악!"

"어거걱!"

저 멀리 날아간 두 사람이 땅바닥에 나동그라졌다.

목사룡이 다가와 고통에 인상을 쓰고 있는 두 사람을 내려
다보며 말했다.

"죽여달라고 했더냐?"

"예!"

"죽고 싶소."

"너흰 죽이기에도 아까운 놈들이다. 지옥으로 보내주마. 평
생 죽지도 살지도 못하는 그 저주의 섬으로."

　　무사들이 우르르 다가와 두 사람을 포박하여 돼지처럼 몽둥이에 매달고 사라졌다. 동천몽과 일목은 더욱 악을 쓰며 죽이라고 외쳤고 너무 시끄럽게 떠들자 아혈을 제압해 버렸다.

　　선체가 먹물처럼 검다. 돛도 검고 뱃전도 검고 뱃머리도 검었다. 움직이는 사람들까지도 흑의를 걸치고 있었다.
　　사옥선(死獄船)이라고 부른다. 사옥선을 타면 누구든 돌아오지 못한다. 시체가 되어도 돌아올 수 없다. 한번 실려가면 돌아오지 못한다고 하여 사망선이라고도 부르는 배가 부두를 막 떠나고 있었다.
　　사옥선은 큰 죄를 지은 죄수들을 태우고 가는 배였다. 사옥선에 태워지는 죄인들은 미령도라는 섬으로 잡혀가는 것이었다. 그곳에서 평생 강제 노역에 시달리다 죽는다.
　　배는 삼층으로 되어 있었는데 가장 밑바닥인 일층에 십여 명의 죄수가 쇠사슬에 전신을 결박당한 채 여기저기 처박혀 있었다. 천장에서 비추는 조그만 야광주만이 유일한 빛이었는데 죄수들 눈에서는 푸른 귀기가 번쩍였다.
　　배가 파도에 흔들릴 때마다 죄수들은 이리 구르고 저리 구르며 서로 부딪쳤다. 사지만 결박한 것이 아니라 어깨와 발을 상하로 묶어 공처럼 둥근 형태가 되어 쭈그리고 있었다.
　　펴억!
　　한쪽에 쇠사슬에 묶인 채 쭈그리고 앉아 있는 일목에게 한 명의 죄수가 굴러와 부딪쳤다.

“뭐야?”

일목이 인상을 썼다.

부딪친 죄수가 마주 인상을 쓰면서 말했다.

“뭐긴 뭐야? 누군 부딪치고 싶어서 부딪치나? 배가 흔들리니까 어쩔 수 없잖소.”

일목이 하나뿐인 눈에 힘을 주자 죄수가 슬며시 고개를 돌렸는데 때마침 배가 또다시 출렁거리며 다른 쪽으로 굴렀다.

“니기미, 씨벌.”

쿵!

콰앙!

사람끼리 부딪치는 건 조금 나았다. 사정없이 굴러 불쑥 튀어나온 곳이나 철판으로 된 뱃전에 부딪치면 엄청난 통증이 밀려왔다. 신음 소리가 가득했고 마구 욕설을 퍼붓는 이도 있었다.

그러다 보니 어쩔 수 없이 멀미는 피할 수가 없었고 어기지기서 구역질을 해댔다.

밀폐된 공간이어서 지독한 악취가 진동을 했다.

그런데 멀미가 가중되면서 배변을 하는 죄수가 발생했다. 토설물과 변 위로 죄수들은 나뒹굴었고 배 안은 시궁창이 되었다.

멈칫!

일목에게 부딪쳤던 죄수가 온몸에 변과 토설물로 범벅이 되어 두 눈을 빛냈다. 모두가 흔들리는 배에서 나뒹굴고 있는데 오직 두 사람만 석상처럼 중심을 잡고 앉아 있었기 때문이다.

꿀꺽!

죄수가 마른침을 삼켰다.

아무리 중심을 잘 잡는 사람일지라도 이 정도 흔들리면 별 수없다. 더구나 쇠사슬로 온몸이 결박되어 일어설 수도 없고 오로지 쭈그리고 앉아 있어야 하는 상태라면 더욱 흔들림에 따라 구를 수밖에 없는데도 두 사람은 고정된 물체처럼 있었다.

'설마!'

죄수는 마른침을 삼켰다.

자신도 한때 알아주는 고수였다. 지금은 무공이 폐지되어 힘을 쓰지 못하고 있지만 두 사람의 몸 상태를 보면 무공이 폐지된 사람 같아 보이지 않는다.

죄수는 이내 고개를 내저었다.

자신이 생각하는 그런 경지에까지 이른 인물일 리 없었다. 그런 경지에 올라섰다면 잡히지도 않았을 것이다.

쿠쿵!

거센 파도가 배를 치는지 배의 앞부분이 거의 서다시피 했고 와르르 소리를 내며 죄수들은 뒤로 나뒹굴었다.

"아이고?"

"헉! 허리가 나갔다."

구석에 몰려 아우성을 피우는데도 두 사람은 여전히 그 자리를 지키고 있다.

‘페… 폐경이혈(廢經移穴)이다.’

죄수는 확신했다. 여기 있는 모든 죄수들은 한때 제법 잘나가는 고수들이었다. 하지만 모두가 무공이 폐지되어 힘을 전혀 쓰지 못하는데 두 사람은 여전히 힘을 쓰고 있었다. 즉 폐경이혈로 관부에서 제압할 때 혈도를 옮겨 버린 것이다. 그렇지 않고서는 돌부처 같은 모습을 보일 수가 없었다.

‘맙소사!’

폐경이혈은 아무나 시전할 수 있는 기예가 아니었기 때문에 죄수의 두 눈이 떨림을 보였는데 사실 그가 진짜로 놀란 것은 다른 이유 때문이었다.

폐경이혈을 시전할 정도의 고수라면 잡힐 이유가 없었다. 최소한 몇천 명이 포위망을 구축하기 전에는 불가능하다고 봐야 한다. 그건 곧 두 사람이 불귀도에 잡혀가는 것이 아니라 볼일이 있어 죄수가 되어 일부로 끌려가는 것이라고 봐야 했다.

촤악!

이번에는 배가 좌우로 거칠게 출렁거렸고 죄수는 자신의 의지와 무관하게 다시 바닥을 굴러 일목의 몸에 부딪쳤다.

뻑!

기우뚱거리며 가까스로 바로 앉은 죄수를 향해 일목이 노려보았다.

“너, 자꾸 부딪칠래?”

조금 전까지는 맞장을 놓을 만큼 마구 욕설을 뱉었다. 하지만 나름대로 일목과 동천몽에 대한 파악이 끝난 지금 죄수는 절도있게 고개를 숙이며 말했다.

"죄… 죄송합니다. 너그러이 이해해 주소서."

일목의 눈이 잦아들었다. 죄수가 진정으로 미안해하고 있었기 때문이다.

"조심해라. 응?"

"네."

죄수는 조심스럽게 몸을 옆으로 굴러 일목에게서 떨어졌다. 그리고 다시 일목을 쳐다보다 곁에 눈을 감고 앉아 있는 동천몽에게 멎었다.

동천몽은 처음부터 끝까지 눈을 감고 앉아 있었다.

일목과는 또 다른 분위기를 풍긴다. 일목에게서는 냉혹하고 사이한 느낌이 풍기는 반면 동천몽에게서는 위엄이 있었다.

죄수는 두 사람이 주종관계라는 것을 알아차렸다. 또한 불귀도에 일부러 끌려간다는 것을 확신했다.

불끈!

쇠사슬에 묶인 오른손이 쥐어졌다. 죄수의 머릿속에 한 가지 생각이 떠오른 것이다.

죄수 이왕식의 얼굴에 비장한 기운이 감돌았다. 이대로 끌려가 불귀도에서 일생을 마감할 수는 절대 없었다. 유일한 생존 방법이라고는 동천몽과 일목뿐이었다. 두 사람이야말로 마지막 생존의 동아줄이라고 자신했다.

"모… 몹시 실례되는 질문인 줄 알지만 선배님께서는 무슨 죄를 지으셨습니까?"

일목이 힐끔 쳐다보았다.

자신보다 최소한 십 년은 더 들어 보이는데 선배님이란 호칭을 서슴지 않자 어이가 없다는 표정이었다. 하지만 이내 표정을 엄숙히 고쳤다. 어차피 세상살이가 나이로 대접받는 건 아니지 않는가.

"넌?"

이왕식이 계면쩍은 표정을 지었다.

"저는 강간을 했거든요."

번쩍!

강간이라는 말에 일목의 게슴츠레하던 눈이 빛을 발했다.

"강간이라고 하면 여자를 강제로 고통 속에 빠뜨리는 것 아니냐?"

이왕식 정색을 하며 말했다.

"아닙니다. 선배님께서는 뭘 잘 모르시는군요. 처음에는 고통스러워하거나 거부 의사를 표현하지만 나중에는 대개가 좋아하는 것이 강간입니다."

일목이 인상을 썼다.

"이 쳐죽일 놈아, 그것은 본인의 의지와 상관없는 것 아니냐?"

"어쨌든요."

일목이 어이가 없다는 듯 이왕식을 노려보더니 물었다.

"몇 명이나 고통 속에 빠뜨렸느냐?"

“보통 사흘에 한 명 꼴로 처리합니다.”

“사… 사흘에 한 명 꼴이면 한 달이면 가만… 삼 일은 삼, 삼 이 육이고, 삼삼이면… 열 명?”

“그것은 평균이고요. 날씨가 좋은 날은 하루에 두 명을 처리 할 때도 있거든요.”

“날씨가 좋은 날이라면 햇빛이 쨍쨍하고 그런 날 말이냐?”

이왕식이 눈을 부라렸다.

“아니지요. 그런 날은 별로 생각이 안 납니다. 여기서 말하 는 날씨가 좋다는 건 비가 오고 바람 부는 음침한 날을 말합니 다. 그런 날이 되면 마구 여인이 그리워지거든요.”

일목의 눈에 호기심이 떠올랐고 어느새 동천몽도 눈을 뜨고 슬며시 이왕식의 애길 들었으며 다른 죄수들도 굴러와 있었 다.

“좀 더 구체적으로 말해보겠느냐? 여인이라고 아무나 고통 을 주는 건 아니지 않을 것 아니냐?”

이왕식이 고개를 크게 끄덕였다.

“아주 좋은 질문입니다. 무인에게도 자신만의 규칙이 있어 아 무에게나 검을 휘두르지 않은 것처럼 간어에도 규칙이 있죠.”

“간어?”

“검의 최고 경지를 어검술이라 하듯 강간에 일가를 이룬 사 람을 우리 바닥에서는 간어(姦馭), 또는 간왕(姦王)이라고 부릅 니다.”

주위 죄수들 눈이 별빛처럼 반짝거렸다.

분위기에 고무된 듯 이왕식이 목청을 가다듬었다.

"커험! 제의 친구는 주로 오십 이후의 여인을 좋아하죠."

띠요용!

허헉!

여기저기서 놀라는 비명이 들려왔다.

일목 또한 눈을 부라렸다.

"오… 오십?"

"보통 사람의 상식으로는 이해가 가지 않겠죠. 강호에서도 보면 기인이라고 하는 사람들을 보면 우리 상식으로는 이해가 가지 않는 행동을 하는 것과 똑같습니다. 내 친구의 말을 빌리면 오십을 넘은 여인이야말로 색(色)이 무엇이지 안다는 것이죠."

그러자 맞은편에 앉아 이왕식의 얘기를 듣던 죄수 한 명이 호응하듯 말했다.

"하긴 그래, 내 마누라도 혼인해서 처음 몇 년 동안은 무척 수동적이더라고. 그런데 마흔이 넘고 쉰이 넘자 이젠 본인이 더 적극적이고 즐기는 거야."

"아니던데, 우리 마누라는 혼인하자마자 즐기고 나보다 훨씬 적극적으로 나서던데."

"몇 살인데?"

"스물아홉."

"스물아홉이면 아직 뭘 모를 텐데 그토록 적극적이고 즐긴다면 이유는 한 가지뿐이로군."

“그게 뭐요?”

“처녀적 직업이 기녀였을 거야. 그래서 왕성하고도 풍성한 경험을 갖고 있기 때문에 그 맛을 아는 거지. 그 나이에 말이야.”

“뭐야, 이런 씨벌놈이.”

마누라 비하에 분노한 죄수가 데구루루 굴러갔다. 하지만 욕을 했던 죄수 또한 데구루루 굴러서 도망을 쳤다.

두 죄수를 보던 시선들이 다시 이왕식을 쳐다보았다. 다음 말이 떨어지기만을 학수고대하고 있었다.

“난 갓난아이를 업고 있는 여인만을 선택합니다.”

“……”

“……”

“이유는 간단합니다. 갓난아이가 울까 봐 그런 여인들은 반항을 소극적으로 하지요. 또한 아이를 낳은 지 얼마 되지 않았기 때문에 무척 빠르게 달아오릅니다.”

“지금까지 모두 몇 명이나 고통에 빠뜨렸느냐?”

일목이 물었다.

이왕식이 목에 힘을 주며 대답했다.

“강호의 고수가 몇 명 죽였는지 알고 다닙니까? 저 또한 그와 마찬가지로 내가 지나갔다는 흔적만 남겨둘 뿐 숫자에는 크게 연연하지 않습니다.”

“개자식이구만.”

“짐승만도 못한 놈.”

죄수들이 욕을 하자 이왕식이 눈을 크게 떴다.

"누구든 나에게 돌을 던질 자격이 있는 사람은 돌을 던지시오. 절대 피하지 않겠소."

움찔!

멈칫!

모두가 망설였고 이왕식이 큰 소리로 말했다.

"그대들 모두 죄를 지어 끌려가는 주제에 뭘 잘했다고 내게 손가락질을 하는 거요? 난 내 행동을 잘했다고 여기지는 않소이다. 하지만 남을 욕하지는 않소. 왜? 난 개니까."

일목이 눈을 깜빡거렸다.

무슨 말인지 헷갈린다. 언뜻 자신의 잘못을 시인하고 뉘우치는 것 같기도 하지만 또 한편으로는 전혀 그렇지 않은 것으로도 들렸다.

"아무튼 넌 나쁜 놈이다."

"불귀도로 끌려갈 자격이 있다, 네놈은."

죄수들이 욕설을 뱉었지만 이왕식은 별다른 감정의 동요를 보이지 않았다.

문득 이왕식이 신고 있는 신발을 벗었다. 이왕식이 신고 있는 신발은 발목까지 올라오는 중간쯤 되는 장화였는데 벗은 발로 신발을 감싸듯 들어 거꾸로 숙였다.

톡!

그러자 깔창 모양의 뭔가가 떨어졌다.

"드십시오."

떨어진 물건을 발가락으로 집어 일목과 동천몽 앞으로 내밀었다.

일목의 눈이 커졌다.

"뭐… 뭐라구? 날 더러 네놈 신발 깔창을 먹어란 말이냐? 이 새끼 죽여 버리겠어."

일목이 묶인 두 손을 쳐들자 이왕식이 서둘러 외쳤다.

"아… 아닙니다. 신발 깔창이 아니라 황적어입니다. 자세히 보십시오."

황적어란 말에 일목이 멈칫했다. 그러더니 가까이 발로 당겨 살피며 냄새를 맡았다.

"냄새는 비슷한데… 정말이지?"

"부끄러운 얘기지만 소인 감옥 경력이 적지 않습니다. 그래서 몸에 먹을 것을 숨기는 능력 또한 탁월하죠. 원래는 저만 먹으려 했지만 두 분께서는 나 같은 놈과 질이 다른 것 같아서 대접하는 것입니다. 이쪽 신발에도 한 마리 있는데 그건 내 몫이고, 어서 드십시오."

황적어란 말에 다른 죄수들이 침을 삼키며 안달을 했다.

"저 새끼들이 가로챌지 모르니 빨리 삼키시지요."

일목은 멈칫거렸다.

아무리 맛있는 황적어라고 하지만 발바닥에 깔려 있던 것이다. 발냄새도 그렇고 왠지 선뜻 입으로 가져가지지 않았다.

그러자 죄수들이 앞다투어 말했다.

"싫으면 저 주십시오."

“형님, 저 주세요.”

망설이던 일목이 동천몽을 돌아보았는데 화들짝 놀란 표정을 지었다. 동천몽이 침을 삼켰기 때문이었다.

“서… 설마?”

“난 음식을 배 불러라고 먹느니라.”

그 말인 즉 냄새 따위는 신경 쓰지 않으니 빨리 먹기 좋게 찢으라는 얘기였다.

일목이 놀란 표정을 지으며 주위를 돌아보았다. 하나같이 탐욕 가득한 시선들이다.

‘에라 모르겠다!’

일목은 찢어 먹기로 하고 양발을 가져가는데 갑자기 쩌렁한 소리가 울려 퍼졌다.

“어쭈구리? 이 개자식들 봐라. 지금 어디 관광 가는 줄 아느냐? 분위기가 왜 이렇게 화기애애해!”

어느새 검을 찬 호송무사 두 명이 나타나 있었다.

일목은 신속히 황적어를 깔고 앉았다.

“모두 손과 발을 앞으로 내밀어.”

죄수들이 손과 발을 조금 내밀자 호송무사들이 팔목과 발목에 채워진 족쇄를 풀어주었다. 발목에는 또 하나 족쇄가 채워져 있었는데 도주방지에만 목적이 있는 듯 길을 걷는데 불편함이 없었다.

“한 줄로 올라가.”

이층으로 올라가는 사다리를 가리켰다.

"무사님, 불귀도에 다 왔습니까?"

"그래, 인마. 뭣들 해. 어서 올라가라니까."

죄수들 얼굴에 체념과 공포의 빛이 떠올랐다. 한 명씩 사다리를 올라갔고 모두가 뱃전으로 올랐는데 모두가 기겁했다.

"어, 이거 뭐야?"

일목이 일어서며 황적어를 발견한 무사가 눈을 빛냈다.

"이 새끼들 처먹으려 할 때 내가 나타나는 바람에 실패한 모양이군."

히죽 웃더니 무사가 부지런히 황적어를 찢어 씹었다.

"한데 맛이 왜 이래. 꼬리 하잖아."

일목은 터져 나오는 웃음을 참기 위해 이를 물었다.

깎아지르는 듯한 절벽으로 둘러싸인 섬 하나가 들어왔다. 그리고 그 위에 거대한 흑성 한 채가 눈에 들어온다.

지옥의 땅 불귀도인 것이다.

"똑바로 서지 못해!"

갑판에 선 죄수들을 호송무사들이 똑바로 세웠고 사옥선 선장이 다가왔다. 사옥선 선장은 무척 뚱뚱했는데 오른쪽 옆구리에 채찍을 매달고 있었다.

마왕(魔王) 시두환(柴斗煥), 일명 염라사자로 불린다.

시두환이 잔뜩 얼어 있는 죄수들을 쭈욱 훑어보았다.

"저기 보이는 곳이 젖과 꿀이 흐르는 불귀도이다. 보이나?"

"네!"

"보… 보입니다."

죄수들 대답이 떨렸다.

시두환이 목소리를 깔아 말했다.

"워낙 좋은 곳이기 때문에 한번 들어가면 누구도 나오려 하지 않는다. 물론 그대들 또한 나오기 싫을 것이다. 그럼 지금부터 한 놈씩 올라간다."

시두환이 절벽을 향해 휘파람을 휙 불었다.

그러자 절벽 위로부터 사다리가 천천히 내려오기 시작했다. 사다리가 배의 갑판 위로 내려오자 죄수들이 한 명씩 줄사다리를 타고 오르기 시작했다.

마지막으로 동천몽이 줄사다리를 잡았다.

그러자 등 뒤에 서 있던 시두환이 웃으며 말했다.

"행복하어라. 불귀도가 너의 것이다."

오른손을 뻗어 첫 칸을 쥐던 동천몽이 고개를 돌렸다. 때맞춰 시두환도 쳐다보고 있었는데 동천몽이 히죽 웃었다.

그리고 사다리를 밟고 천천히 기어올랐고 시두환의 눈빛이 변했다. 지금까지 수백 명의 죄수를 호송했지만 아직까지 자신을 보고 웃는 놈은 처음이었다.

어느새 동천몽은 절벽 끝에 이르고 있었다. 다른 죄수보다 오르는 속도가 조금 빠르다고 생각했다.

"하긴 죽을 때가 되면 사람은 자주 웃는 습성을 갖고 있지. 그만 배를 돌려 가자."

거대한 사옥선이 방향을 돌리며 바닷물이 소용돌이를 일으

컸고 조금씩 불귀도에서 멀어져 갔다.

지금까지 본 사람들 중 가장 큰 체격을 지닌 사람은 동불과 서불이었다. 그런데 지금 눈앞에 서 있는 다섯 명의 사내는 그들 두 사람과는 비교도 되지 않을 만큼 컸다. 사람이라기보다는 거인이라 해도 좋을 만큼 컸다.

키만 큰 것이 아니라 손도 컸고 머리도 컸고 발도 컸으며, 눈도 크고 모두 다 컸다. 옆구리에 차고 있는 무지막지한 도끼는 그들을 더욱 공포스럽게 만들었다.

저벅저벅!

발자국 소리가 들리더니 흑성, 즉 뇌옥의 철문이 열리고 한 사내가 걸어왔다.

음침하고 비릿한 피 냄새가 진동하는 주위 분위기와는 다르게 다가오는 사내는 깨끗한 백의를 걸쳤다. 신발도 흰색의 장화였고, 옆구리에 차고 있는 검집도 희었다.

사내가 다가오자 좌우로 도열해 있던 거구의 사내들이 일제히 허리를 숙였다.

척!

두 줄로 늘어선 죄수들을 백의사내는 스윽 훑어보았다. 눈이 가늘어 떴는지 감았는지 구분이 안 될 정도였는데 동천몽은 나직이 신음을 흘렸다. 눈이 가는 사람은 심성이 잔인하다. 특히 저렇게 어떤 하나의 색에 광적으로 집착하는 사람은 정신적으로도 문제가 있고 무척 가학적이다.

"먼 길 오느라 대단히 수고들 많았다. 본인은 이곳 불귀도의 도주 견미광이라고 한다. 진심으로 그대들을 환영한다."

짝짝짝!

혼자서 박수를 서너 번 치더니 도열한 죄수들 앞으로 다가와 손을 불쑥 내밀었다.

잔뜩 겁에 질려 있던 죄수는 견미광이 손을 내밀자 움찔하더니 조심스럽게 맞잡았다.

"견미광이라고 한다. 부탁한다."

"부… 부탁은 제가 해야지요."

"견미광이라고 한다. 잘해보자."

"열심히 하겠습니다."

"견미광이라고 한다. 우리 사이 좋게 지내자."

"저… 저도 찬성입니다."

마치 전출되어 온 부하 직원들을 환영하듯 견미광은 죄수들 모두에게 악수를 청했다.

멈칫!

일목 앞에 선 견미광이 눈을 크게 떴다.

남은 한 개의 눈을 찾는지 고개를 좌우로 연신 두리번거렸다.

"뭐야? 눈 하나는 어디 있나?"

"원래 하나로 태어났습니다."

"이럴 수가, 그럼 장애인 아닌가? 아무튼 환영하네. 우리 잘해보세나."

"부탁합니다."

이어 마지막으로 동천몽 앞에 섰다.

견미광의 눈이 좁아졌다. 가뜩이나 가는 눈이 아예 붙어버렸는데 부하들의 안색이 변했다. 오랫동안 견미광을 지켜본 그들로서는 지금의 눈빛이 어떤 의미를 담고 있는지 알기 때문이었다.

'우리가 보기엔 그냥 그런 놈인데.'

견미광의 눈은 놀랄 때 더욱 가늘어진다.

"서책!"

견미광이 손들 들어 올리자 죄수들의 신상을 기록한 서책을 들고 있던 부하가 잽싸게 가져다 주었다.

파라라락!

빠르게 책장을 넘기던 견미광이 한곳에 멈추었다.

"동천몽?"

"예, 그렇습니다."

"뭐야? 인질극을 벌이다 잡혀왔잖아."

"죄송합니다. 너무 배가 고파 밥 좀 훔쳐 먹으러 들어가다 그렇게 되었사옵니다. 자비를 베푸소서."

히죽!

견미광이 웃었다.

"이해해, 사흘 굶어 남의 집 담 넘지 않는 놈 없다는데 힘내."

다시 서책을 부하에게 건네주고 처음 섰던 자리에 우뚝 서더니 입을 열었다.

"여긴 뇌옥이다. 내 말을 잘 듣는 사람은 살기 좋은 곳이 되겠지만 그렇지 않은 사람은 지옥이 될 것이다. 본 도주의 방침에 잘 따라주고 각자가 밖에서 지은 죄를 겸허히 반성하기 바란다. 알겠나?"

"예!"

일제히 큰 소리로 대답했다.

"입옥하라."

견미광의 명령에 지키고 있던 부하들이 두 명씩 데리고 뇌옥 안으로 들어갔다. 다행히 동천몽과 일목은 같은 조가 되어 형정근이라는 대머리 거한에게 이끌려 갔다.

뇌옥을 들어가는 데는 모두 세 개의 철문이 있었다.

각 문마다 두 명씩의 무사가 지키고 있다가 기관을 작동해 문을 열어주었다.

뇌옥은 심층으로 되어 있었는데 가운데가 넓은 통로이고 좌우로 방이 있었다. 일행이 들어가자 좌우 방에 갇혀 있던 죄수들이 쇠창살 너머로 쳐다보았고 동천몽은 깜짝 놀랐다.

모두 피골이 상접해 있었다. 눈에서는 녹색의 광기가 이글거리고 있었고 코끝으로 전해오는 시큼한 냄새에 동천몽이 이마를 찌푸렸다.

'이건!'

인육 냄새였다. 넓은 실내에 냄새가 퍼질 정도면 한두 명 갖고는 턱도 없다. 모두 배가 고파 동료를 잡아먹은 것이다. 물

론 병들고 나약한 사람을 잡아먹었을 것이다. 물론 뇌옥 측에
서는 모른 체 눈감았을 것이고.

동천몽과 일목은 삼층으로 끌려갔고 맨 구석진 철문 앞에
형정근의 발걸음이 멈췄다.

탁!

한쪽 벽에 설치된 기관 장치를 주먹으로 치자 팔뚝만 한 쇠
창살로 된 문이 열렸다.

"들어가."

두 사람이 들어가자 쾅 소리를 내며 문이 닫혔다. 방 안에는
모두 다섯 명의 죄수가 앉아 있었는데 시체를 방불케 할 만큼
말라 있었다.

동천몽은 그들의 눈에서 인육을 먹었을 때 나타나는 사이한
녹기를 발견했다.

다섯 사람의 시선이 곤두섰다. 바깥 음식에 기름진 두 사람
의 체격이 그들 눈에는 푸짐한 고깃덩어리로 보이는 모양이었
다.

"흐흐흐!"

"몸과 마음을 다해 환영하노라."

동천몽이 앞서 들어갔고 일목이 뒤에 서 있었기 때문에 그
들은 아직 일목의 얼굴을 보지 못했다. 그런데 일목이 한 걸음
비켜나 옆으로 서자 기겁할 듯 놀랐다.

"우우우!"

"하… 한 눈."

일목은 의식적으로 눈에 힘을 주었다. 그러자 눈이 접시만큼 커지면서 시퍼런 광채가 줄기줄기 폭사했다. 그것은 실로 소름 끼치기에 충분했고 죄수들 모두가 경악의 표정을 지었다.

그때 죄수 중 한 명이 잽싸게 일어나 일목 앞에 무릎을 꿇었다.

"목왕신이시여 소인을 돌보소서. 오오! 목왕신이시여."

느닷없는 행동에 일목은 물론 모든 사람들이 놀란 표정을 지었다.

"바… 방장님."

사내는 계속 엎드려 벌벌 떨었다.

"위대한 목왕신이여, 절 받으소서."

사내는 실성한 사람처럼 일목에게 절을 해댔다.

동천몽은 가벼운 미소를 지었다. 짚히는 것이 있었기 때문이다. 운남의 깊은 산속에 홍족이라고 살고 있는데 그들은 눈이 하나뿐인 사람을 신으로 믿는다. 소위 목왕신이라고 부르는데 필시 그곳 출신임이 분명했다.

동천몽의 예측은 정확했다. 일목이 묻자 사내는 홍족이라고 말했다.

"이 쳐죽일 놈들아, 빨리 목왕신께 절을 올리지 못하겠느냐?"

방장이 명령을 내렸으므로 절을 하지 않을 수도 없는 노릇이었다. 나머지 네 명의 사내가 일어나 일목에게 마지못해 절을 했다.

"난 부처님을 믿는데."

"나도."

"이게 뭐야? 자신의 종교가 중요하면 남의 종교도 중요한 줄 알아야지."

"시끄러!"

홍족의 사내가 버럭 소릴 질렀다.

졸지에 신이 되어버린 일목은 네 사람의 절을 받았다.

이왕지사 신으로 인정된 만큼 일목은 신이 되기로 했다.

"허험! 모두 일어서거라."

사내들이 일어났다.

"절을 해줘서 고맙긴 한데 사실 너희들이 진짜 절을 해야 할 사람은 따로 계시다. 바로 이분이시다. 이분께서는 인간의 생사화복을 주관하시고 만복의 근원이시며, 세상에 오직 한 분 뿐이신 대법왕님이시니라."

대법왕이라는 말에 모두가 놀랐다. 그들도 대법왕에 대해서는 알고 있는 듯했다.

"대… 대법왕이라 하시면."

"어떻게 대법왕 같은 분이 이런 곳에 들어올 수가 있단 말이야. 웃겨 진짜."

"신물을 보지 않고 믿는 자야말로 진복자이니라."

"우린 절대 믿을 수 없소."

"대법왕이 얼마나 훌륭한 분인데 이런 짐승들 집합소에 끌려오신단 말인가."

일목이 동천몽을 쳐다보았다.

백상불을 한 번 보여주어야 되지 않겠느냐는 눈빛이었다. 동천몽이 숨겨 온 백상불을 꺼내 보여주자 일제히 경악하며 무릎을 꿇었다.

"오오! 어떻게 이런 곳에."

"이 일을 어찌할거나. 대법왕님께서 왕림하시다니."

동천몽이 모두 편히 앉도록 했다.

잠시 후 일목이 이곳에 들어오기 위해 저질렀던 인질극을 말해주었다.

사복서생을 만나기 위해 들어왔다는 말에 홍족의 사내가 눈을 크게 떴다.

"사복서생은 소인이 잘 알고 있사옵니다."

동천몽의 눈이 빛을 뿌렸다.

"그는 어디 있느냐?"

"천이백오호에 있습니다."

"틀림없느냐?"

"감히 뉘 앞이라고 소인이 거짓말을 하겠나이까?"

동천몽은 조용히 입을 열어 말했다. 동천몽이 인육에 대해 묻자 누구도 부인하지 않았다. 평균 하루에 한 명씩 굶주림과 병으로 죽어나가는데 묻어두었던 곳을 기억했다가 작업 중 몰래 파헤쳐 시신을 토막내어 먹는다고 했다.

"왜 오늘은 이렇게 작업에 동원되지 않고 있느냐?"

"새로운 죄수들이 오면 그날은 하루 쉬지요."
동천몽은 이곳에 들어오기 전에 이미 불귀도에 대해 자세한
조사를 무미 선사에게 명령하여 보고받았다. 불귀도는 무척
큰 섬인데 오 년 전 한 명의 죄수가 탈옥을 했다.

第七章
사복서생

大대法법왕王

그는 뇌옥 무사들의 추적을 받고 조그만 동굴로 숨어들었는데 그곳에서 혈호박석을 발견했다. 혈호박석은 옥보다 비싼 것으로 강호에서는 거의 생산되지 않는 귀한 보석이었다. 이후 이곳 죄수들은 혈호박석을 캐는데 하루 열 시진씩 동원되었다. 중요한 것은 그렇게 캐낸 혈호박석이 모두 황실 고위 인물들의 재산으로 귀속된다는 것이었다.

혈호박석이 발견되기 전까지는 하루에 세 끼씩 식사가 제공되었고 정상적인 뇌옥과 다를 바 없었다. 단지 한 번 들어오면 절대 살아나가지 못한다는 사실 만이 다른 뇌옥과 다를 뿐이었다. 그런데 혈호박석이 발견되면서 강제노동이 생겼고 어차피 죽기 전에는 나갈 수 없다는 것을 안 죄수들은 일체 말을 듣

지 않았다. 그러자 뇌옥의 무사들이 일을 하지 않자 음식을 줄
여 버렸다.

굶주림은 그 어떤 것보다 무서운 공포였다. 하는 수 없이 죄
수들은 먹기 위해 뼈가 빠지도록 노동에 시달려야 했다. 일은
고되고 배정된 식사는 한정되어 있다 보니 죄수들은 급기야
시체를 먹기 시작한 것이다.

"그런 사실을 도주도 알고 있느냐?"

"모를 리가 있습니까?"

동천몽이 눈을 감았다. 죄를 지었으므로 벌을 받는 것은 당
연하다. 세상으로부터 격리시킴으로 죗값을 치르는 것이었다.
그런데 자신들의 배를 부르기 위해 먹는 것을 무기 삼아 강제
로 노동을 시킨다는 것은 절대 있을 수 없는 일이었다.

거대한 동굴은 대낮처럼 밝았다. 땅속에 묻힌 혈호박석이
내뿜는 광채 때문이었는데 눈을 제대로 뜰 수조차 없었다. 작
업은 캐는 사람들과 운반하는 사람들로 나누어져 진행되었다.
곡괭이를 이용해 혈호박석을 캐내면 절벽으로 운반했고 거기
서 사흘에 한 번씩 오는 배에 실었다.

"이 새끼들, 동작 봐라. 빨리 빨리 못하겠나?!"

뇌옥의 무사들이 조그만 동작이 굼떠도 채찍을 휘둘렀다.
그럴 때마다 죄수들은 비명을 흘리며 살려달라고 싹싹 빌었고
가냘픈 몸이 부러질 만큼 곡괭이질을 해야 했다.

"오늘은 의무적으로 오십 명을 굶기라는 도주님의 명령이

다. 무슨 말인지 알겠나?"

오십 명을 뽑아 굶긴다는 말에 죄수들의 안색이 급변했다. 그러더니 손놀림이 바빠졌다. 오십 명에 포함되면 하루 종일 굶어야 한다. 생각만 해도 소름이 끼치는 일이었다.

퍽퍽!

퍼퍼퍼!

죄수들은 정신없이 일에 매달렸다. 그러나 워낙 마른데다 체력이 약해 금세 여기저기 쓰러지는 사람이 속출했고 그때마다 무사의 채찍은 인정사정없었다.

"사… 살려주십시오. 일어나겠습니다."

"용서를."

채찍에 맞아 피가 범벅이 된 채 곡괭이를 쳐들어 올렸다.

하지만 몇 번 내리찍지도 못하고 다시 쓰러졌고 그러면 또다시 채찍이 떨어졌다.

"일목, 저놈을 잡아오너라."

동천몽의 눈이 살모사처럼 번뜩였다. 일목이 쓰러진 죄수에게 채찍을 휘두르는 자에게 다가갔다.

"어이."

뚝!

채찍을 쳐들었던 무사가 돌아보았다. 일목을 보며 인상을 썼다.

"밝은 내 귀가 잘못 들었을 리는 없고, 지금 나에게 어이라고 했느냐?"

"이름을 모르니까 어이라고 부르지, 그럼 뭐라고 부르겠느냐? 그렇다고 여보라고 부르면 더 이상하잖아."

무사의 손등에 힘줄이 불거진 것이 채찍을 감아쥔 손에 힘이 들어가고 있음을 알 수 있었다.

"흐흐! 네놈이 불귀도에 오더니 완전히 감을 잃었구나. 맛좀 봐라."

채찍을 휘둘렀다.

쉬이익!

날카로운 파공음을 흘리며 날아오는 채찍을 일목이 한 손으로 가볍게 나꿔 쥐었다.

"어라! 이 새끼가."

확 잡아당겼지만 꼼짝도 않는다. 무사의 눈이 커졌고 다시 한 번 잡아당겼는데 오히려 자신이 맥없이 끌려갔다.

"가자!"

일목이 오른 팔목을 쥐더니 동천몽에게 끌고 갔다. 무사는 끌려가지 않기 위해 온 힘을 썼지만 소용이 없었다. 무사의 눈이 커졌고 뭔가 잘못되었다는 것을 깨달았을 땐 어느새 동천몽의 앞에 끌려와 있었다.

"네… 네놈들은… 억!"

"네놈?"

일목의 주먹이 무사의 입을 부쉈다.

콰아!

무사도 지지 않고 주먹을 뻗었지만 일목에 의해 다시 손목이 붙잡혔고 부드득 하는 소리가 들리며 손목이 부러졌다.

"으아악!"

"조용히 해라. 계속 시끄럽게 하면 왼손도 부러뜨린다."

"읍!"

무사가 입을 다물었다. 그러나 얼굴은 고통으로 우그러졌고 눈에는 공포가 자리하고 있었다. 이미 무서운 고수들이라는 것을 알아차린 것이었다.

"이름을 말해보겠느냐?"

무사가 더듬거렸다.

"서… 성상소입니다."

"너 혹 역지사지라는 말을 아느냐?"

부왁!

일목의 눈이 찢어져라 커졌다. 도저히 믿을 수 없는 일이 벌어지고 만 것이다. 혹시 자신이 잘못 들었나 싶어 고개를 세차게 흔들며 살을 꼬집었지만 꿈이 아니었다.

'어… 역지사시!'

물론 본인도 그 뜻은 모른다. 단지 네 글자로 된 것을 보면 소위 말하는 사자성어 같았다. 사자성어는 무척 공부를 많이 한 선비들만이 사용하는 것으로 알고 있는 일목에게 동천몽의 단호한 구사는 경악을 하기에 부족하지 않았다.

"모르나 보군. 잘 듣거라. 한마디로 입장 바꿔 생각해 보라는 뜻이니라."

동천몽이 잔뜩 목에 힘을 주고 말했다.

"네가 죄수이고 지금 맞은 사람이 간수여서 널 채찍으로 때렸다고 생각해 보거라. 너의 기분이 좋겠느냐? 나쁘겠느냐?"

무사가 대답하지 않자 일목이 눈을 부라렸다.

그러자 무사가 입을 열어 대답했다.

"나… 나쁘지요."

"항상 남의 입장을 먼저 헤아리는 삶이 인간다운 삶이니라. 그런데 넌 일체 상대 입장을 헤아리지 않는 사람이구나."

무사의 눈썹이 찌푸려졌다.

도무지 무슨 말을 하고 있는지 헷갈렸다. 물론 진짜로 동천 몽이 하는 말뜻을 몰라서가 아니라 이곳의 감옥이다. 감옥은 죄수들이 있는 곳이고 인간답게 대우해 줘서는 통제가 안 된다. 그런데 세월 좋은 소리를 하고 있으니 기도 막히면서 어이가 없었다.

"너의 눈빛을 보니 무척 어이가 없나 보구나."

"아… 아니옵니다. 원래 내 눈빛이 조금……."

"불귀도의 간수들은 모두 몇이냐?"

"모두 서른세 명이옵니다."

"어떻게 하면 그들을 이곳으로 모두 불러 모을 수 있느냐?"

"휘파람을 짧게 세 번 불면 됩니다. 그것은 비상사태가 발생했다는 신호이지요."

"당장 불러 모아라."

무사의 입가에 짧은 환희가 떠올랐다가 사라졌다. 어떻게 무공을 잃지 않고 들어왔는지는 모르지만 나름대로 한가락씩

하는 동료들이다. 서른세 명이 힘을 모으면 천하제일고수도 쉽게 이기지 못할 능력들이었기 때문에 쾌재를 부르며 휘파람을 불었다.

삑!

삐이— 삑!

내공이 실린 휘파람은 강렬하게 퍼져 나갔고 메아리가 채 사라지기도 전에 동굴 입구에 그림자들이 나타났다.

"무슨 일인가?"

"갑자기 무슨 비상이야. 또 탈옥한 놈이 생긴 건가?"

도주 견미광까지 허겁지겁 나타났다.

"상소, 너 얼굴이 왜 그래? 어디 아파?"

동료 한 명이 다가오며 성상소 얼굴을 쳐다보았다.

"조금 전까지 윤기가 쫙 흘렀는데 갑자기 왜 이렇게 허옇게 떴지?"

견미광이 물었다.

"무슨 일로 비상을 걸었느냐? 자초지종을 말해보거라."

성상소가 한 걸음 뒤로 물러났다. 동료들이 몰려들자 생기를 되찾고 웃음을 지었다.

"여기 두 놈은 무공을 잃지 않았습니다. 그리고 속하가 당했습니다."

그러면서 부러진 오른쪽 팔목을 보여주었다.

그제야 모든 시선이 동천몽과 일목에게 고정되었다.

"저… 정말이냐?"

일목이 히죽 웃었다.

"이 자식이 감히 도주님 질문에 웃어?"

무사 한 명이 검을 뽑아 일목을 직도항룡의 식으로 내려쳤다.

하지만 어느새 일목은 그 자리를 비켜나 무사의 사타구니를 걷어찼다.

꽉직!

"흑!"

무사가 그대로 주저앉아 거품을 물더니 기절했다.

견미광의 표정이 굳어졌다. 아무리 방심을 했기로서니 단 일격에 자신의 수하를 해치운다는 것은 보통 일이 아니었다.

"분명히 무공을 폐했을 텐데 잃지 않다니 고인이구려?"

동천몽이 바위에 걸터앉아 있다가 일어섰다.

"견미광이라고 했던가? 너의 권위를 훼손하고 싶지 않다. 물론 이곳의 질서도 깨뜨리고 싶은 마음은 더욱 없고, 하지만 한 가지만 약속을 해라."

견미광이 가소롭다는 표정을 지었다.

"들어봅시다."

"죄수들에게 노동을 시키지 마라. 정당한 노동도 아니고 황실의 윗사람들 사리사욕을 위해 동원되는 것 아니더냐? 모두 죄를 짓고 들어온 사람들이므로 편애할 마음은 없지만 그렇다고 짐승 취급을 받으며 강제 노동을 시킬 권한은 누구에게도 없다."

"우헤헤헤! 저 새끼, 진짜 웃기네. 뭐, 누구도 강제 노동을 시킬 권한은 없다고! 저 새끼 꼭 부처님 같은데?"

일목이 말했다.

"대법왕님이시다."

"미친놈들."

한 명의 무사가 검을 휘두르며 다시 달려들었다.

그러자 동천몽이 찔러 오는 검을 맨손으로 잡았다.

"거… 검을 맨손으로……!"

검을 잡힌 무사는 빼내기 위해 비틀고 당기며 안간힘을 썼지만 꼼짝도 하지 않는다.

"악! 뜨거!"

무사가 비명을 지르며 손에서 검을 놓았다. 순식간에 검이 불덩이처럼 달아오르더니 녹아 물처럼 흘러내렸다. 가공할 신기에 모두가 경악했고 견미광도 마른침을 삼켰다.

생각보다 더 강한 인물들이다. 그러나 여기서 물러설 수는 없다. 강하긴 하지만 자신들이 밀린다는 생각은 추호도 하지 않았다.

"쳐라!"

무사들이 달려들었다.

일목이 동천몽 앞을 가로막더니 냉갈을 터뜨렸다.

"네놈들이야말로 이런 곳에서 살다 보니 감각이 무뎌졌구나. 오냐, 모조리 모가지를 돌려주마."

일목이 쓰러져 있는 무사의 검을 허공섭물의 방법으로 낚아

잡더니 달려드는 무사들 속으로 뛰어들었다.

콰아아!

일목의 무에는 강하다. 포달랍궁의 사대법왕 수준에다 얼마 전 만천의옹으로부터 천년설삼을 제공받아 두 배는 강해졌다. 이제 그의 상대가 될 만한 적수는 현 강호에서 손가락에 꼽는다고 해도 부족하지 않았다.

"크악!"

"억!"

두 명의 사내가 허리가 양단되어 죽었다.

나머지 동료들이 충격으로 머뭇거리는 사이 일목의 검은 더욱 살기를 뿌렸다.

촤아아!

카캉!

"억— 어어억!"

네 무사의 목이 베어지고 목에서 폭발하는 피가 동굴 천장까지 치솟는다.

동천몽이 견미광을 향해 다가갔다. 이미 견미광의 얼굴은 푸르죽죽해 있었다. 충격과 자신감 저하에서 오는 현상이었는데 동천몽이 다가오자 자신도 모르게 뒤로 한 걸음 물러섰다.

챙!

검을 뽑아 들었다.

슉!

직선으로 찔러 들어오자 동천몽이 좌측으로 반보 이동했고 검은 비켜갔다. 하지만 실패를 인지한 견미광의 검은 수평으로 돌변했다. 종에서 횡으로 급변하는 초식은 검에 상당한 조예가 없이는 불가능한 어려운 동작이었다.

스윽!

그러나 동천몽의 몸은 어느새 뒤로 한 걸음 물러났고 견미광의 검은 복부를 스치듯 지나갔다.

확!

검이 지나가는 틈을 노려 동천몽의 오른발이 견미광의 사타구니에 박혔다.

사실 사타구니만큼 가장 확실한 급소도 없다. 천하없는 장사도 제대로 한 방 맞으면 주저앉는 곳이 사타구니이고, 다른 급소와 달리 아프기까지 하다. 또한 통증이 쉽게 가시지 않고 부어오르는 특징을 갖고 있어서 한 번 맞았다면 죽지 않는다 해도 최소한 열흘 이상은 걷는데 가공할 장애를 느끼는 곳이 사타구니다.

"끅!"

너무 고통스러우면 비명도 짧다. 견미광은 비명도 제대로 지르지 못하고 쭈그렸다.

툭!

손에 들린 검은 땅바닥에 떨어졌고 양손으로 사타구니를 감 쌌는데 이마에 주름이 생기고 얼굴이 발갛게 달아오르고 숨이 멈춘다.

부글!

입술 사이로 흰 거품이 밀려 나왔다. 사타구니를 정통으로 맞았을 때 나타나는 특징 중 하나였다. 고통이 심할수록 거품 또한 많이 나는데 순식간에 견미광의 입 주위로는 흰 거품이 수북했다.

퍽!

사타구니를 감싼 채 그대로 무릎을 꿇었다.

주룩!

뺨을 타고 눈물이 흘린다. 이때 나는 눈물은 아무 때나 흘리는 눈물과는 다르다. 아무 때나 흘리는 눈물은 양이 많지만 이때 흘리는 눈물은 너무 미치도록 아프기 때문에 아주 작게 흐른다. 많아야 한 방울인데 견미광은 더 이상 흘리지 않았다.

"크악!"

"아이고!"

비명은 계속 들려왔고 죄수들 또한 어느새 몰려들어 싸움 구경에 열을 올렸다. 비록 무공은 폐지됐지만 과거 한 솜씨 했던 죄수들은 일목의 검을 보며 안색이 굳었다.

'강호 어디에 내놔도 상대가 드물 무서운 인물이다!'

한편 견미광이 고개를 들었다. 얼굴은 여전히 펴지지 않았는데 완전히 굴복한 눈빛이었다.

척!

동천몽이 일 장 앞 바위에 걸터앉았다.

"도주!"

“마… 말씀하소서.”

조금 전과는 완전 판이한 태도요, 목소리였다.

어떻게 해서라도 동천몽의 비위를 거스르지 않으려는 마음 가짐이 역력했다.

“여기서 생산되는 혈호박석 전부가 황실과 형부 고위 관리 들에게 들어간다는 게 사실이오?”

“네.”

“당신도 적지 않은 떡고물이 떨어지겠군?”

“부인 않겠습니다.”

“황실 감찰반에서 이 사실을 안다면 어찌 되겠소?”

번쩍!

견미광의 눈이 커졌다.

만약 이 엄청난 부조리가 알려지면 자신은 물론 가족들까지 참수를 당할 것이다. 유난히 관리들의 부조리에 엄한 현 황실 이었다.

퍽!

급기야 이마를 바닥에 찍었다.

“사… 살려주십시오. 살려주십시오.”

“도주.”

“마… 말씀 듣사옵니다.”

“혹시 이번에 주령왕이 주동되었던 황실의 반역 사건에 대 해 들었소?”

“물론입니다. 주령왕 전하와 측근들 모두가 일망타진되었다고 들었사옵니다.”

“그 중심에 내가 있었다면 믿겠소?”

“으헉!”

고개를 번쩍 치켜든 견미광의 눈에 놀라움이 들어찼다.

“하… 하오시면 대법왕?”

동천몽이 백상불을 꺼내 보였다.

퍽!

견미광이 다시 이마를 바닥에 찍었다. 그런데 이번에는 돌
에 잘못 찍어 피가 흘렀다. 그러나 그는 꿈쩍도 않고 고개를
처박고 있었다.

“죄는 미워도 인간은 미워하지 말라는 따위의 말은 하지 않
겠소. 다만 최소한의 대우들은 해주시오. 특히 밥은 굶기지 마
시오. 배고픈 것처럼 서러운 것 없소.”

“명심, 또 명심하겠나이다.”

“그리고 한 가지 부탁이 있소?”

“마…말씀만 하십시오. 무조건 들어드리겠사옵니다.”

“그렇게 말하니 고맙소.”

그때 일목이 다가오며 말했다.

“끝까지 반항하는 일곱 명만 죽였고 나머지는 제압했사옵
니다.”

동천몽이 고개를 끄덕이고 말을 했다.

“여기 사복서생이라고 있소?”

“있습니다.”

"그 사람을 데리고 나가야겠소. 이의있소?"

견미광의 눈이 빛을 발했다.

이미 인생 쓴맛 단맛 다 본 오십이다. 동천몽의 말은 한마디로 모든 것을 덮어줄 테니 거래를 하자는 의미였다. 사람 한 명 내보내고 안 내보내고는 자신 마음이다. 이거야말로 마다할 이유가 전혀 없는 거래 아닌가.

"전혀 없습니다. 제발 데려가 주십시오."

"시원시원하게 협조해 주니 감사하오. 일목 가서 사복서생을 데려오너라."

일목이 죄수들이 몰려 있는 곳으로 걸어갔다.

"사복서생이 어떤 놈이냐? 앞으로 나오도록."

죄수들이 좌우로 나눠지고 한 명의 죄수가 나타났다. 대략 서른 중반쯤 되어 보였는데 무척 준수하게 생겼다.

"내가 사복서생이오만."

"따라오너라."

일목이 사복서생을 네리고 동천몽 앞으로 데려갔다.

동천몽이 사복서생을 살폈다.

"이름이 뭐냐?"

"그건 곤란합니다. 우린 본명으로 활동하지 않거든요."

동천몽이 피식 웃었다. 본명을 말하지 않는다는 것은 언젠가 이곳을 나갈 것이라는 기대를 갖고 있다는 의미였다.

"이곳을 벗어나리라고 보느냐?"

"사람 사는 세상, 미래를 어찌 알겠소."

동천몽이 웃음을 지었다.

틀린 말은 아니었다. 모두가 이곳에 들어오면 삶을 포기하는데 그는 인생이란 예측 불허라는 것을 알고 있었다. 어쨌든 대단한 배짱이고 여유가 아닐 수 없었다.

"잠깐!"

동천몽이 사복서생을 데리고 돌아서려는데 누군가 달려왔다.

이왕식이 허겁지겁 뛰어왔다.

"넌 간왕 아니냐?"

일목이 비아냥거리듯 말했다.

"선배님, 나도 데려가 주십시오."

일목이 피식 웃었다.

"너 자꾸 날더러 선배님이라고 부르는데, 사실 나 너보다 나이 적어. 눈이 하나뿐인 탓에 조금 늙어 보이나 본데 의외로 젊다. 그런데 어떻게 내가 아저씨 선배님이 될 수 있겠느냐? 그러지 마라."

"아무튼 선배님, 이 후배를 데려가 주십시오. 데려가 주시기만 하면 소인이 지금까지 터득하고 배운 간술을 모두 가르쳐 드리겠습니다."

"가… 간술?"

이왕식이 웃었다.

"여자 후리는 기술요. 그것도 아무나 하는 게 아닙니다. 규칙적이고 체계적인 기술이 있습니다. 무공으로 말하면 초식 같은 것이지요."

빠악!

일목의 발길이 이왕식의 사타구니를 걷어찼다.

"넌 여기서 살거라."

이왕식이 사타구니를 감싸쥐고 세 사람을 향해 큰 소리로 외쳤다.

"데려가 주세요. 난 여기가 싫어요."

십여 장 걷던 동천몽이 뭔가 생각난 듯 걸음을 멈췄다. 그러자 간왕은 희색했고 견미광은 공포에 빠졌다. 그때 견미광의 귓가로 동천몽의 전음이 파고들었다.

"혹시라도 형부에서 사복서생에 대한 문의가 오면 탈옥하다 바다로 뛰어들어 숨겼다고 회신하거라."

"예!"

세 사람은 동굴 밖으로 자취를 감췄다.

세 사람이 사라지자 동굴에 긴장감이 흘렀다. 죄수들은 서둘러 각자의 위치에서 노동을 재개했다.

견미광이 자리에서 일어났다. 그런데 사타구니가 부어 올라 다리를 벌리고 엉거주춤 섰다. 슬며시 아랫도리를 열고 내려다보던 견미광의 눈이 부릅떠졌다. 아랫도리가 호박만큼 부어 올라 있었기 때문이다.

조금만 힘을 더 주었다면 깨졌을 것이고 목숨을 잃었을 것이라는 생각을 하자 등골이 서늘해졌다. 자신의 목숨쯤은 얼마든지 빼앗을 수 있는 능력을 갖고 있는데도 살려줬다는 생각에 갑자기 눈물이 나오려고 했다.

하지만 악착같이 살아났다는 감동을 자제하고 죄수들을 향해 외쳤다.

"일 그만하고 모두 뇌옥으로 돌아간다."

순간 죄수들이 멍한 얼굴로 돌아보았다.

"뭘봐, 우리말도 못 알아듣느냐? 뇌옥으로 철수하라고⋯ 윽!"

소리를 꽥 지르다 보니 힘이 들어갔고 사타구니로부터 통증이 올라왔다.

섬서성 도독 목사룡이 거처하는 월군산장(月君山莊)의 담을 넘는 사람들이 있었다. 십여 장 간격으로 망루가 서 있고 그 사이로 비밀 초소가 있었지만 세 사람의 침입을 누구도 알아차리지 못했다.

지난 사흘에 걸쳐 월군산장의 경비 상태를 철저히 살폈기 때문에 거침이 없었다. 빛은 없었지만 그래도 나무 그늘과 담벼락이 만드는 그늘을 이용해 세 사람은 월군산장 깊숙이 들어갔다.

처처척!

세 사람의 발걸음이 약속이나 한 듯 멈췄다. 그들 눈앞으로 한 채의 전각이 세워져 있었고 어둠 속이지만 편액의 글씨는 그들에게 훤히 보였다.

사성각(事省閣).

사성각은 섬서성 사람들의 토지와 가옥 등 소유 재산에 관한 서류들이 보관되어 있는 곳이었다. 보관된 서류의 중요성으로 인해 다른 곳보다 경비 상태는 엄했다.

쉬쉬쉭!

동천몽의 오른손이 뻗어나갔다.

지옥지가 펼쳐졌는데 사성각 앞에 서 있던 다섯 무사의 마혈과 수혈이 동시에 제압되었다. 마혈이 제압되었으니 움직일 수 없고 수혈이 찍혔으므로 깊은 잠에 빠졌다. 다섯 명의 무사는 꼿꼿하게 서서 잠이 들었는데 순찰자가 지나가다 보면 근무에 충실하고 있는 것으로 보일 것이다.

딸칵!

부수면 안 된다. 절대 흔적을 남겨서는 안 되기 때문이었다. 사복서생이 준비한 열쇠로 문을 열었다. 대장간에 가서 괴상하게 생긴 열쇠를 주문하여 만들었는데 본인의 말을 빌리면 어지간한 자물쇠는 모두 열린다고 했다.

문을 닫고 세 사람의 신속히 들어갔다.

안에는 거대한 서고가 있었고 각 칸마다 산더미 같은 서류가 쌓여 있었다. 실내는 먹물처럼 어둡다. 그렇다고 불을 켜면 창밖으로 빛이 흘러나가 침입 사실이 노출된다.

사복서생은 동천몽과 일목의 뒤만 졸졸 따라다녔다. 자신의 육안으로는 서고에 쓰여진 글씨를 읽을 수 없었지만 두 사람은 빠르게 살피며 지나갔다.

반 다경까지 빠르게 서고를 훑으며 지나가던 동천몽의 걸음이 멈췄다.

섬서성(陝西省), 토지부(土地部).

동천몽은 서고를 천천히 훑어나갔다. 한참을 꽂혀 있는 서
책들을 살피던 동천몽이 눈을 빛냈다.
스윽!
동천몽은 뽑아든 서책의 표지를 주시했다.

천지광옥(天地鑛玉).

팔랑!
서책을 넘기자 천지광옥의 크기와 주인의 이름이 적혀 있고
두 개의 도장이 박혀 있었다. 하나는 천지광옥 주인의 도장이
고 다른 하나는 보증한다는 관가의 도장이다.
슥!
사복서생이 품에서 서책을 꺼냈는데 놀랍게도 두 개가 똑같
았다. 종이 질은 물론이고 글씨와 도장까지 단 한 군데도 틀린
곳이 없었다.
척!
사복서생이 자신의 품에서 꺼낸 서책을 그 자리에 꽂아 넣
었고 동천몽의 손에 쥐어진 서책은 한 줌 재로 사라졌다.
동천몽의 얼굴에 야릇한 웃음이 떠올랐다.

월군장원이 훤히 내려다보이는 산봉우리에 세 사람이 우뚝 서 있었다. 엄청난 사건이 일어났는데도 월군장원은 조용했고 아무도 세 사람의 침입 사실을 알지 못했다.

"남궁천의 표정이 어떻게 변할까요? 아마 자리에 누울지도 모르겠사옵니다."

동천몽은 아무런 대답도 하지 않았다.

고개를 돌려 사복서생을 바라보았는데 그의 얼굴이 조금은 굳어 있었다.

"일이 완벽히 성공리에 끝났는데 안색이 밝지 않군?"

"솔직히 이런 기분 처음이옵니다."

"너무 크다는 건가?"

"조그만 집 한 칸 전답 몇 떼기는 위조를 해봤지만 이렇게 큰 덩치는 처음이어서."

"더구나 상대가 남궁세가라 더욱 마음에 걸린다는 것이군. 염려 마라. 너의 신변에는 아무런 변고나 위험이 없을 것이다. 넌 죽은 사람으로 처리되었다."

"에엣?"

사복서생이 놀라 쳐다보았다.

동천몽은 자신이 견미광에게 사복서생이 탈옥하다 바다에 빠져 죽은 것으로 하라고 했다는 말을 들려주었다. 그제야 사복서생이 한숨을 내쉬더니 히죽 웃었다.

"난 또."

사복서생은 당대 제일의 위조전문가였다. 진짜보다 더 진짜처럼 만들기 때문에 누구도 그의 위조를 알아내지 못했다. 그의 위조로 인해 엄청난 사건이 끊이지 않자 황실에서는 금위영반 무사들까지 동원하여 무려 삼 년을 추적한 끝에 겨우 붙잡아 불귀도로 보낸 것이다.

"넌 죽은 사람이다. 그러니 앞으로 무슨 짓을 해도 너의 짓이라고는 믿지 않을 것이다."

"한 가지 궁금한 것이 있사옵니다."

"말해보거라."

"하고 많은 광산 중에 왜 하필 남궁세가의 소유입니까? 남궁세가는 현 강호에서 가장 강맹하고 남궁천은 무림맹주이기도 합니다."

"원래는 우리 아버지 것이었다."

"무슨?"

사복서생의 눈이 빛을 뿌렸다.

일목이 말을 해주었다. 천지광옥은 원래 천상각 소유였는데 천상각으로부터 뜯어간 돈을 모아 남궁천이 구입했다. 천상각에서는 무림맹의 요구에 어쩔 수 없이 천지광옥을 팔아 자금을 대어야 했고.

"한마디로 대법왕님 집안에서 받은 돈으로 대법왕님의 재산을 구입한 것 아닙니까?"

동천몽은 가만 웃었고 사복서생이 일목을 쳐다보았다.

"잘 숨으셔야겠습니다. 보나마나 남궁천이 혈안이 되어 찾으려 할 테니까 말입니다."

천지광옥의 명의를 일목 앞으로 해놨다. 남궁천은 일목이 누군지 부하들을 동원해 찾으려 발버둥칠 것이다.

"일단 천지광옥으로 가서 남궁천의 부하들을 쫓아내야지. 서류는 준비됐느냐?"

"품에 잘 넣어두었습니다."

동천몽이 사복서생을 보며 말했다.

"가거라. 어디든 가고 싶은 데로 가서 살거라. 하지만 두 번 다시 위조나 사기로 백성들 가슴을 아프게 해서는 안 된다. 가난해도 깨끗하게 살거라."

"솔직히 자신은 없지만 정직하게 살기 위해 노력은 해보겠사옵니다, 대법왕님."

"아참, 떠나기 전에 한 가지 더 해결해 줘야 할 게 있다."

동천몽이 품에서 또 한 권의 서책을 꺼냈다.

서책을 받아 살핀 사복서생의 눈이 커졌다.

"상관량이라면 무림맹의 총관 아닙니까?"

"이것도 부탁한다."

사복서생이 웃음을 지었다.

광산에서 뿜어져 나오는 열기로 인해 안개가 자주 낀다. 특히 아침 기온이 떨어질 때면 안개는 더욱 짙게 끼었다. 천지광옥의 옥주 태우노는 잠자리에서 늦게 일어났다.

어젯밤 광산 간부들과 오랜만에 회식을 한 것이었다. 지난

달 옥 생산량이 목표치를 초과했기 때문에 인근 기루의 기녀
들까지 불러다 밤새 술을 마시며 오랜만에 취했다.

"자기, 일어났어?"

여인의 손이 침대에 걸터앉은 태우노의 허리를 끌어안았다.
손톱 끝에 붉은색이 칠해졌고 손가락이 게처럼 길다.

여인은 다름 아닌 어젯밤 데려온 목하루의 주인 송월이었
다. 요즘 엄청난 불경기인데 너무나 큰 매상을 올려주었다고
스스로 하룻밤 수청 들기를 자청했다. 기녀 나이로는 늙은 서
른둘이지만 몸매나 미모는 누구에게도 뒤지지 않았고 특히 잠
자리에서의 기교는 압권이었다.

태우노는 어젯밤 다섯 번이나 숨이 넘어갈 뻔했다. 노련한
장인처럼 자신을 울렸다 웃겼다 마음대로 조종했고 그녀 또한
철저히 즐겼다.

밤새 녹초가 되도록 시달렸는데도 아랫도리가 다시 기지개
를 켠다. 그걸 눈치 챈 듯 송월의 손이 자연스럽게 아랫도리를
쓰다듬었다. 태우노의 아랫도리는 다시 분노를 터뜨렸고 체력
의 한계를 느끼면서도 본능에 의해 송월을 덮쳤다.

두 사람이 알몸으로 변해 서로를 힘차게 유린해 갈 때 발자
국 소리가 들려왔다. 이른 아침에 자신을 찾아올 부하들은 없
었다. 천지광옥에는 관리무사 오십 명과 작업인부 일천 명이
있다. 오십 명이 일천 명을 다스리는데 자신의 거처를 찾아올
수 있는 자격을 갖고 있는 관리무사는 부옥주와 남궁세가의 총
관 말고는 없었다. 물론 인부들은 근처에 얼씬도 할 수가 없다.

"누가 와요?"

밑에 깔린 송월이 태우노를 가볍게 밀어냈다.

"들어오지는 않을 것이다."

보고자라면 밖에서 얘기할 것이기 때문이었다.

그러자 송월이 다시 태우노의 목을 끌어안았다. 그런데 밖에서 보고할 것이라는 예상을 뒤엎고 갑자기 문이 거칠게 열렸다.

급작스런 일이었기 때문에 두 사람은 서로 끌어안은 채 입구를 돌아보았다.

"악!"

송월이 기겁하며 태우노를 밀어내고 이불로 몸을 감쌌다.

한 명의 흑의사내가 우뚝 서 있었다. 흑의사내는 이불로 겨우 가슴만 가리고 있는 송월을 뚫어져라 쳐다보았다. 한참을 뚫어져라 쳐다보던 흑의사내가 나직이 한숨을 쉬었다. 흑의사내의 얼굴이 우울하게 가라앉았다.

태우노는 당당했다. 사내들끼리였으므로 굳이 옷을 걸칠 필요도 없었기에 알몸으로 침대에서 내려섰다. 여인과 그짓한 것이 천벌받을 일은 아니었다.

"뭐냐?"

휙!

흑의사내가 품에서 서책 한 개를 꺼내 던졌다.

탁!

본능적으로 오른손을 뻗어 서책을 받아 든 태우노가 표지를 살폈다. 깔끔하게 단장된 얇은 서책인데 광서(鑛書)라고 쓰여 있었다. 이게 무엇이냐는 듯 쳐다보자 흑의사내가 무뚝뚝하게 말했다.

"말 그대로 광산 문서라는 뜻이다."

"광산 문서?"

"주인이 바뀌었다는 거지."

멈칫!

태우노의 눈이 커졌다.

"무슨 소리냐? 광산의 주인이 바뀌다니?"

"보면 알 것 아니냐?"

태우노가 흑의사내를 한 번 쳐다보더니 서책을 넘겼다. 내용을 살피던 태우노의 두 눈이 경악으로 부릅떠졌다.

"어… 어찌."

"당장 짐 챙겨 비우도록."

다시 한 번 서책을 살피던 태우노가 굳은 얼굴로 말했다.

"좀 자세히 말해보아라. 여기 천지광옥의 주인이 언제 바뀌었단 말이냐? 난 가주님으로부터 단 한마디 언급도 듣지 못했다."

"아무튼 비켜라. 이제 오늘부터 천지광옥의 주인은 나다. 반 시진의 시간을 줄 테니 부하들을 모두 데리고 꺼져라. 만약 그 안에도 나가지 않으면 사유재산 침입 죄로 관부에 고발하겠다."

거짓말하는 것 같아 보이지는 않는다. 아니, 그런 엄청난 일을 거짓말할 리가 없다.

태우노는 다시 보았다.

전 주인 남궁천 이름이 정확히 쓰여 있고 눈에 익은 수결이 있다. 그 아래로 배일목이란 이름과 수결이 또 있다. 결국 눈앞의 흑의사내 이름이 배일목이란 뜻이었다.

동천몽 자신의 이름으로 하면 남궁천이 눈치를 챌 것 같기에 일목의 법명이 배교 후예이기 때문에 배자를 붙여 배일목으로 했다. 서류상 천지광옥의 주인은 일목인 것이다.

꽈당!

문이 거칠게 열리고 수하 한 명이 뛰어들어 왔다.

"오… 옥주님, 들으셨습니까? 광산이 어제 자시부로 배일목이라는 사람에게 넘어갔다 하옵니다. 지금 배일목 측 사람들이 와서 우리더러 모조리 나가라고 몰아내고 있사옵니다. 어떻게 할까요?"

"옥주님."

"빨리 나와보십시오."

검을 찬 남궁세가의 무사들이 연이어 들이닥쳤다.

태우노는 의복을 걸치고 부리나케 밖으로 나갔고 동천몽은 여전히 침대 위에 웅크리고 있는 송월을 보았다.

"뭘 봐요. 응큼하게, 빨리 눈 돌리지 못해요?"

여인의 알몸을 보는데 여전히 아래로부터는 반응이 없었다. 동천몽은 크게 한숨을 내쉬며 천천히 밖으로 나갔다.

이미 밖은 속의로 갈아입은 천룡구십구불이 들어와 남궁세가의 무사들을 몰아내고 있었다. 그들이 항의할 때마다 일목이 앞장서서 매매서류를 보여주었다.

"우리도 나가야 합니까?"

인부들이 불안한 얼굴로 물었다.

일목이 큰 소리로 내공을 실어 말했다.

"너희들은 아니다. 새로운 주인은 죽어도 여러분과 함께 죽고 살아도 함께 사시는 분이다. 다른 주인들처럼 인력 정리라는 미명하에 모가지를 자르거나 불규칙하게 일을 하도록 만드는 일은 없을 테니 안심하라."

"정말입니까?"

"믿어도 됩니까? 나중 뒤통수치는 것 아니지요?"

일목이 큰 소리로 말했다.

"내가 거짓말을 하면 내 아버지가 개다."

"믿습니다."

"관세음보살!"

인부들이 환호를 지으며 박수를 쳤고 일목은 각자 일터로 돌아가 계속 작업을 하라고 지시했다.

"난 도저히 믿을 수가 없으니 잠시 기다려 주시오. 본 가에 전서구를 보내 확인을 해야겠소."

동천몽에게 다가와 태우노가 말했다.

"전서구를 보내든 연락을 하든 자유다. 하지만 내 땅 밖에 나가서 하도록."

홧김에 검을 뽑고 싶었지만 만약 정말로 주인이라면 문제가 복잡해진다. 뿐만 아니라 그가 데리고 온 무사들의 면면이 범상치 않았다. 태우노는 하는 수 없이 일단 수하들과 함께 광옥 밖으로 쫓겨나야 했다.

'꿈은 아닌데!'

허벅지를 꼬집었는데 아프다.

동천몽이 더욱 눈을 부라렸다.

"관부를 끌어들여 모두 치도곤을 내기 전에 내 눈앞에서 없어져라."

태우노가 기가 막힌 듯 말을 잇지 못했다.

"이… 이보시오. 정말로 당신 소유이오?"

"확인해 보면 알 것 아닌가?"

가주 남궁천이 매매를 했다면 연락이 있었을 것이고 자신과 한마디 상의라도 있었을 것이다. 그러나 한번도 그런 얘긴 들어본 적도 없고 눈치도 없었다. 더구나 황금알을 낳는 중원최고의 광산을 팔리는 더욱 없었다.

도저히 있을 수도 없고, 있어서도 안 되는 일이었지만 동천몽이 하도 정색을 하였으므로 태우노는 안방으로 들어가 벽을 밀었다. 그러자 기관 장치에 의해 벽이 열리고 그 안에 또 하나의 비밀스런 방이 있었는데 만년한철로 된 금고가 있었다.

천지광옥이 남궁세가의 소유라는 것을 증명해 줄 서류는 모두 세 군데에 보관되어 있었다.

하나는 눈앞의 금고에 있고, 다른 한 부는 남궁세가에 있으며, 마지막 한 부는 섬서성 도독이 거주하는 월군산장에 있었다.

"거참 귀신이 곡할 노릇이네."

투덜거리며 쭈그리고 앉아 금고를 열기 시작했다.

드르륵!

둥근 손잡이를 좌로 돌렸다 우로 돌렸다 하더니 덜컹 소리를 내며 금고가 열렸다. 금고 안에는 상당한 금화와 한 부의 서책이 있었는데 바로 남궁세가 소유임을 증명하는 문서였다.

파라락!

서책을 넘기던 태우노의 눈이 부릅떠졌다.

"이… 이런."

소유자 남궁천이란 이름이 쓰여 있어야 할 곳에 배일목이라고 쓰여 있었다.

퍼퍽!

혹시 자신이 밤새 송월과 극심한 정사로 인해 체력에 문제가 생겼고 그로 인해 잘못 읽고 있는가 싶어 눈을 비비고 다시 봤지만 여전히 소유자 이름은 배일목이었다.

아무리 서책을 앞뒤로 살피고 뒤집고 거꾸로 돌려봐도 소유자는 배일목이다.

"모두 제압했습니다."

덕배 선사가 들어와 보고했다.

동천몽이 무거운 음성으로 말했다.

"수고했다."

태우노가 일어섰다.

동천몽을 쳐다보았는데 뭔가 하고 싶은 말이 무척 많은 듯 입술을 삐죽거렸다. 그러나 끝내 입밖으로 뱉어내지 않고 등을 돌려 방을 나갔다.

＊　　　＊　　　＊

천목산에 차 익어가는 냄새가 풍겼다. 봄과 가을에 따는데 가을 차는 봄 차와 달리 억세고 쓰다. 하지만 깊은 맛이 있어 애호가들에게는 무척 인기를 받는다.

남궁천 또한 나른한 오후 햇살을 받으며 가을 차 한잔을 마시고 있었다.

차를 즐기기도 하지만 오늘 마시는 차는 더욱 달다. 가을 차가 쓸고 맛있을 리는 없었다. 하지만 워낙 모든 일이 뜻대로 흘러가고 있으니 쓰디쓴 차 맛도 기분에 따라 달게 느껴지는 것이었다.

입구에는 그의 시종인 꼽추노인 자추가 구부정하게 서 있었다. 눈이 희멀겋고 비쩍 말라 힘이라고는 없어 보인다. 그러나 겉으로만 그렇게 보일 뿐 일신의 지신 절기는 측량되지 않을 만큼 깊다.

"자추!"

"네, 주인님."

"내년 봄이면 남궁시대가 되지 않겠느냐?"

"지금 추세로 본다면 굳이 봄까지 갈 것 같지도 않사옵니다."

"너무 서둘러도 좋지 않다. 서두르다 보면 흘리게 되고 그것이 불씨가 되지."

남궁천이 천천히 일어나 창밖을 쳐다보았다.

천목산 끝에 걸린 석양이 오늘따라 붉다. 저녁노을이 붉으면 내일의 날씨는 쾌청하다. 그것은 마치 자신의 미래가 쾌청하다는 것을 암시하는 것 같았기에 남궁천의 입가 미소는 더욱 짙어졌다.

무통령이 내려졌기 때문에 무림맹의 모든 권한의 자신에게 쥐어져 있다. 소림도 무당도 모두 자기 명령을 듣고 장문인들 또한 자신의 뜻을 거역할 수 없었다.

이제 천하의 절반은 확실히 자신의 손아귀에 들어왔다. 무통령으로 정도무림을 장악했으니 절반이다. 이제 남은 것은 한 가지였다. 천상각 어딘가에 묻혀 있는 막대한 보화를 거머쥐는 것이다. 그것으로 묵와북천을 밟으면 나머지 반까지 손에 들어온다. 객관적인 전력에서 앞선데다 군수자금까지 풍부하다면 그 전쟁의 끝은 뻔할 수밖에 없었다.

"맹주님, 섬서성에서 보내온 전서구이옵니다."

전서구를 담당하는 조구각의 각주가 손가락 굵기의 얇은 죽통을 가져왔다.

스윽!

죽통을 받아 든 남궁천이 안에 말려져 있는 서찰을 꺼내 펼쳐 들었는데 무척 경쾌하다. 섬서성은 자신의 알짜배기 광산이 있다. 요즘 떼돈을 벌고 있기 때문에 광산만 떠올리면 웃음이 절로 나온다.

그런데 서찰을 펼쳐 읽던 남궁천의 눈이 커졌다.

와직 한 손에 쥐고 있던 죽통이 먼지로 화해 사라졌다.

"주인님, 무슨 일이옵니까?"

자추가 다급히 물었다.

팔랑!

손에서 쪽지가 떨어졌고 자추가 허공섭물의 방법으로 잡아당겨 읽었다.

"이… 이런 터무니없는."

자추의 눈이 커졌다.

"어떻게 된 일이옵니까? 정녕 주인님께서?"

"닥쳐라."

남궁천이 매섭게 노려보았다. 자추가 움찔하며 고개를 숙였고 남궁천이 이를 지그시 물더니 말했다.

"네가 가보거라. 어떻게 된 일인지 확인해 보거라."

"존명."

자추가 곧바로 방 안에서 사라졌다.

자추가 놓고 간 쪽지를 다시 살핀 남궁천이 중얼거렸다. 누군가 천지광옥을 통째로 빼앗다니 간덩이가 부어도 단단히 부었다. 너무 어이가 없어 남궁천은 그만 웃고 말았다.

*　　　*　　　*

천룡구십구불이 요소요소를 지켰고 덕배 선사와 일목이 수시로 순찰을 돌았다. 누구도 동천몽의 명령없이는 들어오지 못하도록 막았으며 옥을 거래하는 중상들의 발길은 여전했다. 오히려 남궁세가의 소유일 때보다 옥 일 관 당 은자 한 닢을 더 계산해 주었으므로 더욱 좋아했고 더 많은 상인들이 마차를 끌고 천지광옥으로 몰려들고 있었다.

서류상으로는 완벽했다. 귀신일지라도 가짜라는 것은 알아보지 못한다. 물론 위조되었다는 심증은 품겠지만 증거가 없는 이상 자신에게 유리했다.

"대법왕님!"

밖으로부터 일목의 음성이 들려왔다.

태우노가 쓰던 침대에 벌렁 누워 있던 동천몽이 말했다.

"들어오너라."

일목이 들어와 침대에 활개를 펴고 누워 있는 동천몽을 향해 말했다.

"남궁세가에서 사람이 왔다고 하옵니다."

동천몽이 웃었다.

이미 올 줄 알고 있었고 이제부터가 진짜 싸움이었다.

동천몽이 누워 물었다.

"누구라더냐?"

"꼽추라는데?"

"자추란 늙은이가 온 모양이군."

이미 남궁세가의 인력 편재에 관해서는 훤히 꿰뚫고 있었다. 물론 사불각의 도움이 절대적이었다.

第八章
눈에는 눈, 이에는 이

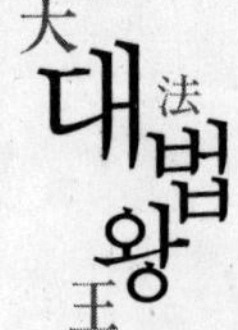

동천몽이 침대에서 일어나 일목과 같이 실내를 빠져나갔다.

어깨를 나란히 하고 광산 입구로 걸어갔다. 남궁가 무사들은 천룡구십구불이 지키고 있었기 때문에 안으로 들어오지 못하고 있었다. 물론 힘으로 밀고 들어올까 계산도 했겠지만 천룡구십구불의 무위가 평범하지 않다는 것을 깨닫고 쉽사리 강경하게 나서지 않고 있었다.

동천몽과 일목이 나가자 천룡구십구불이 허리를 숙였다. 혹시라도 불호를 중얼거릴지 몰라 단단히 교육시켰다.

예상대로 맨 선두에 자추가 있었고 뒤로 태우노와 부하들이 흉흉한 기세로 서 있었다.

"남궁세가에서 오셨다고?"

자추가 나섰다.

"그렇소."

동천몽과 일목을 살피는데 무척 날카로운 눈빛이었다. 동천몽은 자추의 무공이 일목의 아래가 아님을 간파했다.

"거두절미하고 본론만 말하겠소. 천지광옥은 본 가의 소유이오."

"보여주어라."

동천몽의 지시에 일목이 품에서 서책을 꺼내 자추에게 건네주었다. 서책을 받아 살피던 자추의 눈이 커졌다. 서책에는 남궁세가의 남궁천이 배일목이란 사람에게 천지광옥을 매매했다는 기록이 쓰여 있었고 더욱 놀라운 것은 수결이었다.

지난 수십 년 동안 보아왔던 남궁천의 수결은 북두칠성 안에 하늘 천자를 그려 넣었는데 분명 주인의 것이었다.

자추는 의심의 여지가 없었으므로 안색을 변화시키며 동천몽을 쳐다보았다.

탁!

자추의 손에서 일목이 서책을 가로챘다.

동천몽이 말했다.

"당신이 남궁가주의 대리인인가?"

"대… 대리인은 아니오만."

"그럼 돌아가시오. 우린 본인이거나 아니면 그가 보낸 법적 대리인과 얘기할 것이다. 한 번 매매를 했으면 그것으로 끝낼 일이지, 강호의 문파라고 자꾸 이런 식으로 이상한 행동을 하면 가만있지 않겠소."

자추의 눈이 빛을 뿌렸다.

"이상한 행동이라고 하셨소?"

"팔아 돈까지 챙겨놓고 지금 하는 행동은 아닌 것처럼 하지 않고 있지 않소이까?"

"그 말은 우리가 사기를 치려 든단 말인가?"

"그건 아니겠지만, 자꾸 이런식으로 나오면 의심을 할 수밖에."

꿈틀!

자추의 눈썹이 서릿발처럼 일어났다.

"감히 본 가를 모욕할 셈인가?"

"지금 충분히 의심받을 행동을 하고 있지 않소이까?"

동천몽이 조용히 말했다. 이런 일에 언성을 높일수록 의심을 산다. 차분하게, 그리고 조용히 말을 하는 자가 진짜이다.

부친의 거래를 보면 중요한 건일수록 목소리를 낮췄고 흥분을 자제했다. 그것은 상대를 압박하고 기세를 꺾는 상당한 효과를 가져온다.

"아무튼 본 가의 주인께서는 결코 매매한 적이 없다고 했소."

"그럼 우리가 사기를 친다는 것이군. 이보거라."

"예, 대… 주군."

습관처럼 대법왕이라고 하려다 일목이 잽싸게 말을 고쳤다.

동천몽이 인상을 가볍게 쓰며 말했다.

"하는 수 없구나. 당장 섬서성 도독에게 이 억울한 사정을 고하고 판결을 받도록 하자. 그 방법 말고는 저들이 물러나지 않을 것 같구나."

자추가 기다렸다는 듯 말했다.

"그건 우리도 바라던 바외다. 당장 섬서성 목 도독을 불러와 그의 판결을 받읍시다."

곧바로 이쪽에서는 일목이 움직였고 저쪽에서는 태우노가 움직였다.

두 사람은 나란히 몸을 날려 월군산장을 향해 몸을 날렸다.

촤아아!

처음에는 가볍게 날리던 두 사람이 어느 정도 시간이 흐르면서 마치 서로 경쟁하듯 몸을 날렸다. 무인 특유의 호승심이 발동했고 신법 경쟁으로 발전된 것이었다.

쉬이이!

슈우욱!

조금씩 빨라지더니 급기야 두 사람은 한 마리 새처럼 허공을 질주하기 시작했다. 하지만 얼마 지나지 않아 일목이 앞서기 시작했다. 태우노의 안색이 변했고 있는 힘을 다 쥐어짰지만 일목을 추월할 수는 없었다. 그렇다고 남궁세가의 체면이 있기 때문에 질 수는 없었다. 하지만 갈수록 벌어지고 있었으므로 태우노가 소리쳤다.

"이렇게 만난 것도 인연인데 얘기도 나누며 천천히 가는 것이 어떻겠소?"

일목 또한 이런 일에 힘쓰고 싶지 않았으므로 혼쾌히 동조하며 땅으로 내려섰다. 일목의 숨이 고르자 태우노 또한 치밀어 오르는 숨을 누르기 위해 안간힘을 썼다.

"정말 이해가 가지 않는구려? 우리 가주님께서 얼마나 아끼는 광산인데 저걸 팔다니."

일목이 하나뿐인 눈을 부라렸다.

"그럼 우리 대… 주군께서 거짓말을 하고 있단 말이오?"

"그… 그건 아니고, 아무튼 약간은 이상하오이다."

"난 하나도 이상하지 않소."

"어쨌든 이 지역 도독이 나서면 정확한 이유와 사실이 밝혀지겠지요."

두 사람은 다시 천천히 신법을 펼쳐 사라져 갔다.

신시쯤 일단의 행렬이 천지광옥 입구에 모습을 드러냈다. 오십여 명의 무사와 한 대의 마차가 다가왔는데 기대한 깃발에 월군이라는 글씨가 쓰어 있었다.

섬서성 도독 목사룡이 마침내 온 것이었다.

그때까지 목이 빠져라 목사룡을 기다리던 일행들은 우르르 마차 주위로 몰려들었다.

갑옷에 화려한 금검을 찬 두 명의 무장이 마차 문을 좌우에서 열어주자 목사룡이 모습을 드러냈다.

목사룡이 나타나자 예의상 동천몽과 자추가 허리를 구부려 맞이했다.

목사룡이 위엄있는 시선으로 주위를 한 번 휘둘러보더니 두 사람을 주시했다.

"총방."

일반 무림세가로 말하면 총관에 해당하는 월군산장의 총방이 조그만 보따리를 가져왔다.

촤락!

보따리를 풀자 안으로부터 다섯 권 되는 서책이 나타났다.

총방이 서책을 양손에 받쳐 들고 목사룡 앞으로 내밀었다. 목사룡이 두 패거리를 지어 선 일행을 보며 말했다.

"이것은 지난 이백 년간 천지광옥의 주인이었던 사람들에 관한 서책이다."

동천몽과 남궁천의 매매 서책만 가져오면 신뢰성이 떨어질 것을 우려해 그 이전의 주인들에 관한 것까지 가져온 듯했다.

슥!

맨 위에 있는 서책을 들어 펼쳤다.

"이백 년 전 주인은 임현승이란 자였다. 그가 정확이 이십오 년을 운영하다."

두 번째 서책을 들어 펼쳤다.

"양광필이란 사람에게 넘겼구나. 당시 금화로 천만 냥이었다. 세 번째 주인은 가석규라는 사람이었고, 그는 일 년밖에 운영하지 못하고 동아군에게 넘겼다."

동천몽의 눈이 빛을 뿌렸다. 동아군은 자신의 증조부이다.

천상각 역사에서 가장 뛰어난 상인으로 인정받는 천재적인 상술의 대가였다.

목사룡이 네 번째 서책을 들었다.

"동아군 다음은 동오룡이고 그다음이 남궁천이다. 강호인인 그대들도 알겠지만 남궁천은 현 무림맹주이자 남궁세가의 가주이다."

그때 자추의 눈이 경련을 일으켰다.

남궁천이 주인이라면 더 이상 서책이 없어야 정상인데 마지막으로 한 권이 총방의 손 위에 더 올려져 있었기 때문이다. 지금까지 수많은 위험 속에서도 뛰지 않던 심장이 갑자기 두근거렸다.

"마지막 다섯 번째 주인은 배일목이로구나. 그대가 배일목인가?"

동천몽을 향해 물었다.

동천몽이 자신이 태어난 성의 도독으로부터 받았던 호패를 보여주었다. 물론 이것 또한 사복서생이 만든 가짜다. 히지만 선분가도 분별하지 못하는데 목사룡이 구별할 리는 절대 없었다.

그때 한 명의 무사가 날아 내렸다.

자추가 기다렸다는 듯 다가서며 말했다.

"가져왔느냐?"

"예, 여기 있습니다."

무림맹을 출발하면서 남궁세가에 따로 연락을 취해 천지광옥의 소유권에 관한 문서를 가져오라고 지시해 놓았는데 지금 도착한 것이었다.

"이걸 보십시오. 본 가의 가주님께서 보관하고 계시는 문서에는 분명 주인이 가주 존함으로 되어 있소이다."

그러면서 무사가 가져온 서책을 목사룡에게 건네주었다.

목사룡이 서책을 받아 살폈다.

멈칫!

남궁세가에서 온 문서에는 천지광옥의 주인이 남궁천으로 되어 있었다.

"보시다시피 이곳의 주인은 본가의 가주님으로서."

"조용히 하라."

목사룡이 자추의 말을 막았다.

"개인이 재산을 매입하면 세 군데 같은 문서가 보관된다. 그 지역 도독이 머무는 관청과 매입자와 매도자에게 한 부씩 나눠지지. 그런데 남궁세가의 문서에만 주인이 남궁천일 뿐, 나머지 두 곳의 문서에는 배일목이다. 이건 누가 뭐래도 배일목이 주인이라는 뜻임을 부인할 수가 없다."

"말도 안 되는 소리!"

"닥쳐라!"

자추가 소리치자 목사룡이 노려보았다.

"감히 본 도독의 판결을 그대가 모욕할 셈인가. 자기 것은 얼마든지 위조할 수 있으나 본 도독이 머무는 월군산장에 있는 것까지는 위조가 불가능하다. 다시 판결을 내리겠노라. 천지광옥의 주인은 배일목이니라."

"개 같은 판결."

"감히 어느 놈이 그따위 망발을 지껄이느냐?"

갑옷을 입은 무장 한 명이 남궁세가 무사들을 보며 살기를 피워냈다.

남궁세가의 무사들 또한 물러서지 않았고 살기를 피워 올렸다.

관부와 강호는 서로의 일에 개입하지 않는다. 그러나 재산권은 관부에서 중재하고 개입하기 때문에 어쩔 수가 없다.

"도독께 청이 있소이다!"

동천몽이 소리쳐 말했다.

목사룡이 말했다.

"말하라, 배일목."

"아시다시피 남궁세가는 강호에서 가장 큰 세력이옵니다. 비록 소인이 광산을 매입했지만 그들이 언제 침입하여 빼앗아 갈지 알 수 없사옵니다. 뿐만 아니라 어쩌면 저와 식솔들까지 죽여 입막음할 가능성이 크다고 봅니다."

목사룡의 표정이 굳어졌고 동천몽은 더욱 힘주어 말했다.

"부탁하오니 도독께서 부하들을 보내주시어 소인의 재산을 상당 기간 동안 지켜주소서. 그렇지 않으면 사흘을 넘기지 못하고 우린 빼앗기고 말 것입니다. 아시다피시 강호인들은 목적을 위해서는 수단과 방법을 가리지 않지요."

관부와 강호가 서로 불가침을 묵계하고 있지만 엄청난 재산이 걸린 일인만큼 어쩌면 남궁세가에서 무력을 동원할 수도 있다는 판단에서 청하는 부탁이었다.

"피 장군."

금검을 차고 갑옷을 입은 무사가 나서서 포권했다.

"명령하소서, 도독님."

"그대가 이곳에 부하들과 남는다. 백성의 재산권은 나라에서 지켜줌이 당연한 것 아니던가?"

"존명."

목사룡이 자추를 보며 큰 소리로 말했다.

"다시 반복한다. 천지광옥의 주인은 배일목이다. 이 말은 나의 말이 아니라 황제 폐하의 뜻이다."

황제까지 들먹이며 쐐기를 박고 돌아섰다.

사라지는 목사룡을 바라보는 자추의 표정이 얼음덩이가 되어 있었다. 마음 같아서는 당장 달려가 단칼에 목을 베어버리고 싶지만 그럴 수는 없었다.

아무리 남궁세가의 힘이 크다고 해도 관부를 상대로 피를 요구할 수는 없었다. 그렇다고 이대로 당할 수는 없었고 자추는 어찌할 바를 몰랐다.

'뭔가 있다. 저놈이 무슨 술수를 부렸다.'

빙긋 웃고 있는 동천몽을 보며 자추가 살기를 피워냈다. 관부의 눈을 속일만큼 완벽한 위조라면 방법이 없었다. 가짜가 진짜를 뺨치는 일은 허다하다. 그런데 그런 일이 하필 자신들에게 생길 줄은 꿈에도 몰랐다.

　　　　*　　　　　*　　　　　*

　남궁천의 이마가 찌푸려졌다. 도무지 이해가 되지 않았고 무슨 일인지 가닥이 잡히지 않는다. 멀쩡한 자신의 재산이 하루아침에 배일목이란 자의 수중으로 넘어가다니 기가 막혔다. 더구나 보통 사람도 아니고 천하무림맹의 맹주이자 지존인 자신이 두 눈 뻔히 뜨고 엄청난 재산을 강탈당하다니 어이가 없기도 했다.

　"그래서 그냥 왔단 말이냐?"

　문 앞에서 자추를 보며 남궁천이 굳은 표정으로 물었다.

　자추가 조심스럽게 말했다.

　"도무지 방법이 없었사옵니다. 뭐라고 반박을 하고 싶어도 워낙 완벽했기 때문에."

　"푸하하하!"

　남궁천이 앙천광소를 터뜨렸다.

　생각할수록 기가 막히며 우습기까지 했다. 자신이 누군가. 전하무림의 맹주이자 자타가 인정하는 천하제일고수 아닌가.

　팟!

　돌연 남궁천의 눈이 빛을 뿌렸다.

　"너 혹시 사복서생이란 놈을 아느냐?"

　"……."

　"위조에 관한 천하제일인자이니라. 어떤 재산이나 물건도 그가 마음만 먹으면 감쪽같이 주인을 바꿔 버린다. 물론 관부의 어떤 조사도 그의 위조술을 파악하지 못하지."

"그럼 그자들이 사복서생과 손을 잡고."

"하지만 내가 알기에 그자는 불귀도에 유배되어 있다."

불귀도는 한 번 들어가면 나오지 못하는 지옥의 섬이었다.

"탈옥을 했을 수도 있지 않겠는지요?"

"당장 알아보거라. 놈이 아니면 이런 어처구니없는 사건이 일어날 수가 없다. 어서 당장!"

"알겠사옵니다."

자추가 다시 문밖으로 사라졌다.

잠시 우두커니 서 있던 남궁천이 중얼거렸다.

'배일목!'

아무리 생각해도 기억나지 않는 인물이다.

"핫핫핫핫!"

또다시 남궁천은 큰 소리로 웃음을 흘렸다. 무림맹의 맹주인 자신의 재산을 손 하나 대지 않고 챙기려는 인물이 있다니 백번을 곱씹어봐도 어처구니가 없었다. 자신 또한 천지광옥을 피땀 흘려 번 돈으로 매입한 것은 아니다. 그래서인가, 상대 또한 손에 흙 하나 땀 한 방울 흘리지 않고 자신의 재산을 가져간 것이다.

무림맹의 맹주인 자신의 재산에 과감히 흑심을 품었다는 것은 단순히 화만 낼 일이 아니었다. 지금까지 동천비와 목와북천만 장애물로 여겼는데 이렇게 되면 제삼의 인물이 등장한 것이었다.

자추는 닷새 만에 돌아왔다. 그런데 기대하던 것과는 달리 실망스런 소식을 가져왔다. 사복서생이 탈옥하다 바다에 빠져 숨을 거두었다는 것이었다.

"틀림없느냐?"

"그곳에 있는 다른 죄수들도 그렇게 증언하고 있었사옵니다."

남궁천의 얼굴이 조금씩 굳어졌다.

이렇게 되면 사태는 더욱 심각해진다. 적은 자신의 재산까지 강탈했는데 자신은 아무것도 아는 바가 없다.

"배일목이란 자에 대해 알아보거라. 자세히."

"명을 받습니다."

자추가 다시 부리나케 달려나갔다.

힘으로는 누구도 두렵지 않다. 그런데 적은 힘이 아닌 머리로 나오고 있었다. 힘은 절대 머리를 당해내지 못한다는 것이 강호의 역사였다. 잠시 굳은 표정으로 생각에 잠겨 있던 남궁천이 밖으로 사라졌다.

*　　　*　　　*

소림의 백팔나한과 무당삼십육검 화산의 이십사검사(二十四劍士) 등 구파일방의 정예가 천상각을 에워싼 지 오늘로 열흘째였다. 포위망을 구축하기만 할 뿐 일체 공격은 하지 않았고 대신 천상각으로 들어가는 모든 인적과 마차 운행을 정지

시켰다.

구파일방의 정예를 이끌고 있는 사람은 상관량이었다.

본영은 천상각이 내려다보이는 산정에 있었다. 상관량은 오늘도 본영의 의자에 앉아 차를 마시고 있었다. 열흘째 공격을 하지 않고 허구한 날 허송세월만 보내자 궁금증을 참지 못하고 백팔나한의 수장인 금수 선사가 물었다.

"식량을 고갈시켜 스스로 항복하기를 기다리시는 것이옵니까?"

상관량이 찻잔을 내리며 금수 선사를 마주 보았다. 그러더니 가벼운 미소를 지으며 고개를 저었다.

"아니오. 틀렸소."

"하면 왜?"

"천상각 안 어딘가에는 지금까지 드러난 것보다 더 많은 재산이 숨겨져 있소. 오로지 동오룡만 알고 있을 뿐이오. 우리가 목와북천과 전쟁을 하기 위해서는 반드시 필요한 자금들이오. 그런데 우리가 들여보낸 세작들에 의하면 동오룡이 동천비에게 팔까지 잘리면서도 그 위치를 가르쳐 주지 않고 있다 하오."

금수 선사의 눈이 빛났다.

"그러니까 지금 함락시켜 봤자 아무런 득이 없다는 것 아닙니까?"

"바로 그것이오. 동천비를 없애는 것도 중요하지만 어딘가에 감춰져 있을 황금이 더 중요하오."

목와북천에서 내로라하는 고수들이 안에 있지만 구파일방과 사대세가의 최정예로 밀고 들어가면 하루를 넘기지 않고 천상각을 장악할 수 있었다. 그러나 막다른 골목에 몰린 쥐는 고양이에게 덤빈다. 동오룡의 입에서 기대한 답을 얻기란 불가능하다는 것이 상관량의 계산이었다.

자신들이 강제적으로 진압하고 입을 여는 것보다는 아들인 동천비의 성화를 견디지 못하고 동오룡이 입을 열 가능성이 더 높다고 판단했다.

동천비에게 쉽게는 말해주지 않겠지만 언젠가는 말할 것이다. 그때 공격하여 고스란히 모든 것을 얻어내면 된다는 것이 상관량이 공격을 하지 않고 기다리는 이유였다.

차르르!

갑자기 본영의 천막이 걷히며 남궁천이 들어섰다.

"매… 맹주님."

두 사람은 잽싸게 자리에서 일어났다.

"예고도 없이 이곳엔 어인 일이시옵니까?"

상관량은 남궁천의 얼굴을 살폈다.

오랫동안 곁에서 봐왔기 때문에 조그만 변화도 알아차린다. 상관량의 눈이 좁혀졌다. 남궁천의 안색이 평소와 많은 차이를 보이고 있었다.

"총관, 우리의 적은 누구요?"

남궁천이 뜬금없는 물음에 상관량이 가만 쳐다보았다. 남궁천이 정말로 적이 누군지를 몰라서 물은 것이 아니었다. 그 말

속에 숨겨진 속뜻을 알아차려야 한다.

"눈앞의 적 말고 등 뒤에라도 모르는 적이 있다는 말씀이옵니까?"

남궁천의 눈이 빛났다.

역시 군사겸 총관다운 안목이고 두뇌회전이었다. 금세 자신의 말뜻을 알아차린 것이다.

남궁천은 천지광옥 애기를 해주었다. 그러자 상관량의 두 눈이 화등잔만 해졌다.

"배일목?"

"들은 바 있소?"

자신이 아는 한 강호에 배 씨로 유명한 사람은 없었다. 한때 감숙성 일때에서 악명을 떨쳤던 배만득이 있었지만 그는 죽었다. 그자 말고 강호에서 배 씨로 유명한 고수나 집단은 없었다.

"아무튼 반드시 성공해야 하오."

남궁천이 성공해야 한다는 것은 천상각 안에 있는 막대한 황금을 수중에 넣어야 한다는 뜻이었다.

그런데 남궁천이 돌아가고 반 시진 정도 있다가 청천벽력 같은 보고가 들어왔다. 자신에게 보고를 가져온 사람은 다름 아닌 사가 상관세가의 총관 복호청이었다.

상관세가는 사대명문가에는 들어가지 못해도 명문가로 분류되며, 무림맹의 총관으로 가주가 재직하다 보니 상당한 대접을 받고 있었다. 무림맹 총관 중 상관세가 출신이 절반을 넘을 만큼 문(文)과 병략(兵略)에 뛰어난 재능을 보이는 곳이 상관세가이다.

천상각으로부터 흘러나온 자금으로 자신 역시도 은밀히 재산을 불렸고 그 대표적인 것이 용마산가(龍馬山家)였다. 용마산가는 강호에서 가장 규모가 큰 마가(馬家)로 그곳에서는 용마라고 부르는 가장 빠르고 건강한 오추마를 키운다.

오추마 한 마리에 보통 황금 천 냥을 호가할 뿐만 아니라 돈이 있다고 아무에게나 팔지 않는다. 오추마를 타고 다닐 만한 인품과 명망이 갖추어지지 않으면 팔지 않는다. 그래서 용마산가의 오추마 한 마리를 소유하는 것을 커다란 명예로 생각하고 오늘도 많은 사람들이 돈보따리를 싸들고 용마산가를 찾아가지만 소원을 이루고 나온 사람은 드물었다.

일부는 너무 용마산가의 오추마를 갖고 싶어 기존에 갖고 있는 사람에게 두 배, 세 배의 웃돈을 얹어주며 얻고자 했고 그로 인해 오추마 가격은 나날이 뛰어 이제는 가장 확실한 재산 증식 수단으로 발전해 있었다.

삼 년 전 용마산가를 매입할 때 황금 일백만 관을 주었는데 얼마 전 누군가 황금 삼백만 관을 줄 테니 팔라는 제의가 있었다. 삼 년 사이 세 배가 뛴 것이었다. 하지만 일언지하에 팔 마음이 없다고 거절했고 날이 가면 갈수록 오추마 값이 오르면서 덩달아 자신의 재산 또한 봇물처럼 불어나고 있었다.

"사천의 도독까지 참여하어 진위를 감정했지만 우리의 소유가 아니라는 것으로 판결을 내렸사옵니다."

“상대는?”

“배일목이란 자입니다.”

“헉!”

“왜 그러시옵니까?”

상관량이 숨을 삼켰다.

아까 다녀갔단 남궁천도 배일목이란 자에게 당했다고 했다. 그런데 자신의 마장 또한 동일 인물에게 넘어갔다니 입을 쩌억 벌리고 다물지를 못했다.

“아는 놈이옵니까?”

“선사.”

금수 선사가 합장하며 대답했다.

“아미타불! 말씀하십시오.”

“잠시 다녀올 곳이 있으니 개미새끼 한 마리 빠져나가지 못하도록 막으시오.”

“심려 말고 다녀오소서.”

상관량이 곧바로 복호청을 대동하고 본영을 떠났다.

비록 중요한 시기였지만 피 같은 재산이 한순간에 날아가다니 도저히 가만있을 수가 없었다.

*　　　*　　　*

처음에는 무척 불편했지만 이제는 어느 정도 적응이 된 듯 한 손으로 세수를 하는데도 깔끔했다. 처음에는 불편함보다 분노에 잠을 이루지 못했다. 가장 믿었고 어느 자식보다 더 관심과 애정을 쏟아 키웠던 장자에게 팔을 잘렸다는 사실이 부끄럽고 고통스러웠다. 모두가 알고 있겠지만 그래도 누가 물으면 아들에게 잘렸다고 하지 않았다. 무능한 자신이 너무 답답해 스스로 잘라 버렸다고 했다. 식솔들 중 누구도 그 말을 믿지 않았지만 그렇게 말을 하고 다녔다.

시녀가 건네준 수건으로 얼굴을 닦고 자리에 앉아 잠시 후 밥상이 들어왔다.

동오룡은 젓가락을 들어 첫술을 떴다.

푹!

입을 벌리고 젓가락에 뜨인 밥을 입 안에 넣으려던 동오룡의 두 눈이 이채를 발했다.

젓가락으로 밥을 떠낸 자리에 조그만 종이가 말려 있었다.

동오룡은 종이를 뽑아 펼쳤다. 잠시 종이에 적힌 내용을 읽던 동오룡이 그대로 입 안에 넣고 씹어 삼켰다. 증거를 완전히 없애기 위함이었다.

동오룡은 젓가락을 놓고 조용히 일어섰다. 밖으로 나가자 문밖에 대기하고 있던 시녀가 화들짝 놀라며 얼른 방 안을 들여다보았다. 밥을 다 먹은 줄 알고 쳐다보았지만 딱 한 숟가락 뜬 자국밖에 나 있지 않았다.

동오룡은 방을 나왔다. 마당에서 만난 목와북천의 무사들이 고개를 꾸벅했다. 한번도 흑도와 백도의 차이를 두지 않았다. 흑도든 백도든 무림인은 모두 도둑놈이라고 여겨왔었다. 그런데 조금씩 차이를 느꼈다. 지금까지 의식 속에는 흑도무림은 아주 나쁜 사람들이라고 들어왔는데 직접 겪어본 그들도 똑같은 사람이었다.

무엇으로 흑과 백을 규정짓는지 헷갈릴 만큼 차이가 없었고 오히려 겉으로는 정인군자인 척하면서 뒤로는 온갖 욕심과 부패로 찌든 무림맹 인물들보다 솔직했고 예의가 밝았다.

포위가 되어 있었는데도 그들의 얼굴은 밝았다. 큰 소리로 인사를 했고 자기들끼리 모여 무예를 수련했으며 가급적 피해를 주지 않기 위해 노력했다.

척!

동오룡은 곤전 앞에 도착했다.

아침 일찍인 탓인지 조용했다. 아직 잠자리에서 일어나지 않은 것 같았다.

한참 동안 조용한 곤전을 쳐다보았다.

동천비는 하루가 다르게 난폭해졌다. 그가 익힌 마공 탓이라고 했다. 아침나절 잠깐 평상시의 모습을 보였다가 이후로는 거의 미치광이처럼 자신을 닦달하고 위협했다. 완전히 예전의 동천비 모습은 찾아볼 수가 없었다.

동천비는 장남이었다. 어느 가문이든 집안의 미래는 장자에게 매여 있다고 믿는다. 그래서 너 나 할 것 없이 장자에게 많은 관심과 투자를 아끼지 않는 것이었다. 자신도 동천비에게 모든 것을 걸었지만 뜻대로 되지 않았다. 특히 마공을 익히면서 완전히 변해 버렸고 자신의 팔을 자르는 천인공노할 짓을 저질렀다.

하지만 자신의 눈에 동천비는 자식이었다. 마공만 아니라면 절대 팔을 자를 아이가 아니라고 확신했다.

"허험!"

두어 번 기침을 했다. 자신의 존재를 알리기 위해서였는데도 아무런 소식이 없었다.

한 번 더 기침을 해도 소식이 없었으므로 곤전 안으로 들어갔다. 예상대로 동천비는 자리에서 아직 일어나지 않고 있었는데 방 한곳에 술병이 나뒹굴고 있었다.

자고 있는 얼굴은 어렸을 때 자신에게 매를 맞아가며 상술을 배웠던 장자 동천비였다. 비록 세월이 흘렀고 장성했지만 자신의 눈에는 여전히 철딱서니없는 아이일 뿐이었다.

마공을 배워 얼굴의 피부가 검게 탈색되었고 눈을 뜨며 흰자위가 사라져 섬뜩했지만 핏줄임은 부정할 수가 없었다. 처음 몇 날은 아비의 팔을 자르는 짐승 같은 행위에 분노하여 잠을 이루지 못했다. 그러나 시간이 흐르면서 본인의 의지라기보다는 마공 때문이라는 것을 이해하면서 어느 정도 감정이 가라앉았다.

이제는 기호지세이다. 죽든 살든 끝장을 봐야 할 때이고 아들 또한 스스로를 마공이라는 독한 함정 속으로 자신을 내던졌다. 어차피 마공을 익혀 정상인으로 돌아오긴 불가능하다. 그럴 바에는 그가 하고자 하는 일을 하도록 도와주는 것만이 그나마 최선이라고 생각했다. 그래서 자식은 희생시키더라도 가문은 건져야 했다. 무림인은 최악의 경우 함께 죽는 길을 택하지만 장사꾼은 아니었다. 한쪽은 포기하더라도 다른 한쪽은 반드시 거머쥔다.

"비아."

조용히 불렀다. 무공까지 익힌 아이가 얼마나 술을 마셨으면 옆에서 부르는데도 모른다.

"천비야, 아직도 자는 게냐?"

여전히 반응이 없었다.

가볍게 한숨이 나왔다. 덥수룩한 수염과 마른 입술에서 나름대로 적지 않은 고뇌에 쌓여 있음을 읽을 수 있었다.

"천비야, 일어나 보거라. 어서! 시간이 없구나."

멈칫!

동천비의 눈썹이 파장을 일으키더니 눈을 떴다.

흠칫!

동오룡의 자신도 모르게 뒤로 한 걸음 물러났다. 언제 봐도 소름 끼치는 눈동자였다.

부친임을 발견한 동천비가 벌떡 일어났다.

"아버님께서 이곳엔 어인 일이시옵니까?"

지금은 제정신일 때였다. 그래서 하고 싶은 말이 있을 때는 이때를 노려야 했다.

동천비는 목이 마른지 물병의 냉수를 들이켰다.

"커어!"

트림까지 하며 잠시 고개를 좌우로 흔들며 정신을 차리려

했다.

"이쪽으로 앉으십시오."

"천비야."

부친이 나직이 부르자 동천비의 눈이 빛났다.

"이걸 받아라."

부친이 조그만 봉서 한 개를 주었다.

"이게 뭡니까?"

"내가 그토록 얻고자 하던 본 가의 마지막 보루이니라."

"아… 아버님, 이걸 어찌 소자에게."

이럴 때 보면 자신의 아들이고 지극이 정상적이었다. 하지만 잠시 후면 다시 난폭해질 것이다.

"어서 이곳을 떠나라. 다행히 지난 며칠 동안 아비가 한 사람을 내 편으로 끌어들여 놓았느니라. 그분 또한 남궁천의 행태에 불만이 많은 사람이어서 쉽게 마음이 맞았다. 지금 상관량이 잠시 자리를 비웠다는구나. 북쪽 담장과 오솔길에 있던 경계무사들을 모두 철수시켜 놨다니 그곳을 이용해 가거라."

동천비의 눈이 커졌다.

"장사꾼이든 무림인이든 우두머리만 살면 언젠가 다시 기회는 온다. 이왕지사 이렇게 되었으니 끝장을 내거라. 아비 또한 널 전폭적으로 도울 것이다."

"아… 아버님."

동천비의 시선이 헐렁한 부친의 왼쪽 소매를 쳐다보았다. 순간적으로 두 눈에 아픔이 스친다. 동천비가 말없이 고개를 처들어 하늘을 올려다보았다. 이마를 잔뜩 찡그리고 있는 것이 아픔을 견디지 못하는 듯했다.

"뭐 하느냐? 어서 떠나거라. 시간이 없다."

"아버님도 같이 가지시요."

"아니다. 아비는 여기 있어야 한다. 아비가 움직이면 안 되느니라."

동천비가 빤히 쳐다보았다. 동오룡의 말뜻을 얼른 알아들을 수가 없었다.

동오룡이 손짓했다.

"난 염려말고 어서 가거라. 어서."

동천비는 망설이지 않았다. 이제 얻을 것을 얻었고 특히 부친으로부터 격려까지 받은 마당이므로 더욱 홀가분해졌고 투쟁심이 솟구쳤다.

"건강하십시오."

"힘내거라. 난 네가 그렇게 무력한 아이가 아니라는 것을 알고 있다."

동천비가 부친을 뚫어져라 쳐다보더니 몸을 돌렸다.

곧바로 창문을 뛰어넘어 북쪽을 향해 몸을 날렸다.

동오룡은 한참 동안 방 안에 우두커니 서 있었다. 이제 자신이 갖고 있는 모든 것을 내주었다. 이제 손에 쥔 것이라고는 장원 한 채가 전부이다.

동오룡의 눈이 가늘어졌다.

바야흐로 동씨 집안과 무림맹의 싸움이 궤도에 오른 것이다. 수백 년간 온갖 명목으로 상상을 초월하는 거액을 뜯기면서도 단 한마디 항변도 하지 못했다. 그런데 이렇게 됐으니 자신도 철저히 동천비를 도와 무림맹에 맞서야겠다고 단단히 마음을 먹었다.

사실 자신도 빠져나갈 수가 있었고 포위된 목와북천의 무사들도 마음먹으면 충분히 확보된 통로를 이용해 나갈 수 있었다. 하지만 그렇게 되면 자신에게 협조해 준 쪽이 피해를 입게 된다. 자신이 살자고 도와준 상대에게 피해를 주어서는 안 된다.

또 하나 자신이 떠나지 않은 것은 적을 붙잡고 있기 위해서였다. 자신이 안에 갇혀 있어야 무림맹의 정예세력들이 자신을 감시하고 빠져나가지 못하도록 하기 위해 계속 지킬 것이다. 자신으로 인해 무림맹의 정예가 붙잡히는 꼴이 되는 것이다. 그때를 이용해 동천비가 활발하게 움직이도록 하려는 계산이었다.

*　　　*　　　*

초원은 끝이 없었다. 푸른 융단을 깔아놓은 듯 완만한 경사를 이루며 계곡과 봉우리를 덮었고 그 사이로 수백 마리의 오추마가 한가로이 풀을 뜯고 있었다. 건장한 체구에 근육질의 날렵한 몸은 금방이라도 땅을 박차고 폭풍 같은 질주를 할 듯한 기세다.

상관량이 용마산가에 들어섰을 때는 천상각을 떠난 지 사흘 만이었다.

절강성에서 사천까지 사흘 만에 주파했는데 역시 오추마 덕이었다. 용마산가의 입구에 들어서자 일단의 무사들이 앞을 막아섰다.

"멈추시오."

헐렁한 흑의를 걸친 두 명의 중년인이었다. 병기도 휴대하지 않았고 이색적이라면 승려처럼 머리를 밀었다는 것이었다.

상관량은 말에서 내리지 않고 날카롭게 소리쳤다.

"너흰 누구냐? 난 이곳의 주인인 상관량이니라. 무림맹의 총관이기도 하다."

"이곳 주인이라뇨? 뭘 잘못 알고 오신 것 아니오. 이곳은 우리 주인이 주인이오."

"닥쳐라. 네놈들의 정체가 뭐냐?"

"더 이상 떠들고 싶지 않으니 돌아가시오. 다시 말하지만 우리 허락 없이 산장 안으로 한 발자국만 들어서면 용서치 않겠소."

훌쩍!

상관량이 말에서 내렸다. 두 눈에 살기를 담고 두 중년인에게 다가갔다.

"비켜라. 그렇지 않으면 죽는다."

"이거야 원, 도둑놈이 주인더러 비키라고 하다니."

"뭐라? 도둑놈?"

상관량의 쌍장이 그대로 도둑놈이라고 지칭한 왼쪽 승려를 향해 뻗어갔다. 분노의 일장이어서 강력한 힘이 실렸는데 중년인 또한 피하지 않고 맞장을 떴다.

콰아앙!

강력한 폭음이 터지며 두 사람이 동시에 뒤로 한 걸음씩 물러났다.

화악!

상관량의 눈이 커졌다.

"죽여 버리겠다."

상관량은 전력을 끌어올려 달려들었다.

쐐애애!

공기를 찢으며 날아가는 쌍장을 보며 중년인 역시 처음과 다르지 않게 양손을 뻗어내었다. 두 사람의 장력이 중간에서 부딪쳤고 커다란 굉음과 먼지가 자욱히 피어올랐다.

먼지 속에 선 두 사람의 모습은 누가 우위를 점했다고 구분할 수 없었나.

상관세가의 가주이다. 그런데 문을 지키는 경비무사가 자신과 동수라니 믿어지지가 않았다. 강호에 어느 문파가의 경비무사가 자신과 동수를 이룰 만큼 강하단 말인가.

"왜 이렇게 시끄럽느냐?"

그때 안쪽 초소의 문이 거칠게 열리더니 한 인물이 걸어나왔다. 상관량이 흠칫 놀랐다. 눈이 하나뿐인 사내였는데 전신에서 풍겨 나오는 기세가 살벌했다.

"자꾸 주인이라면서 들어오겠다고 하지 않습니까?"

자신과 싸웠던 왼쪽 중년인이 말했다.

독목의 사내가 눈살을 찌푸리더니 말했다.

"미친놈 아니냐? 제정신이라면 그런 되지도 않을 말을 지껄이겠느냐? 저 사람이냐? 넌 누구냐? 이곳 주인은 내가 모시는 분이다!"

일목이 버럭 소릴 질렀다.

"한 번만 그따위 헛소릴 지껄이면 주둥이를 찢어버리겠다. 여긴 우리 주인이 주인이니 썩 꺼져라."

"그자의 이름이 뭐요?"

화악!

일목의 하나뿐인 눈이 접시만큼 커졌다.

"지금 우리 주인더러 그자라고 했느냐? 이런 싸가지없는 새끼가."

일목이 검자루에 손을 댈 때 옷자락 펄럭이는 소리가 들리더니 상관량 뒤로 오십여 명의 무사가 날아 내렸다. 자신은 곧바로 이곳으로 달려오고 복호청이 상관세가의 무사들을 데리고 뒤따라온 것이었다.

복호청과 부하들이 모이자 상관량의 위축된 기세가 살아났다.

"쳐라!"

힘으로 밀고 들어가기로 했다.

"와아아!"

상관세가의 무사들이 세 사람을 향해 달려들었다.

"멈추거라!"

돌연 안으로부터 커다란 호통 소리가 들려왔다. 공격해 들어가려던 상관세가의 무사들이 일제히 내려섰다. 안쪽으로부터 두 사람이 걸어나오고 있었고 뒤로 갑옷을 걸친 이십여 명의 무사가 따르고 있었다.

오른쪽은 육십가량의 금포를 걸친 노인이었고 왼쪽은 동천몽이었다.

오른쪽의 금포노인을 바라보던 상관량의 눈이 커졌다.

'사천성의 도독 임제군 당천랑.'

동천몽이 말했다.

"소생의 말이 맞지 않습니까? 강호인들의 품성이 이러하옵니다. 뭣이든 힘으로 빼앗으려고 하지요, 도독님."

당천랑의 얼굴이 싸늘히 굳어졌다.

"귀하께서 무림맹의 총관이라는 사실을 알고 있소이다. 누구보다도 도덕적이고 양심적이기 때문에 그런 직위에 게시리라 믿소. 그런데 이 무슨 행패이오."

당천랑이 눈을 부라렸다.

상관량은 당황했다.

"도… 도독, 뭔가 큰 오해를."

"아무리 강호와 관부가 서로의 권역을 인정해 주고 있지만 재산권을 보호하는 것은 양보할 수도 없고, 해서도 안 되는 관부의 문제이오. 무림맹의 체면을 생각해서 못 본 일로 할 테니 돌아들 가시오."

당천랑의 말은 하나도 틀림이 없었다.

일반 백성들의 재산권 문제만큼은 관부에서 보호하고 지켜 준다. 이것은 누구도 예외가 없다.

"난 팔지 않았소이다."

상관량이 할 수 있는 말은 그것뿐이었다. 그러자 당천랑이 옆에 있는 부관으로부터 서책을 넘겨받아 가져왔다.

팔랑!

서책 한 장을 넘기며 말했다.

"잘 보시오. 상관 총관 수결이 맞소?"

상관량의 눈이 부릅떠졌다.

거기에는 자신이 용마산가를 배일목이란 사람에게 매매했다는 수결이 있었다. 완벽한 자신의 수결이었다. 도장과 달리 수결을 더 인정해 준다.

"대답하시오. 왜 침묵하시오?"

"내… 내 수결이 맞긴 하지만."

"본인이 하지 않았다는 얘기군? 다른 사람이 시늉을 내어 위조했다는 말을 하고 싶은 것이오?"

"바로 그거요."

"간단히 그 한마디에 이 엄청난 재산이 상관 총관의 것이 되리라고 생각하시오?"

탁!

서책을 덮은 당천랑이 냉정히 말했다.

"당장 돌아가시오. 그렇지 않으면 이 사실을 황실에 올려 정식으로 문제를 삼겠소."

상관량의 안색이 붉으락푸르락해졌다. 그것은 분노이기에 앞서 너무 기가 막혀 말을 하지 못한 답답함이었다. 그동안 온갖 고생하며 모아온 재산이었다. 한 번에 많은 액수를 빼돌리면 금방 드러난다. 그래서 수년 동안 소리없이 조금씩 모으고 빼돌려 마침내 얻은 마장이었다.

"이건 말이 안 되오."

"그래서 끝까지 행패를 부리겠다는 것이오?"

"내 말을 들어보시오."

"부관."

"말씀하소서."

"당장 전서구를 보내라. 여기에 상황을 자세히 적고 시급히 지원군을 요청하라."

"추웅."

부관이 돌아설 때 상관량이 동천몽을 깊숙한 시선으로 쳐다보았다. 그런데 동천몽의 입가에 야릇한 웃음이 걸려 있었다.

한참 야릇한 미소를 짓고 있는 동천몽을 쳐다보던 상관량의 머릿속으로 어디서 본 듯했다.

'어디서?

기억은 쉽사리 잡히지 않았다. 그러나 무척 낯이 익었다.

한편 상관량의 그런 눈빛을 보며 동천몽이 피식 웃었다.

'본 것이 아니라 당신들의 영원한 봉 동오룡을 많이 닮았

겠지.'

상관량이 동천몽을 향해 말했다.

"오늘은 돌아가겠소. 곧 머잖아 진실은 밝혀질 것이오."

동천몽이 대답했다.

"좋은 말씀이오. 나 또한 제발 그러길 바랄 뿐이오."

다시 한 번 동천몽을 노려보던 상관량이 명령했다.

"돌아간다!"

복호청이 외쳤다.

"아니, 그럼 두 눈 퍼렇게 뜨고 이 많은 재산을 빼앗겨야 한 단 말입니까?"

상관량은 아무 말 없이 등을 돌렸다.

상관세가의 무사들이 투덜거리며 마지못해 돌아섰다. 걸어가는 상관량의 두 눈에서 시퍼런 불꽃이 이글거렸다.

마치 한바탕 꿈을 꾸는 것 같았다. 지금까지 머리로 세상을 살아왔을 만큼 뛰어난 지모와 계교를 자랑하던 자신이었다. 그런데 뭐가 어떻게 돌아가는지 마치 안개 속에 빠진 것 같았다.

털썩!

너무 어이가 없고 분통이 터졌으므로 길가 땅바닥에 털썩 주저앉았다. 상관량이 주저앉자 뒤를 따르던 무사들 또한 숙연한 얼굴로 서 있었다.

아무리 생각하고 또 생각해도 이건 꿈이었다.

"허허허!"

상관량이 실성한 사람처럼 웃음을 지었다.

"허허허허허!"

상관량의 웃음은 쉽사리 그치지 않았다. 땅바닥을 쳐다보며 한참 넋 나간 사람처럼 웃던 상관량이 서서히 고개를 들었다.

'뛰는 놈 위에 나는 놈 있다더니. 배일목!'

복호청이 험악한 표정으로 말했다.

"이건 분명한 사기입니다. 모든 문서를 위조한 것입니다. 우리도 똑같이 하면 되잖사옵니까?"

상관량이 어금니를 물었다 풀었다 하며 말했다.

"그게 그렇게 간단하지 않느니라. 아무리 완벽한 위조일지라도 헛점은 있게 마련이니라. 다른 건 다 위조해도 수결만큼은 불가능에 가깝다는 것이 정설이지."

"속하가 알기에 과거 한때 황실을 발칵 뒤집어놓은 칙령위조 사건을 주도한 사복서생은 진짜보다 더 진짜처럼 만들었다더군요."

"그놈은 천 년에 한 명 나올까 말까 하는 대단한 자이지. 하지만 그놈은 불귀도로 잡혀가 죽었다."

이대로 가다간 꼼짝없이 두 눈뜨고 뺏길 판이다.

"복호청."

"대령했사옵니다."

복호청이 잽싸게 다가와 부복했다.

"지금부터 모든 정보력을 동원해 배일목이란 자를 알아보거라. 본 가의 모든 힘을 배일목에 집중하라."

“알겠사옵니다.”

“어쩌면 본명이 아닐지도 모른다. 철저히 추적하여 내게 보고하라.”

상관량이 일어서서 용마산가 쪽을 노려보았다. 눈앞으로 자신을 향해 비웃던 동천몽의 얼굴이 떠올랐다. 상관량의 어금니를 깨물었다. 감히 자신을 건드린 것이 얼마나 무지한 일인지 절절히 깨닫게 해주고야 말겠다고 다짐했다.

第九章
강호육군

상관량도 떠나고 도독도 떠났다. 물론 도독에게는 상당한 선물을 안겨주었다. 도독은 선물에 고무된 듯 언제든지 문제가 생기면 연락을 취하라고 했다. 만사를 젖혀두고 가장 먼저 달려오겠다는 약속을 했다.

동천몽은 용마산가의 후원을 천천히 거닐고 있었다. 죄를 짓고 불귀도까지 들어갔다 나온 보람이 있었다.

"축하드리옵니다."

느닷없는 소리에 고개를 돌렸다.

일목이 누런 이를 드러내고 웃고 서 있었다.

"어차피 두 놈 모두 대법왕님의 사가에서 나온 돈으로 구입 했잖사옵니까? 이래서 부처님은 스스로 돕는 자를 돕는다고 했나 봅니다."

흠칫!

동천몽이 놀란 표정을 지었다. 놀라운 진리의 말이 일목의 입에서 너무도 가볍게 흘러나왔다.

"결코 악은 정을 이길 수 없사옵니다. 그게 바로 삶의 이치이고 세상의 흐름 아니겠사옵니까?"

동천몽이 인상을 찌푸렸다.

하지만 금세 표정을 고치고 고개를 끄덕였다. 화를 내면 속 좁아 보일 뿐 아니라 스스로 자신의 지식이 얕음을 고백하는 꼴이 된다. 이럴 땐 오히려 알아들은 것처럼 행동해야 한다.

"핫핫핫! 아주 좋은 말이구나. 그렇지. 악은 죽어도 정을 이길 수 없느니라. 역사 이래로 악이 정을 이긴 적은 없었느니라."

일목이 멈칫했다.

'여… 역사!'

처음 듣는 말이었다. 부지런히 머리를 굴리며 그 뜻을 헤아려 봤지만 얼른 떠오르는 것이 없었다. 하지만 그렇다고 멍한 표정을 지어서는 안 된다.

"그… 그렇사옵니다. 훌륭하신 말씀이옵니다."

"일목아."

"예, 대법왕님."

"너의 말처럼 악은 정을 못 이긴다. 하지만 무조건 이기지 못하는 것이 아니다. 악에게 밟히지 않기 위해 엄청난 노력을 해야 한다는 얘기니라."

"그렇지요."

"악에게 밟히지 않으려면 어떻게 해야겠느냐?"

"그거야 정신 바짝 차리고……."

"바로 그것이다. 가장 정확한 답을 말했구나. 앞으로 정신 바짝 차리고 천지광옥과 이곳을 지켜야 한다. 남궁천과 상관량은 강호제일세인 인물들 아니냐. 절대 그냥 넘어가지 않을 것이라는 얘기니라."

"그럴 것이옵니다. 악착같이 빼앗겠지요. 아마 지금쯤 배일목이 누군지 찾기 위해 혈안이 되어 있을 것입니다."

"천룡구십구불을 천지광옥으로 보내고 궁에 전서구를 보내 백팔밀승을 불러 이곳을 보호하도록 해라."

백팔밀승(百八密僧)은 천룡구십구불과 달리 오로지 포달랍궁 지하 연무전에서 무예수련만 하는 무승들이다. 그들의 주임무는 포달랍궁의 진산절기를 연구하고 단점을 보완하며 장점을 확대하는 무공의 학승들인 것이다. 백팔밀승이 되기 위해서는 가장 먼저 포달랍궁에 내려오는 쉰두 가지의 절예 중 약 삼십까지 이상을 터득해야 한다. 그것도 극성으로 연마를 해야 하는데 그 이유는 깊이 깨닫지 못하면 무공의 흐름과 장, 단점을 읽어내지 못하기 때문이었다. 또한 그들은 다른 문파의 무공에도 해박하다. 다른 문파의 무공과 포달랍궁 무공을 비교 평가하는 공부도 함께하기 때문이었다.

＊　　　＊　　　＊

농부는 쉬지 않고 땅을 팠다. 사방 이십여 장의 밭은 농부가 가진 유일한 재산이었다. 그래서 일 년 농사를 짜임새 있게 짓는다. 봄에는 마령서(馬鈴薯)를 심고 여름에는 대두(大豆)를 심는다. 그리고 마지막으로 가을에는 나복(蘿蔔)을 심어 겨우내 반찬으로 쓴다.

지금 농부가 땅을 파는 것은 나복을 심기 위해서이다. 나복은 반찬으로도 쓰이지만 한약재 효능도 갖고 있어 여러모로 쓰임새가 많았다.

퍼퍽!

농부의 괭이질은 규칙적이었다. 빠르지도 느리지도 않았고 땅을 파고드는 괭이의 깊이도 일정했다. 일반적으로 농부들이 땅을 파면 시간이 흐를수록 체력이 떨어지고 깊이가 불규칙해지며 동작도 갈수록 느려진다.

하지만 농부의 괭이질은 기계와 같았다. 깊이도 반 자였고 한 번 숨을 내쉴 때마다 괭이는 어김없이 떨어졌다.

퍽!

퍼어억!

땅을 울리는 굉음도 일률적이다. 땅을 파고드는 괭이의 깊이가 일정하다는 반증인데 더욱 놀라운 것은 오랫동안 일을 하는데도 땀 방울 하나 구경할 수가 없었다. 그것은 농부가 범상한 사람이 아니라는 것을 가장 확실해 말해주고 있었다.

뚝!

규칙적으로 괭이질을 하던 농부가 동작을 멈추고 고개를 들었다. 그러자 소맥으로 만든 모자에 가려진 얼굴이 드러났다. 얼굴에 주름살이 가득했고 검버섯이 곳곳에 피어 있었다. 하지만 두 눈만은 늙은 노인이라고 하기엔 믿을 수가 없을 만큼 초롱초롱했다.

노인의 고개가 향한 밭끝으로 두 사람이 모습을 드러냈다. 바람에 펄럭이는 머리카락을 보아 일남일녀임을 알 수 있었다.

"이렇게 땅을 판 뒤에 나복을 심는다는 거죠?"

"나복을 심는 것이 아니라 씨를 뿌리오. 씨가 자라나 나복이 되는 것이오."

"어멋 그래요. 난 처음부터 잎사귀 달린 나복을 심는 줄 알았거든요."

일남일녀는 자신이 나복을 심기 위해 땅을 파고 있다는 것을 알고 있었다.

두 남녀가 가까이 다가올수록 노인의 인상은 찌푸려졌다. 특히 그의 두 눈은 오른쪽의 백의청년에게 멎었다.

'좋다!'

자신도 모르게 내심 감탄을 금치 못했다. 구십 평생을 살아오면서 사람에게 이렇게 반해보기는 처음이었다. 걸음을 보면 상대의 수준을 읽을 수 있었다. 백의청년은 그야말로 작은 태산이라 할 만했는데 두 다리만 움직일 뿐 상체는 그대로 이동해 오고 있었다. 과연 중원에 누가 있어 저토록 멋진 젊은이를 길러냈을까 잠시 생각하고 있을 때 두 남녀는 면전으로 다가왔다.

흠칫!

왼쪽의 여자를 보던 노인의 눈빛이 흔들렸다.

'음! 사내의 혼을 녹일 요부로다!'

노인의 시선을 의식했음인가 여인이 허리를 가볍게 틀었다. 정색하여 쳐다보는 노인의 시선에 부끄러움을 느껴 몸을 뒤튼 것 같았는데 터질 듯 솟아 나온 앞가슴이 출렁거렸다.

"으음!"

노인은 침음성을 흘렸다. 그리고 백의청년의 그릇을 대번에 읽어내고 말았다. 기상은 하늘을 뒤엎을 만했지만 요부와 동행을 하는 것을 보면 결코 정(正)에 집착하는 인물은 아닐 것이었다.

척!

백의청년이 포권의 예를 취했다.

"소생 남궁관이 운절도 노선배님께 인사 올립니다."

노인의 이마가 찌푸려졌다.

아무리 살펴도 한 번도 본 적이 없었다.

"가부(家夫)께서 무림맹주 되십니다."

"남궁천."

"그러하옵니다. 아버님께서 노선배님께 문안을 드리고 오라 말씀하셨사옵니다."

노인의 눈이 가늘어졌다.

운절도(雲切刀) 노산(魯山), 구름을 자른다는 도객이다. 잘라도 자를 수 없는 것이 구름이지만 그의 칼은 다르다. 안개를 자르고 구름을 꺾고 빛을 토막낸다. 무림맹의 태상장로인 강호육군(江湖六君) 중 한 사람이기도 했다.

"자네인가?"

뜬금없는 질문이었다. 무엇을 알고자 던진 질문인지 알 수가 없었다.

그런데 남궁관은 고개를 끄덕였다.

"그러하옵니다."

어제저녁 지기이자 강호육군 중 한 사람인 추풍살선(秋風殺扇) 위청청이 불쑥 찾아왔다. 두 사람은 올해 아흔 동갑으로 강호육군 중에서 유난히 절친했고 바둑을 좋아해 자주 수를 겨루었다.

한참 바둑을 두던 중 위청청이 불쑥 입을 열었다. 강호육군 중 한 명인 장제(掌帝) 염우(廉宇)와 광신(光身) 독고칠(獨孤七)이 죽었다고 했다.

강호육군은 천하제일고수는 아니다. 그러나 천하제일고수에 가장 가까이 있다고 천하가 인정하고 본인들 또한 자부했다. 또한 무림맹의 태상장로들이다.

무공실력으로나 강호에서의 지위를 놓고 볼 때 감히 누구도 그들을 건드릴 수 없고 살해할 수는 더욱 없었다.

흉수가 누구냐고 물었지만 알 수 없다고 했다. 다만 한 가지

심중에 잡히는 사람이 있다고 했는데 놀랍게도 집안에 있다고
했다. 위청청이 말하는 집안이란 무림맹을 지칭했다. 무림맹
인물이 태상장로들을 죽이고 다닌다고 했다.

그것은 충격적이었다. 물증은 없지만 위청청은 생각없이 아
무 말이나 뱉어내는 가벼운 사람이 아니었다. 바둑을 끝내고
간단히 차 한잔하고 헤어졌다. 그런데 오늘 자신을 찾아온 방
문객을 보면서 불현듯 어제 왔다간 위청청의 말이 떠오른 것
이다.

팟!

노산의 가늘게 좁혀진 눈이 이번에는 커졌다.

그러고 보니 한 달 전에 있었던 일이 떠올랐다. 당시 무림맹
의 상황은 목와북천과 동천비의 대항으로 어수선했고, 그래서
무통령 얘기가 본격적으로 거론되었다.

맹주를 비롯해 상당수 장로들이 무통령을 내려야 한다고 했
지만 강호육군은 강력하게 막았다. 무통령은 함부로 내려져서
안 된다. 워낙 절대권력이기 때문에 한 번 내려지면 그 폐해는
상당할 것이 뻔했다. 물론 목와북천과 동천비를 제거하기 위
해서라고 하지만 자칫 악용될 소지가 너무 컸다.

지금까지 무통령이 딱 한 번 내려졌는데도 엄청난 폐해를
낳았다. 무림맹주가 막대한 권한을 갖고 흑도무림의 소탕에도
힘을 썼지만 또한 자신의 반대 세력을 제거하는데 무통령의
권위를 이용한 것이었다. 강호는 엄청난 피바람에 휘말렸다.

자신과 위청청, 염우와 독고칠이 가장 반대를 했었다. 그런

데 염우와 독고칠이 죽었고 이제 자신에게 남궁천의 칼이 겨
눠진 것이었다.

노산의 입가에 웃음이 맺혔다.

"맹주가 침이 마르도록 칭찬을 하더니 그럴 만하군. 올해 몇
살인가?"

"서른하나입니다."

"좋은 나이로군. 아버지의 빛보다 훨씬 밝고 강렬하니 남궁
세가의 미래가 훤히 보이는군. 헛헛헛!"

노산이 환한 웃음을 짓더니 괭이에 묻은 흙을 털었다.

남궁관이 물었다.

"칼은?"

"아무렴 어떤가? 우리 나이가 되면 손에 잡힌 것이 애병이
된다네."

"하지만 그래도 영감 주특기가 칼이잖아요? 늙으면 노망이
든다더니 진짜 노망이 들었나 봐. 공자님 같은 고수에게 어떻
게 그따위 괭이로 맞서겠다는 거지. 정말 웃겨."

노산이 모용산을 보며 물었다.

"아이야, 너는 누구냐?"

"아이라뇨? 내 나이가 몇인데."

기분 나쁘다는 듯 쏘아보자 노산이 껄껄 웃었다.

모용산이 쏘듯 말했다.

"모용산이라고 해요."

"모용파와는 어떤 관계이냐?"

"아버님 되세요."

"헛헛! 옛말이 하나도 틀린 게 없구나. 그 아비에 그 자식이라더니."

"무슨 뜻으로 하는 말씀이죠?"

"모용파가 장로가 되었다기에 고개를 갸웃거렸는데 너 같은 자식이 있었다면 충분히 그럴 수 있겠구나."

모용산이 눈을 깜박거렸다.

칭찬인지 조롱인지 얼른 감이 잡히지 않는다.

노산이 남궁관을 보며 말했다.

"영웅의 몰락을 보면 곁에 항상 계집이 있네. 명심하게나."

"뭐… 뭐라구요? 저 늙은이가."

"시작하세."

노산이 괭이를 움켜쥐었다.

허름한 마의에 소맥의 짚으로 만든 빛바랜 모자와 떨어진 가죽신은 무척 평화롭다. 들고 있는 괭이 또한 오랫동안 노산과 같이 농사를 일군 듯 반쯤 닳아 있었다.

남궁관의 아미가 가볍게 찌푸려졌다.

밭 한가운데 서 있는 허수아비 같았다. 그런데 묘하게도 공격할 틈이 보이지 않는다.

가장 먼저 광신을 죽였고 두 번째로 장제를 죽였다. 광신은 경신술의 일인자라 할 수 있고 장제는 장법의 왕이었다. 사실 강호육군이지만 무예의 벽은 조금씩 있는데 자신의 손에 죽은 두 사람이 가장 낮았다.

'다르다!'

두 사람과는 달랐다. 그것도 미세한 차이가 아니라 현격했다. 남궁관의 얼굴이 심각해졌다. 이 정도까지일 줄은 몰랐기 때문이었다. 두 사람은 잠시 서로를 마주 보고 서 있었는데 모용산이 슬며시 옆으로 빠졌다. 고수들끼리 싸움에 잘못 휩쓸리면 날벼락 맞기 십상이었다.

두 사람은 그냥 보고 서 있었고 바람은 그들의 옷자락을 펄럭거렸다. 생사의 대결인데도 누구도 살기를 담지 않았고 고요한 시선이 서로를 부드럽게 살필 뿐이었다.

슉!

푹!

그때 두 사람의 발목이 점차 땅속에 묻히기 시작했다. 전신으로 끌어올린 내공이 지면을 파헤치며 잠기는 것이다. 이런 상태로 대치만 하고 있다면 어쩌면 두 사람은 허리까지 땅에 파묻힐지도 모를 일이었다.

다른 두 사람을 죽일 때도 곁에 있었지만 이렇게 오래 끌지는 않았다. 모용산은 노산의 무위가 앞서 죽은 사람들과는 상당한 차이가 나며 남궁관이 무척 긴장하고 있음을 알아차렸다.

문득 모용산의 눈이 좌우로 굴러졌다.

그녀의 입가에 사악한 미소가 떠올랐다. 그것은 뭔가 음모를 꾸밀 때 나타나는 특유의 버릇이었다.

"호호호!"

느닷없이 그녀가 웃음을 터뜨렸다.

그 순간 남궁관의 몸이 떠올랐고 검이 뽑혔다.

싸악!

까캉!

노산은 그 자리에서 괭이를 들어 막았다. 그런데 강력한 힘이 실린 검을 막게 되자 두 다리가 땅속으로 말뚝처럼 더 깊이 박혔다. 내공의 기파에 의해 빠져드는 몸 상태와 어떤 힘에 눌려 묻히는 것은 다르다.

끌어올린 내공의 기파에 의해 두 다리가 묻히면 뽑혀 나올 때 그다지 방해나 지장을 받지 않지만 강제적 힘에 의해 파묻히면 강력한 방해를 받는다.

사실 모용산의 느닷없는 웃음은 팽팽한 대치 속에 있던 두 사람의 기세를 흔들었고, 특히 노산은 깜짝 놀랄 수밖에 없었다. 그 바람에 기가 흔들렸고 그 틈을 노리고 남궁관이 기습을 가한 것이다.

남궁관은 이미 앞서 모용산의 그런 도움을 받았기 때문에 전혀 지장을 받지 않았다.

고수들끼리의 싸움에서 조그만 주위 변화는 어느 한쪽에는 치명적으로 작용하는데 지금 노산이 그러했다. 남궁관은 빠져나올 틈을 주지 않고 검을 휘둘렀다.

카카카카칵!

괭이와 검이 충돌하며 사방으로 불꽃이 휘날렸고 노산의 몸은 어느덧 낭심 근처까지 땅속으로 묻혔다. 피할 수 없고 오로지 말뚝처럼 박힌 상태에서 남궁관의 공격을 막아야 했으므로 무척 위태로웠다.

그에 반해 남궁관은 기회를 놓치지 않기 위해 자신이 가진 모든 능력을 쏟아내었다.

콰아앙!

툭!

급기야 괭이자루가 부러져 나가고 말았다.

이대로 가다간 오래 버티지 못할 것이다. 최선을 다해 방어에 나섰지만 남궁관의 검을 막아내기에는 너무 괭이자루가 짧았다.

푸우우!

이판사판, 위험을 각오해야 했다. 노산의 몸이 무 뽑히듯 땅 속에서 뽑혀 나왔다. 그 순간 남궁관의 검이 또다시 떨어졌다. 괭이가 부러져 나간 관계로 병기에서도 불리한데다 몸을 뽑아 올리느라 내공의 일부를 신법 펼치는데 썼다.

퍼어억!

"컥!"

예상대로 엄청난 충격이 전신을 강타했다. 마치 벼락을 한 대 맞는 것 같았다.

울컥!

핏덩이를 토해냈다. 강한 충격으로 인해 전신의 뼈 일부까지 탈골이 된 것 같다. 그만큼 남궁관의 힘은 거셌다.

슈우욱!

남궁관의 검이 수평으로 뻗어오는 것이 검강이었다.

비록 짧은 괭이자루였지만 노산 역시 도강을 펼쳤다. 검강과 도강의 충돌은 주위를 거센 폭풍 속으로 몰아넣었다.

쿠콰쾅!

흙먼지가 주위를 덮어버렸다.

서로의 힘이 비슷할 때 병기가 짧으면 손해를 입는다. 어떤 물체를 통해 충격이 전달될 때 길수록 손끝에 닿을 때는 약해지기 때문이었다. 노산은 나무로 된 괭이자루를 칼로 사용한 데다 부러졌기 때문에 충격이 그대로 괭이자루가 흡수하지 못하고 손으로 전달되었고, 그것은 고스란히 내기를 뒤흔들었다.

"후우욱!"

팽팽한 무위일 때 한 번 밀리면 걷잡을 수가 없다. 회복하기 위해서는 상대보다 최소한 한 배 반 정도의 힘이 필요한데 여러 가지로 불리한 입장에서 회복하기란 불가능했다.

따악!

노산은 찔러 들어오는 남궁관의 검을 때렸다. 보통 상황이라면 강하게 맞은 상대의 검이 옆으로 비켜나야 하는데 적지 않은 내상을 입었기 때문에 때린 쪽의 괭이자루가 더 튕겨 나왔다. 물론 남궁관의 검도 충격에 옆으로 밀리긴 했고 쉬익 하며 노산의 괭이자루가 그대로 남궁관의 하복부를 찔러 들어갔다.

직선으로 찔러야 하는데 튕겨 나갔다가 찔렀으므로 도로(刀

路)가 약간 반원을 만들었다. 그에 반해 남궁관의 검은 옆으로 조금 비켜나긴 했지만 힘이 있었으므로 곧바로 찔러 들어왔다.

쉭!

슉!

서로가 찔렀다.

그런데 힘과 병기에서 유리한 남궁관의 검이 먼저 찔렀다. 간발의 차이지만 먼저 찌른 쪽과 나중에 찌른 쪽이 입는 충격과 피해는 엄청난 차이를 보인다.

먼저 찔린 쪽은 일단 움찔하면서 힘이 축소되고 뒤이어 파고드는 고통과 충격으로 찔러가던 힘이 또다시 감소된다.

푹!

노산의 괭이자루가 남궁관의 어깨를 찔렀다.

물론 왼쪽 어깨를 파고들긴 했지만 고작 피만 보는 경미한 상처인 반면 노사의 위쪽 어깨는 완전히 관통되었다.

휘청!

노산이 비틀거리며 뒤로 물러났다.

밭은 평평하지 않았다. 나복을 심기 위해 파놓아 표면이 물컹거리며 푹푹 빠진다. 그래서 노산이 중심을 잡는데 밭은 더욱 악재로 작용했다.

콰아!

남궁관의 검은 멈추지 않았다. 내색은 않지만 상당한 내상을 입고 있었다. 몰아칠 때 끝장을 봐야 한다.

남궁관의 검은 빨랐다. 노산은 채 진기도 완전히 끌어올리지 못하고 남궁관의 검을 본능적으로 후려쳤다.

퍽!

"커억!"

지금까지의 비명이 신음에 가까웠다면 지금은 주위를 울릴 만큼 처절했다.

콰콰콰!

남궁관의 검이 더욱 광란했다. 쏟아지는 검강을 보며 노산의 안색은 어두워졌다. 여유가 넘치던 그의 얼굴에 그늘이 드리워졌고 있는 힘껏 남궁관의 검을 맞받아쳤다.

콰콱!

퍼더덕!

그대로 뒷걸음을 치다 밭에 주저앉았고 쐐액 하는 소리가 들리며 천 년 거암 같은 무거운 기운이 떨어졌다. 손을 들어 올릴 힘도 없었지만 최선을 다해 완전히 쪼개지고 젓가락 길이밖에 남지 않은 괭이자루를 들어 올렸다.

싹!

내공이 실려야 잘리지 않는데 힘이 없다 보니 두부처럼 잘려 나갔고 그대로 앞가슴을 뜨거운 기운이 훑고 지나갔다. 주저앉은 채 앞가슴을 내려다보았는데 옷이 잘려 나갔으며 벌어진 옷자락 사이로 핏물이 보인다.

남궁관의 검이 그제야 멈췄다. 완전한 승리를 자신하는 듯 거친 숨을 헐떡이면서도 입가에는 미소가 떠올랐다.

"학… 하학!"

노산이 거친 숨을 내쉬었다.

그런데 입가에는 밝은 웃음이 피어오르고 있었다.

"헛헛! 예상은 했었느니라. 무통령이 내려지는 순간 가장 먼저 남궁천이 우리의 목을 치리라고."

강호육군은 남궁천에게 눈엣가시였다.

이미 자신의 야망과 속셈을 그들은 훤히 들여다보고 있었고, 그래서 자신이 하고자 하는 일에 강호육군은 사사건건 관여하고 제지를 했다.

다행히 남궁천이 포섭해 놓은 사람들이 워낙 많아 끝내 무통령은 내려졌다. 천하는 그의 손아귀에 들어가 버린 것이다.

강호의 역사를 보면 흑도의 시대보다는 백도의 천하가 오래 지속되었다. 하지만 삶의 궁핍함과 피바람은 놀랍게도 백도가 지배하던 시절이 더 심했었다.

부정과 부패가 훨씬 심했고 군소문파들의 삶은 더욱 팍팍했다. 하지만 흑도의 시대 때에는 우려했던 것과 달리 평소와 크게 달라진 것이 없었다. 일부 몇몇 흑도방파와 인물들이 개인적인 복수로 질서를 어지럽히긴 했지만 극히 미미했다.

남궁천에게는 가혹한 피의 기가 뭉쳐 있었다.

그래서 강호육군은 더욱 막았던 것이었다.

남궁관이 가까이 다가왔다.

"편히 가십시오."

남궁관이 검을 쳐들었다.

바로 그 순간 모용산이 외쳐 말했다.

"공자님, 잠깐만요!"

남궁관의 동작이 멎었고 모용산이 다가오더니 요염한 미소를 지으며 말했다.

"소녀가 베면 안 되겠어요? 언제 소녀가 이런 거목의 목을 베어 보겠어요."

남궁관이 검을 내렸다.

"그렇게 하시오. 뭐 어려울 것 있겠소."

"호호호! 고마워요, 공자님."

모용산이 깔깔거리며 다가와 자신의 옆구리에 달린 검을 뽑아 들었다.

"늙은이, 왜 웃느냐?"

노산이 웃고 있자 모용산이 인상을 썼다.

노산이 조용히 말했다.

"조심하거라. 너의 관상을 보니 편히 죽지는 못할 것 같구나."

모용산의 얼굴에 떠올랐던 미소가 싹 가셨다.

"늙은이 지금 무슨 말을 하는 게냐? 뭐가 어째?"

"깨끗하게 죽지는 못할 관상이라는 것이다. 구체적으로 말하면 엄청난 고통을 당하며 죽을 것이라는 얘기다."

모용산의 얼굴이 싸늘해졌다.

"이런 패죽일 늙은이가."

그녀가 검을 뽑아 노산의 목을 그대로 내려쳤다.

팍!

하지만 노산의 목은 잘라지지 않았고 피만 흘러내렸다. 그러는 가운데 여전히 노산은 웃고 있었다.

"기분 나빠."

다시 모용산이 검을 휘둘렀다.

파파파팍!

한 번에 잘려지지 않자 미친 듯이 휘둘렀고 끝내 노산의 목은 톱에 잘린 듯 베어졌다.

그래도 분이 덜 풀린 듯 모용산은 노산의 시체를 난도질했다. 보다 못한 남궁관이 말렸다.

"기분은 알지만 됐소. 그만 하시오."

"찢어 죽일, 늙은이."

모용산이 씩씩거리며 죽은 노산을 노려보았다.

"재수없어."

모용산의 백의는 노산의 몸에서 튄 피로 범벅이 되었고 얼굴까지 핏물이 묻어 있었다. 피를 뒤집어쓰고 씩씩거리는 모용산을 쳐다보던 남궁관의 눈빛이 변했다.

갑자기 거친 욕망이 솟구친 것이었다.

이상하게 핏속에서 여인을 보면 욕망이 솟구쳤다. 그것은 어려서부터 그랬었다. 집 안의 여무사들이 수련 도중 피를 흘리는 것을 보면 도저히 그냥 지나칠 수가 없었다. 온갖 위협과 협박을 쏟아 기어코 욕심을 차리고 말았다.

와락!

남궁관이 모용산을 끌어안았다. 깜짝 놀란 모용산이 남궁관의 눈 속에 타오르는 욕망을 읽고 미소를 지었다.

"홋홋! 갈수록 이상한 취미예요."

"훨씬 자극적이고 좋지 않소."

"하긴 깨끗한 침대 위에서는 별 감흥이 없긴 해요."

모용산은 남궁관이 옷을 벗기기 쉽도록 도와주었고 두 사람은 알몸이 되어 노산의 시체 옆에서 뱀처럼 뒤엉켰다.

*   *   *

천상각 본영으로 돌아온 상관량은 휘하 제장들로부터 그동안에 있던 보고를 듣고 있었다. 특별한 변동 소식은 없었다. 동천비는 사라지고 없었지만 아직 서로가 모르고 있었다.

상관량의 귀에는 수하들의 보고가 전혀 들어오지 않았다.

수하 한 명이 자기 차례가 되어 보고하러 들어왔다가 독한 죽엽청을 물 마시듯 하는 모습을 보고 슬머시 자리를 비켰다.

가개묵의 눈살이 모아졌다.

오랫동안 상관량을 모셨기 때문에 갔던 일이 뜻대로 되지 않았음을 알아차렸다.

번쩍!

술을 마시던 상관량의 눈이 커졌다. 불현듯 뇌리 속으로 한 인물이 떠오른 것이었다.

'놈이다!'

상관량이 고개를 돌렸다.

"개묵!"

"말씀하소서."

"요즘 포달랍궁의 움직임은 어떠냐?"

"여전히 강력한 진으로 외부와 단절되어 있사옵니다."

상관량의 눈이 빛을 뿌렸다.

"아니다. 그럴 리 없다. 다시 살펴보거라. 어쩌면 중원에 들어와 있는지도 모른다."

"네엣?"

"그놈이다. 이 모든 사건의 주범은 바로 동천몽이란 동오룡의 막내아들, 그놈이다."

"그놈은 부친은 물론 형제들과 원수지간 아니오니까?"

"그렇긴 하지만 핏줄은 그 무엇에 우선한다. 원수는 원수일지라도 일단 가문은 살려놓고 보자는 계산으로 은밀히 모든 작전을 펼치고 있을 가능성이 높다."

"그렇다면 한 가지 의문이 있사옵니다. 주인이 동천몽이어야 하는데 배일목으로 된 것은 뭘까요?"

"명의만 남에게 잠시 빌려왔겠지. 우리의 눈을 피하기 위해."

상관량이 자리에서 일어났다.

"당장 포달랍궁으로 가라. 그들의 움직임을 자세히 조사해라. 아무리 은밀히 움직여도 사람의 눈은 피할 수 없다. 포달랍궁 인근 주민들이거나 누군가에게는 목격되었을 것이다. 어서 알아보거라. 놈은 틀림없이 중원으로 들어와 우리의 일에 깊이 관여하고 있다.”

가개묵이 빠져나갔다.

혼자 남은 상관량은 확신하듯 중얼거렸다.

‘놈이다. 내 눈은 속이지 못한다.’

이쪽에 너무 신경 쓰느라 동천몽을 잠시 잊고 있었다. 그가 아니면 이런 엄청난 일을 서슴없이 꾸밀 사람은 없다.

예전부터 동천몽이야말로 어쩌면 가장 큰 변수일지도 모른다고 생각했었다. 포달랍궁은 만만한 상대가 아니었다. 워낙 중원에서 멀리 떨어져 있어 잘 알려져 있지 않은 것이 가장 큰 위협거리였다.

오죽하면 자신들조차도 제자들 숫자를 정확히 모른다고 했겠는가. 홍산과 대설산 동굴에서 평생을 무예수련만 하다 죽는 사람은 물론 등선한 사람도 있다는 말까지 나돌았다.

밖으로부터 경비무사의 목소리가 들려왔다.

“총관님, 동오룡 각주님께서 뵙기를 청합니다.”

상관량의 눈이 커졌다.

천상각을 포위한 이후 동오룡의 방문을 두 번 받았다. 처음 동오룡이 자신을 찾아왔을 때는 무척 당황했다. 적장이 불쑥 나타났으므로 무슨 의미인지 얼른 파악이 되지 않았다. 동오룡은 찾아와 이런저런 얘길 하고 차까지 얻어 마시고 돌아갔다. 별다른 말도 없었던 것이었다.

나중에서야 상관량은 동오룡의 계산을 읽었다. 이쪽에서

절대 자신을 죽이지 못한다는 것을 알고 있는 것이다. 또한 공격을 해봤자 인명피해만 날 뿐 자신들의 궁극적인 목적, 즉 비고(秘庫)는 찾을 수 없다는 것을 읽고 있었다. 고문 따위쯤은 얼마든지 견뎌낼 자신이 있지 않고서는 보일 수 없는 노련한 장사꾼다운 배포였다.

그래서 상관량은 공격을 하여 일단 동천비를 사로잡은 다음 위협을 해볼까도 생각했었다. 자식의 고통을 외면할 부모는 없다는 것이 상관량의 생각이었다. 하지만 그 또한 중도에서 포기했다. 자신이 보는 동오룡도 이제 갈 때까지 갔고 이판사판이라는 생각을 갖고 있었다. 어차피 동천비는 마공을 익힌 무림맹의 공적이므로 살려두지 않을 것이라는 것을 그도 아는 것이다. 그렇기 때문에 죽을 아들을 위협해 봤자 꼼짝도 않을 것이다.

실로 만만찮은 두뇌회전이었고 요즘 들어 은근히 두려움까지 일고 있었는데 또다시 그가 찾아왔다. 오늘은 무슨 일로 찾아왔을까 생각하고 있는데 웃음소리가 들렸다.

들어오라는 말도 하지 않았는데 휘장을 걷고 들어선 것이다.

"핫핫핫! 오늘은 아주 한가해 보이는구려."

동오룡은 아무런 근심 걱정이 없는 사람처럼 큰 소리로 웃었다. 마치 자기 집에 온 사람처럼 거리낌없이 주위를 휘둘러 보더니 의자에 털썩 주저앉아 입을 연다.

"손님이 왔는데 차 한 잔노 없소이까?"

적을 포위해 놓고 끌려 다녀보기는 처음이었다. 분명히 열
쇠는 이쪽에서 쥐고 있지만 자물쇠를 열 수 없는 이상한 열쇠
이다.

"차 가져오너라."

밖으로부터 대답이 들려왔다.

"앉으시오."

오히려 손님이 주인에게 앉으라고 권한다.

"언제까지 내 집을 에워싸고 있을 셈이오? 이렇게 시간을
끌 바에는 장사라도 할 수 있도록 문은 열어주어야 할 것 아니
오?"

다리까지 포개며 입을 여는 동오룡의 얼굴에 사정하는 빛이
라고는 찾아볼 수가 없었다.

"왜 대답이 없으시오. 내 말이 틀렸소?"

상관량의 이마가 찌푸려졌다.

칼자루는 자신이 잡고 있는데 칼날을 쥔 사람이 더욱 큰소
리다. 이건 완전히 배 째라는 식이 아닌가.

"그럼 허락으로 알고 내일부터 문을 개방하겠소이다."

그러면서 자리에서 일어났다. 혼자 묻고 혼자 대답하고 혼
자 결정한다.

"불가하오."

"이유가 뭐요?"

"이유는 없소."

"그게 말이라고 하시오? 허어, 이거야 원."

"굳이 이유라면 각주에게 있소. 각주가 쥐고 있는 그 비고를 가르쳐 주시오. 그럼 우린 얼마든지 문을 열 수 있도록 해주겠소이다."

"푸핫핫핫!"

느닷없이 동오룡이 광소를 터뜨렸다. 상관량이 동오룡의 웃음소리에 인상을 썼다. 감히 적진 심장부에 들어와 엄청난 웃음이라니 화가 나기도 했고 어이가 없다.

"이보시오, 상관 총관. 그게 지금 말이 된다고 생각하시오. 당신들 다 쥐버리면 난 뭘로 장사를 하란 말이오. 당장 물건을 구입하려면 은자가 있어야 하는데 비고에 감춰진 것은 최소한의 생존 자금이오. 물론 그동안 쌓아놓은 신용이 있기 때문에 외상으로 어느 정도 되겠지만 그것도 하루 이틀이오. 다 빼앗고 나서 문을 열어주면 그게 무슨 의미가 있단 말이오. 우린 결국 굶어 죽으란 말밖에 더 되오이까? 한두 살 먹은 어린아이도 아니고 말이오 그렇게 생각이 짧아서야 원."

화악!

상관량의 눈이 커졌다.

주저가 없었고 거칠 게 없었다. 자신을 훈계하고 가르치듯 동오룡은 비아냥거리는 표정으로 말했다.

"당신들은 아주 중요한 것을 모르고 있구려. 세상은 같이 사는 거요. 혼자 사는 것이 아니란 얘기요. 때로는 손해도 보면서 말이오. 힘을 가졌다고 오로지 빼앗으려 들고 있단 말이오. 하지만 힘은 언젠가 더 큰 힘에 반드시 당하게 되어 있음을 명심하시오."

"카악! 퉤!"

상관량이 바닥에 가래침을 뱉고 돌아섰다.

화악!

상관량의 양손이 앞가슴까지 올라갔다. 금방이라도 장력으로 격살할 듯 전신이 살기로 충만했고 두 눈에서는 냉기가 쏟아졌다. 하지만 끝내 장력을 발출하지는 않았다.

상관량은 양손을 앞가슴에 멈춘 채 한동안 동오룡이 나간 입구를 노려보았다.

"끄음!"

한참 만에 거친 신음을 흘리며 양손을 내렸다.

털썩!

의자에 주저앉은 상관량의 시선은 여전히 입구를 떠나지 않고 있었다. 도대체 뭐가 뭔지 감이 잡히지 않는다. 자신이 칼자루를 잡고 있는 것인지 아니면 동오룡이 자신의 목을 움켜쥐고 있는 것인지 정리가 되지 않았다.

모든 것이 뒤죽박죽으로 변해가고 있었다.

분명히 자신이 우월한 위치에 있다. 자신에게 목숨이 저당 잡힌 동오룡이 다가와 큰소리를 치고 한바탕 태풍처럼 자존심을 긁고 사라지는데 자신이 할 수 있는 것이라고는 씩씩거리며 분노를 자제하는 것뿐이었다.

뿌드득!

동오룡이 사라진 입구를 노려보며 이만 박박 갈 뿐이었다.

　　　　*　　　　　*　　　　　*

　천상각 뒷산 오향봉 골짜기에 일단의 마차가 나타났다. 그들은 거대한 바위 두 개가 나란히 세워져 있는 곳에 이르러 이끼가 유난히 푸르게 낀 부위를 눌렀다.

　그그긍!

　그러자 집채만 한 바위 두 개가 좌우로 갈라지며 입구가 드러났는데 놀랍게도 마차를 끌고 들어갈 수 있을 만큼 잘 닦여진 지하 통로가 나타났다.

　마차들은 조심스럽게 지하 통로 안으로 들어갔다.

　통로는 조그만 경사를 이루며 한참을 지하로 내려갔고 어느 정도의 깊이에 이르자 굴은 평지가 되었다. 그리고 거대한 문이 앞을 막고 있었는데 선두에 선 사내는 거침없이 기관 장치를 작동했다.

　또다시 석문이 열리고 엄청난 빛이 쏟아져 나왔다.

　"오오!"

　"과… 과연!"

　마차를 몰고 들어간 사내들의 눈이 부릅떠지며 탄성이 터져 나왔다. 천하의 모든 금은보화를 쌓아놓은 듯 지하 광장에는 상상을 초월한 보석들이 쌓여 있었다.

　"왜 이제야 천상각을 천하제일재가(天下第一財家)라고 하는지 알겠구나."

사내들은 한동안 넋을 놓고 쳐다보았다.

잠시 후 앞장서서 기관 장치를 해체했던 사내가 말했다.

"서둘러 싣고 떠나세. 지체했다가는 무슨 일이 생길지 모르네."

무사들은 마차에 금은보화를 싣고 옮기기 시작했다.

오향봉 골짜기로 수십 대의 마차가 들락거렸다. 하지만 천상각을 감시하고 있는 무림맹에서는 전혀 아무런 낌새를 눈치채지 못하고 있었다. 마차들은 무려 열흘간이나 들락거리며 천상각 지하에 숨겨진 보화들을 완전히 옮기는데 성공했다.

그곳은 천연의 요새라 할 만했다. 사방은 거대한 수직 절벽이 병풍처럼 둘러 쳐져 있었고 입구는 호리병처럼 생긴 좁은 길 하나였다. 어떤 고수도 수백 장 높이의 절벽을 오른다는 것은 불가능했으므로 외부로부터의 침입은 정문을 제외하고는 절대 가능할 수가 없었다.

목와북천의 총단 지하 광장에 쌓인 수많은 보석을 보며 백쾌섬과 삼천목, 동천비가 나란히 서 있었다. 셋 모두 흡족한 얼굴이었고, 그중 백쾌섬과 삼천목은 경악의 표정을 지었다.

적지 않은 양이 숨겨져 있다는 정보를 들었지만 이렇게 많은 양일 줄은 몰랐다. 새삼 천상각의 막대한 부에 충격을 금할 수가 없었다. 그러면서 한편으로 장사꾼은 바닥을 드러내지 않는다는데 이것 말고 어딘가 또 다른 엄청난 재산이 숨겨져 있을지 모른다는 생각을 하자 은근히 가슴이 섬뜩해지까지 했다.

"이것이면 흑도의 모든 형제들을 완전히 무장시킬 수 있을 것이오."

힘의 균형이 팽팽한 전쟁에서 군수물자가 끼치는 승패란 거의라고 해도 과언이 아니었다.

군수물자는 오로지 돈으로만 해결이 가능했다. 명검, 명도일수록 고가이고, 쉽게 베어지거나 뚫리지 않은 의복일수록 비싸다. 그렇기 때문에 모두가 명병을 얻고자 노력하고 진귀한 피륙, 천잠사로 만들어진 의복 따위를 선호하는 것이었다.

"부르셨사옵니까, 군사님?"

사십후반쯤 되어 보이는 중년인이 나타났다. 벌겋게 녹슨 철검 한 자루를 매었을 뿐 특별한 기세나 품위는 보이지 않았다. 하지만 허름하다고 하여 결코 천하게 보이지는 더욱 않는다.

혈섬(血閃) 이산(伊山)이었다. 서도(西刀) 공손기(公孫期)와 더불어 흑도쌍하(黑道雙河)로 불리는 정상의 고수이다.

"지금 당장 감여철가(堪輿鐵家)를 다녀오너라. 십팔반병기를 양껏 제작하라 일러라. 당연히 제작하는데 들어갈 쇠는 면금오강이 되어야겠지."

"며… 면금오강."

이산이 놀란 표정을 지었다.

면금오강은 강하면서도 질길 뿐만 아니라 예리하여 만년한 철도 두부처럼 잘라 버린다. 강호에서 한 이름하는 사람치고 면

금오강으로 제작된 병기를 지니지 않은 사람은 거의 없었다. 단지 많은 사람이 지닐 수 없는 것은 워낙 고가이기 때문이었다.

"착수금으로 비취환옥을 두 대의 마차에 나눠 싣고 가거라."

"존명."

"서도 있는가?"

한 무리 검은 연기가 빨려 들어오더니 사람 형상으로 변했다. 시커먼 묵의를 걸쳤고 앞가슴에 한 자루 칼을 품고 있었다. 칼에 관한 흑도무림의 하늘로 불리는 도왕이었다.

"부르셨사옵니까, 군사님."

"자네는 만씨잠가를 다녀와야겠네. 당장 마차 세 대에 금화 이백 관을 싣고 가게. 가서 만잠여의를 천 벌 주문하게."

"처… 천 벌!"

서도가 놀란 눈을 했다.

만잠여의(萬蠶如衣), 오잠(蜈蠶), 즉 지네를 닮은 누에가 있는데 그들이 뱉어낸 실로 만든 옷이 만잠여의이다. 천잠보의 만큼의 위력은 아니지만 가볍고 어지간한 병기로는 흠집도 내지 못한다.

"넉넉잡고 석 달이면 충분히 만들 걸세. 속히 다녀오게."

"예, 군사 어른."

서도가 사라졌다.

삼천목이 백쾌섬을 향해 말했다.

"속하는 귀씨화가를 다녀오겠나이다."

귀씨화가(句氏火家)는 강호제일의 불문(火門)이었다. 그들이 만들어내는 여러 가지 화탄은 대량살상무기로 거래되며 팔백 년이 넘는 역사를 갖고 고비 때마다 강호정세에 결정적인 영향을 끼친 집단이었다.

흑과 백 어느 쪽에도 치우치지 않고 오로지 자신들의 능력을 돈으로 거래할 뿐이었다.

"그렇게 하거라."

삼천목이 가볍게 포권을 하고 사라졌다.

지하실에 남아 있는 사람은 백쾌섬과 동천비뿐이었다.

"이제 싸움은 해보나 마나요. 무조건 우리가 이겼다고 해도 과언이 아니오이다."

동천비가 웃었는데 으스스한 표정이었다.

"크크! 난 다른 놈은 필요없소. 딱 두 놈만 내 손으로 없앨 것이오."

"그게 누구요?"

동천비의 검은 눈에서 살기가 뿜어져 나왔다.

"그야 물론 남궁천과 상관량이오. 그 두 놈만큼은 반드시 내 손으로 찢어 죽일 것이오."

백쾌섬이 흠칫했다. 동천비의 몸에서 풍겨 나온 살기가 너무 짙고 가공했다.

"대종사에게 할 얘기가 있소."

"듣겠소이다."

"지금 본가에는 무림맹의 핵심들이 포진해 있소. 그들은 내

아버지가 저 보화들을 내놓기 전에는 절대 포위망을 풀지 않을 것이오. 그렇다고 공격을 하여 강제로 입을 열게 한다면 그건 더욱 어리석은 짓이지.”

“그렇지요.”

“어떻소? 무림맹을 이 기회에 없애 버립시다.”

백쾌섬의 눈이 빛을 뿌렸다. 동천비의 의도가 무엇인지 짐작이 되었다. 지금 무림맹의 이목과 힘은 대부분 천상각에 몰려 있었다. 그렇기 때문에 충분히 해볼 만한 공격이었다.

물론 무림맹이 무너진다고 해서 백도무림이 완전히 타격을 입거나 치명상을 입는 것은 아니었다.

하지만 사기에는 영향을 끼친다. 목와북천의 위세와 힘을 느끼게 해줌으로 백도인들에게 충격과 공포를 적당히 심어줄 수 있는 것이었다. 전쟁에서 심리의 우위에 선다는 것은 상당히 중요했다. 그것은 곧 사기로 직결이 되기 때문이었다.

“좋은 생각이오. 나와 동 각주가 앞장을 섭시다.”

백쾌섬은 이제 동천비를 동 각주로 호칭했다.

백쾌섬은 곧바로 일천 명의 부하를 백 명씩 열 개 조로 나누어 천목산을 향해 이동시켰다. 사천성 일대에 무림맹의 무사들과 대치하고 있는 부하들을 보내면 좀 더 빠른 시간에 천목산에 도착할 수 있지만 자칫 움직임이 누설되면 방어선이 무너지고 애써 점령한 사천성 일부를 비롯해 점령한 성들을 잃게 될 위험이 있기 때문이었다.

백쾌섬은 혹시라도 사람들의 눈에 뜨일 것을 염려해 낮에는 깊은 산속에 은신했다가 밤에만 이동하도록 명령을 내렸다.

동천비는 백쾌섬과 나란히 움직였다. 처음에는 천천히 신법을 펼쳤지만 어느 한순간 두 사람의 움직임이 상상을 초월할 만큼 빨라졌다. 신법의 무공의 강약을 재는 잣대는 아니지만 강한 자가 빠르다는 것을 놓고 볼 때 적지 않은 조건은 되었다. 그러다 보니 두 사람은 누구의 신법이 더 빠른지 자신들도 모르게 경쟁이 붙은 것이었다.

휘이이!

파아아!

형체를 알아볼 수가 없을 만큼 두 사람의 속도는 빨랐다. 순식간에 십여 개의 산봉우리를 넘어섰고 오십 리를 주파했다. 하지만 누구도 앞서거나 뒤떨어지지 않았고 갈수록 승부욕에 더욱 속도를 높였다. 그러나 정작 놀라고 있는 사람은 백쾌섬이었다.

'진정 무섭구나!'

백쾌섬은 마공의 위력을 실감하고 있었다.

태어나면서부터 흑도대종사에게 거두어져 벌모세수를 했고 온갖 기화영초를 복용하며 내공을 다졌다. 또한 실전의 달인들이라고 할 수 있는 고수들로부터 흑도의 가공할 살기를 사사받으며 성장한 자신이었다.

그런데 동천비는 불과 일 년 만에 자신과 어깨를 나란히 하고 있었다. 그것인 아무리 속성의 특징을 갖고 있는 마공이고, 급기야 스스로를 파멸로 몰아간다고 하지만 충격적인 일이었다.

무려 이백 리를 달렸지만 누구도 앞서지 못했다. 하나, 백쾌섬의 표정은 굳어 있었다. 여러 가지 성장 여건이나 환경을 보았을 때 자신이 패했다고 해도 할 말이 없었다. 물론 그것은 철저히 신법에 국한된 문제였다.

두 사람이 무림맹에 도착했을 때는 목와북천을 떠난 지 닷새 만이었다. 수하들은 아직 도착하지 않았고 무림맹은 평온 속에 묻혀 있었다.

동천비는 군휘정에 올랐다. 군휘정에 올라 무림맹을 내려다 보던 동천비는 불현듯 얼마 전 생각이 떠올랐다.

함정인지도 모르고 공격을 했다가 하마터면 목숨을 잃을 뻔 했다. 상관량의 계책에 완전히 놀아난 것이었다. 한데 더욱 그의 자존심을 긁었던 것은 그날 이곳에서 부친이 있었다는 것이다. 부친은 상관량과 나란히 앉아 자신의 수하들이 죽어가고 자신이 불 맞은 멧돼지마냥 도망치는 것을 보고 있었다.

살기 위해 도망치는 뒷모습처럼 추해 보이는 것은 없다. 그래서 자존심 강한 무장들은 자결을 할지언정 도망을 치지 않는 것이었다. 그날을 떠올리자 동천몽의 전신으로 살기가 피어올랐다.

동천비가 이를 갈고 있을 때 사내들이 나타났다. 앞서 출발한 목와북천의 무사들이었다.

백쾌섬은 사방위 중 북쪽을 제외하고 동서남을 완전히 포위하라고 했다.

동천비가 의아한 표정으로 물었다.

"왜 포위를 하면 네 방위 모두를 차단하지 않고 한 곳은 비워두는 것이오?"

백쾌섬이 웃었다.

"퇴로가 없으면 이판사판으로 달려들지요. 개거품 물고 달려들면 아무리 쥐새끼라고 해도 고양이가 상처를 입소이다. 퇴로를 열어주고 사냥을 하는 게 정석 아니오이까?"

동천비의 검은 눈이 출렁거렸다.

왜 흑도대종사인지 백쾌섬의 그릇이 느껴졌다.

"오늘 밤 자시에 무림맹을 강호에서 지운다. 이상."

사내들이 일제히 예를 취하고 물러났다.

두 사람은 군휘정에 앉아 이런 얘기, 저런 얘기를 나누었다. 그런데 얘기가 거듭될수록 백쾌섬의 눈빛이 차가워졌다. 동천비가 사고가 보통 사람과는 확연한 차이를 보이고 있음을 발견한 것이었다.

마공에 깊이 물들면서 인간이 갖는 지극히 보편적인 사고가 무너지고 있었다. 보편적이 사고가 무너지면 그때부터는 피아를 구별않고 오로지 살인만을 즐긴다.

한순간 백쾌섬의 입술이 슬며시 물렸다. 어느 시점이 되면 특단의 조치를 내려야겠다고 결심했다.

천목산의 밤은 아름다웠다. 어둠을 뚫고 이름 모를 야조가 구슬퍼 울었고 서늘한 바람이 군휘정을 한 바퀴 휭하니 돌고 계곡으로 줄달음쳤다.

어둠 속에서 두 개의 눈동자가 무림맹을 내려다보고 있었다. 그중 한 쌍의 눈은 어둠보다 더욱 짙어 괴기롭기까지 했다.

힐끔!

백쾌섬이 하늘의 별자리를 살폈다. 자시가 되려면 반 다경 쯤 더 있어야 했다. 기다리는 시간은 길다. 반 다경이란 짧은 시간이지만 기다려야 하는 이쪽의 심정은 긴장을 지울 수 없고 본인들도 모르게 서두르게 된다. 서두르면 좋지 않았으므로 백쾌섬은 다시 한 번 내공을 끌어 모아 전음으로 잠복한 부하들에게 침착할 것을 지시했다.

힐끔!

동천비를 쳐다보았는데 그의 두 눈은 여전히 먹물이었다. 요기롭기까지 한 그의 눈동자를 보며 백쾌섬은 더욱 결심을 굳혔다.

북두칠성을 다시 한 번 살피던 백쾌섬의 눈이 빛을 뿌렸다.

'자시다!'

백쾌섬이 내공을 설어 기다란 새 울음소리를 냈다. 그것은 야조의 울음소리였다. 짧게 세 번 길게 두 번이 밤하늘을 울렸다. 그러자 어둠 속에서 사람들이 움직이기 시작했고 그들은 무림맹의 담장을 거침없이 넘어갔다.

"크악!"

첫 비명이 울렸고 동천비와 백쾌섬이 무림맹을 향해 한 마리 새처럼 날아갔다.

기습을 받은 무림맹 무사들은 당황했다. 누구도 목와북천에서 공격을 해올 것이라고 예상하지 못했기 때문에 순식간에 무너지기 시작했다.

화르륵!

시뻘건 불길이 화산각이란 전각을 태웠다. 화산각은 구파일방 중 무림맹에 파견된 화산파 사람들이 기거하는 전각이었다. 여기저기에서 불길이 치솟으며 어둠은 사라지고 대낮처럼 훤해졌다. 불길 사이로 무림맹 무사들이 집단처럼 쓰러졌고 목와북천의 무사들은 야수처럼 날뛰었다.

"컥!"

"악! 우웩!"

동천비의 오른손이 좌우로 휘둘러지며 달려들던 무림맹 무사 두 명의 가슴에 주먹을 받았다.

동천비는 무림맹 안쪽으로 깊이 들어갔다. 이따금 덮쳐 오는 무사들이 있었지만 검게 변한 쇠보다 더 강한 그의 주먹에 비명도 지르지 못하고 즉사했다.

무엇을 찾는지 동천비는 전각의 현판만 살피고 그냥 지나쳤다.

쉬익!

밑에서부터 한 개의 검이 찔러 올라왔다.

툭!

망설임없이 왼발이 검을 걷어찼고 그와 동시에 왼발이 기습한 무사의 얼굴을 찍었다.

"으아악!"

무사는 허공을 날아 어둠 속으로 사라져 버렸다.

팟!

동천비의 눈이 빛났고 땅으로 내려섰다.

만기전이라고 쓰인 현판이 들어왔다. 만기전은 상관량의 거처이다.

동천비는 천천히 만기전 계단을 올라 문을 열었다. 문은 힘없이 열렸고 좌측으로 꺾이는 짧은 복도가 있었고 끝에 노란 주렴이 드리워진 방이 있다.

방은 텅 비어 있었고 사면 벽으로 설치된 서가에 책들이 꽂혀 있었다. 생각보다 단출한 방이었다.

동천비는 천천히 방을 휘둘러보았다.

탁자 위에 올려진 찻잔과 곁에 놓인 백자로 된 다항(茶缸)의 뚜껑을 열어보았다. 다항에는 용정이 반쯤 채워져 있었다. 상관량 또한 자신만큼이나 용정을 좋아한다고 들었다. 손가락으로 용정 가루를 집어 입 안에 넣고 씹던 동천비가 퉤 하며 뱉었다.

스윽!

동천몽이 좌측 벽을 향해 오른손 검지를 뻗었다. 그리고 허공에 대고 글씨를 썼는데 놀랍게도 벽에 세 치 깊이로 글씨가 쓰이기 시작했다.

내력을 이용한 가공할 금강지였다.

천상래귀(天商來歸).

자신이 벽에 써놓은 글씨를 깊숙한 시선으로 바라보던 동천비가 천천히 문을 나섰다.

무림맹은 화광이 충천했고 기합과 비명, 허공을 날아가는 검과 시체들로 지옥을 이루고 있었다. 동천비는 피와 비명으로 범벅이 된 지옥 속으로 뛰어들었다. 그의 손이 한 번씩 번득일 때마다 대여섯 명씩 무더기로 숨을 거두었다.

같은 시각 천지광옥은 짙은 정적 속에 묻혀 있었다.

입구의 경비무사와 높이 솟은 망루의 무사들을 제외하고는 모두가 잠들어 있었다.

사사삭!

어둠을 이용해 오십여 명의 무사가 천지광옥을 향해 접근해 갔다. 높은 철책을 가볍게 넘어선 몸놀림이 예사롭지 않았고 그들은 경비무사들이 거처하는 장방형의 커다란 이층 전각을 향해 접근해 갔다.

어둠 속에서도 번쩍거리는 불빛이 늑대를 방불케 했는데 오십여 명의 무사는 전각을 완벽히 포위했다.

그들은 말을 하지 않았고 오로지 눈빛으로 신호를 주고받았다.

그리고 한순간 일제히 몸을 날려 전각의 창문을 통해 뛰어들었다.

와창장!

와직! 퍽!

오십여 명은 삽시간에 전각 안으로 사라졌다. 그런데 안으로부터 흘러나와야 할 비명이 없었다.

콰아앙!

그런데 그들이 들어서고 반 호흡도 되기 전에 엄청난 폭발이 일어났다. 육중한 전각의 용마루가 산산조각이 되어 날아갔고 아름드리 기둥과 돌로 쌓은 벽이 어둠을 찢고 비상했다. 그 속에서 처절한 비명이 콩 볶듯 흘러나왔다.

"크아악!"

"윽!"

"소… 속았다!"

거센 폭발에 육편이 찢어지고 사람의 몸뚱이가 조각되어 날아갔다.

콰르르르!

폭발로 인해 허공 높이 날아간 전각의 잔해들과 시신들이 땅으로 떨어졌고 조금 전까지 전각이 있었던 곳은 폭풍이 휩쓸고 간 듯 폐허로 변해 있었다.

파파팟!

돌연 전각 주위로 일제히 화톳불이 밝혀졌다. 미리 준비해 놓은 듯 주위는 순식간에 밝아졌다.

화톳불 주위로 수십 명의 흑영이 어른거렸다. 여전히 맨발 차림으로 장내를 쓸어본 덕배 선사의 입에서 차가운 명령이 떨어졌다.

"생존자를 찾아 확실히 목숨을 끊어라."

"예!"

천룡구십구불이 잔해 속을 더듬기 시작했다.

덕배 선사는 굳은 얼굴로 잔해를 더듬는 천룡구십구불을 쳐다보며 중얼거렸다.

천하의 남궁천이 곱게 물러나지 않으리란 건 누구라도 예상할 수 있었다. 그러나 오늘 밤 공격을 해오리란 걸 정확이 맞춘 동천몽의 혜안은 무엇으로 설명되어야 하는가 하는 의문이 떠올랐다.

대법왕은 보통 사람에게는 없는 능력을 지닌다. 그리고 자주 기적을 행하고 병자를 치료하고 슬픈 사람을 행복으로 인도하는 놀라운 힘을 갖고 있다고 했다.

동천몽의 놀라운 능력을 벌써 몇 번째 목격하게 된 건지 헤아릴 수가 없었다.

"컥!"

"우욱!"

죽은 척하고 잔해 더미 속에 숨어 있던 남궁세가의 무사들이 죽어가는 비명이 들려왔다.

덕배 선사는 한 가지 확실한 사실을 깨달았다.

'대법왕님은 전지전능하시다.'

덕배는 마음속으로 아미타불을 연신 중얼거렸다.

인기척에 장끼 한 마리가 부리나케 도망을 쳤다. 그런데 그만 숨어 있던 혈응이 장끼를 발견하고 덮쳤다. 허공에 깃털이 눈송이처럼 흩어지며 갈고리 같은 혈응의 발톱에 장끼는 맥없이 낡여 끌려갔다.

동천몽과 일목은 그 광경을 쳐다보았다. 문득 동천몽의 머릿속으로 한 가지 사실이 떠올랐다. 무릇 생명을 가진 것은 동물이든 식물이든 곤충이든 양육 강식이라는 것이었다.

다만 인간이 저들과 다른 점은 이성과 양심이라는 것을 지녔다는 것이었다. 그래서 동물이지만 인간은 특별히 구별되어야 하고 달라야 하는 것이다.

"저깁니다."

야트막한 언덕을 올라서자 한 채의 모옥이 세워져 있었다. 마른 대나무 가지를 꺾어 세운 울타리와 울타리 너머 마당을 가로지른 줄에 낡은 흑의 두 벌이 널려 있었다.

두 사람은 잠시 모옥 앞에서 안의 동정을 살폈다. 집 안은 비어 있는 듯 조용했고 두 사람의 시선이 부딪쳤다. 안에 아무도 없다는 것을 감지한 것이다.

"일을 나간 듯하옵니다."

집 좌측 벽에 농기구가 걸려 있었다.

두 사람은 집 뒤로 이어지는 길을 따라 올라갔다. 깊은 산속은 조용했고 이름 모를 산새들이 지저귀며 인기척에 잔뜩 두 눈을 뜨고 경계를 했다.

한참 길을 따라 올라가던 동천몽의 발걸음이 멈췄다. 좌측 평평한 지역으로 밭이 개간되어 있었는데 수많은 까마귀와 야생 짐승들이 아귀다툼을 벌이고 있었다.

"시쳅니다."

일목이 단숨에 날아갔고 까마귀와 짐승들이 사방으로 도망쳤다. 가까이 다가간 동천몽의 인상이 찌푸려졌다. 시체는 이미 구더기가 끓고 있었는데 짐승들에게 뜯겨 처참했다.

주위를 살피던 동천몽이 깨끗하게 잘려진 괭이자루를 발견했다. 한눈에 보아도 예리한 검에 잘렸음을 알 수 있었다.

"검에 당했사옵니다."

일목이 코를 막으며 말했다. 얼마나 깊은 검흔이었으면 드러난 뼈에까지 흔적이 남아 있었다. 단순한 검식으로 저렇게 깊은 상처를 만들어내지는 못한다. 동천몽은 검의 임자가 검강의 경지에 오른 초절정고수라는 것을 알아보았다.

"한발 늦은 것 같사옵니다."

보름 전 무미 선사로부터 한 가지 급보가 들어왔었다. 강호육군이 정체불명의 인물에게 살해되고 있다는 것이었다. 무미 선사가 꺼내놓은 여러 정보를 분석한 결과 남궁천의 짓으로 판단했었다. 우선 내부에 반대자부터 숙청하기 시작한 것이고 그 첫 번째 표적이 강호육군이었다. 강호육군은 무림맹의 태상장로들로서 일찍부터 남궁천의 야망을 눈치 채고 그의 행동과 계획을 최선을 다해 가로막았지만 끝내 무통령만은 제지하지 못했다. 남궁천은 무통령의 첫 희생자로 그들을 택한 것이었다.

동천몽은 주위를 휘둘러보았다.

밭을 갈다 싸운 것 같았는데 거대한 화산 구덩이처럼 변한 밭을 보며 당시 싸움이 얼마나 처절했는지 짐작할 수가 있었다.

파인 구덩이를 살피던 동천몽의 눈살이 가볍게 찌푸려졌다.

고수가 되면 보통 사람의 눈과 다르다. 미세한 흔적도 놓치지 않고 발견하는데 구덩이가 뭔가 특이했다.

일반적으로 양쪽의 공격이 강하게 부딪치면 거대한 기파가 폭풍을 만들어내고 기로 인해 구덩이가 생긴다. 그렇게 생긴 구덩이는 자연이 만들어낸 것처럼 매끄럽다. 그런데 지금 노산의 밭에 만들어진 구덩이는 계단처럼 만들어져 있었다.

표면이 매끄럽지 못하고 움푹 들어갔다가 나오기를 반복하고 있었다.

일목 또한 톱니처럼 생긴 구덩이 표면을 보며 하나뿐인 눈을 깜빡거렸다.

"마검입니다."

일목이 자신있게 말했다.

그러면서 배교의 전전대 교주였던, 즉 자신의 사조에 대해 말했다. 자신의 사조는 배교 사상 가장 자질이 뛰어난 인물이었다. 그래서 배교 대대로 내려오는 서른여섯 가지의 환술을 가장 완벽하게 익힌 인물이었다.

그러던 어느 날 한 명의 백의중년인과 싸움을 벌이게 되었다. 그런데 백의중년인의 검이 이상했다. 일반적인 검은 선과 원을 만드는데 그의 검은 거칠며 울퉁불퉁했다. 마치 검이라기보다는 검에 이빨이 달린 듯하여 순식간에 배교의 환술과 신공을 찢어버렸다. 사흘 동안 대설산을 헤매던 끝에 일목의 사부는 죽은 사조의 시신을 발견했는데 온몸이 찢어져 있었고 싸운 현장 또한 지금 눈앞의 모습처럼 울퉁불퉁했다고 했으며 파랗게 물이 들어 있었다.

"무엇이라고 하더냐? 백의중년인의 검 말이다?"

"정확하지는 않지만 사부께서 말씀하시길 천마검법 같다고 했사옵니다."

동천몽이 나직이 고개를 끄덕였다. 천마검법은 전설의 집단 마교를 대표하는 검법이다. 소림의 달마삼검과 더불어 검의 양대산맥을 이루었는데 워낙 거칠고 잔혹하여 늑대의 이빨[狼齒]라고도 부른다.

사실 동천몽도 천마검법을 의심했다. 포달랍궁에 내려오는 포랍불서를 보면 천하에서 위맹한 무공에 대한 보고서가 있었다. 거기에 보면 천마검법의 특징이 나와 있고 처음 구덩이의 울퉁불퉁한 표면과 파랗게 물드는 상처 주위를 보면서 떠올렸었다.

"나도 그런 것 같구나."

동천몽은 좀 더 자세히 표면을 살폈다.

남궁관의 천마검법은 아직 완성되지 않았다. 표면이 완만했고 파랗기도 조금 덜 진했다. 완성이 되면 표면이 서릿발처럼 날카롭게 만들어지며 시퍼렇다. 하나, 가장 중요한 것은 어떻게 남궁세가에서 마교의 천마검법을 갖고 있느냐는 것이었다.

마교는 사라졌다. 일백 년 전 무림맹과 석 달에 걸친 대전쟁으로 완전히 몰살한 것이었다.

구덩이를 보며 생각에 잠겨 있던 동천몽이 물었다.

"장제에 이어 광신과 운절도까지 죽었으니 이제 남은 것은 추풍살선과 귀수(鬼手)와 탈백십이비(奪魄十二匕)로군. 여기서 가장 가까운 곳이 어디냐?"

일목이 품속에서 종이 한 장을 꺼내 펼쳤다.

종이에는 중원의 지도가 그려져 있고 여섯 개의 붉은 점이 찍혀 있었다.

"여기가 그러니까… 에또, 추풍살선이 살고 있는 곳이 가장 가깝습니다. 거리로 따지면 약 이백 리 정도 되옵니다."

퍼억!

동천몽이 오른손을 뻗자 뼈만 남은 시신이 구덩이 속으로 들어갔고 강한 흙바람이 일면서 순식간에 노산의 시체를 묻어 버렸다.

"그곳으로 가자!"

두 사람은 곧바로 몸을 날려 사라졌다.

두 사람이 사라지고 곧바로 까마귀와 짐승들이 다가왔지만 이미 시신은 사라진 뒤였다. 여기저기 떨어진 핏자국과 살점을 주워 먹느라 아귀다툼을 벌였다.

『대법왕』 제6권에 계속…

무영무쌍

無影無雙

그림자도 찾기 힘들고[無影],
가히 대적할 자도 없다[無雙]!
강호의 절대고수 무영무쌍!

청설위국의 위사 진세인,
그를 찾아오는 수많은 사람들.
그를 원하는 수많은 세력들.

김수겸 新무협 판타지 소설

거대한 음모의 소용돌이 속에서
그는 그를 버렸던 용부를 지켰고,
그에게 검을 겨눴던 무림맹과 십만마교를
구해냈다.

모든 것을 가졌던 황제가
끝까지 갖지 못했던 단 한 사람!
위사 진세인과
동료들의 강호행이 시작된다!

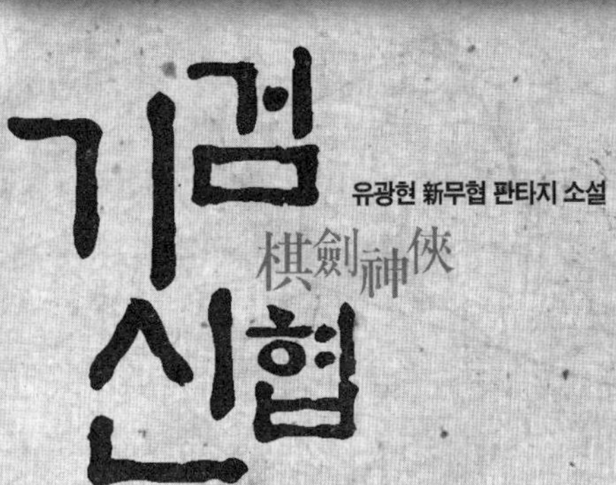

기검(氣劍)도 아니고 기검(奇劍)도 아닌,
기검(棋劍) 이야기.

신의 한 수!!
천상의 바둑에서 탄생한 도선비기.
그리고 그 속에 숨겨진 궁극의 심법.

강탈당한 신서(神書) 도선비기(道詵秘記)를 회수하고
조선 무예의 근간을 지켜라!

눈부신 활약과 함께 펼쳐지는 무학의 힘찬 날갯짓.
이제 더 이상 그는 하찮은 천출이 아니다!!

CHARM MASTER

참마스터

눈매 퓨전 판타지 소설

부적(Charm)이란

만드는 자의 정성, 만드는 자의 능력, 받는 자의 믿음,
이 세 가지가 충족되어야 최고의 힘을 발휘한다.

이계에서 넘어온 영환도사의 후손 진월랑!
아르젠 제국의 일등 개국 공신 가문이었던 이계인 가문, 진가가 하루아침에 몰락했다.
그것도 가장 믿었던 사람으로 인해.

홀로 살아남은 어린 월랑은 하루하루 생존 게임이 벌어지는
살인자들의 섬으로 보내지는데…….

**독과 부적의 힘을 손에 넣은 진월랑!
그가 피바람을 몰고 육지로 돌아온다.**

Book Publishing CHUNGEORAM

청운하 新무협 판타지 소설

백팔번뇌
百八煩惱

세상은 날 버렸다.
나 또한 세상을 버렸다.

神이 선택한 그들이 흘린 쓰레기를…
난 그저 주워 먹었을 뿐이다.
그러므로 난 여전히 배가 고프다.

일류(一流)가 되기 위해서라면…
난 기꺼이 신마저 집어삼킬 것이다.

유행이 아닌 자유추구 -
WWW.chungeoram.com